초록 눈의 아가씨

아르센 뤼팽 걸작선 8
초록 눈의 아가씨

지은이 모리스 르블랑
옮긴이 붉은 여우
펴낸이 안용백
펴낸곳 (주)넥서스

초판 1쇄 발행 2012년 6월 15일
초판 2쇄 발행 2012년 6월 20일

출판신고 1992년 4월 3일 제311-2002-2호
121-840 서울시 마포구 서교동 394-2
Tel (02)330-5500 Fax (02)330-5555
ISBN 978-89-5994-419-4 14860

저자와 출판사의 허락 없이 내용의 일부를
인용하거나 발췌하는 것을 금합니다.

가격은 뒤표지에 있습니다.
잘못 만들어진 책은 구입처에서 바꾸어 드립니다.

www.nexusbook.com
지식의숲은 (주)넥서스의 인문교양 브랜드입니다.

아르센 뤼팽 걸작선
8

ARSÈNE LUPIN

초록 눈의 아가씨

모리스 르블랑 지음 | 붉은 여우 옮김

지식의숲

| 작품을 읽기 전에 |

아르센 뤼팽 & 모리스 르블랑

　추리소설이 영국과 미국에서 크게 발전한 것은 단편의 창시자 에드거 앨런 포, 장편을 발전시킨 윌키 콜린스와 찰스 디킨스, 그리고 이 장르의 완성자 아서 코난 도일, 계승자 G. K. 체스터턴, 에드먼드 벤틀리 등의 위대한 작가들이 있었기 때문이다.
　장편 추리소설을 최초로 썼다는 영예를 걸머진 프랑스의 에밀 가보리오는 명탐정 르콕을 만들어내긴 했으나 그의 소설은 '선정소설' 굴레에서 벗어나지 못하고 말았다.
　그는 당시 프랑스의 대중 통속작가였으므로 신문에 연재하는 가정소설 속에 탐정 장면을 부분적으로 삽입한 격이 되었지만 그의 소설은 결국은 선정적인 통속소설에 불과했다.
　그래서 프랑스의 추리소설은 에밀 가보리오의 전통을 지키느라 영미의 추리소설에 비하면 무척 격이 떨어졌다.

　시대적으로나 기술적으로 가보리오에 가까운 작가는 포르튀네 뒤 보아고베(Fortune du Boisgobey, 1821-1891)였다.
　뒤 보아고베는 가보리오의 충실한 제자였으며 그의 대표작

《르콕의 민년》(La Vieillesse de M. Lecoq, 1876)을 써서 스승이 창조한 르콕 탐정을 재등장시키고 있으나 그에게는 분석 능력과 수사의 흥미가 결여되어 있어서 그도 한낱 선정적 미스터리 작가가 되고 말했다.

프랑스가 세계적으로 이름을 떨치게 되는 미스터리 작가를 낳기 위해서는 20세기에 들어설 때까지 기다려야 했다. 그동안 영국의 추리소설 특히 코난 도일의 셜록 홈즈 모험담이 프랑스 작가들을 자극했을 것이다. 가장 두드러진 두 작가는 모리스 르블랑과 가스통 르루이다.

보알로 나르스자크의 《추리소설》(Roman Policier, 1964)을 보면 "가보리오는 코난 도일에게 영감을 주었다. 그리고 코난 도일은 모리스 르블랑에게 특수한 의미에서 그러했다. 아르센 뤼팽을 창조함에 있어서 모리스 르블랑은 결국 셜록 홈즈와는 모든 점에서 대조적인 주인공을 내세웠다."는 부분이 있다.

모리스 르블랑(Maurice Leblanc, 1864-1941)이 대중잡지 〈Je Sais Tout〉에 괴도신사 아르센 뤼팽을 주인공으로 범죄 모험소설을 쓰기 시작한 것은 1906년이다.

첫 단편 〈체포된 뤼팽〉(L'arrestation d'Arsène Lupin)가 독자의 호평을 받자 이어서 〈감옥의 아르센 뤼팽〉 등 여덟 편을 추가해 《괴도신사 뤼팽》(Arsène Lupin, Gentleman-Cambrioleur)이라는 제목으로 1907년에 출판되었다.

르블랑은 코난 도일에게 대항하여 셜록 홈즈와 맞서는 아르센 뤼팽을 내세웠을 텐데 이러한 대항의식은 마지막 단편 〈한 발 늦은 셜록 홈즈〉(Sherlock Holmes arrive trop tard)에 노골적으로 나타나 있다. 장 폴 사르트르는 《말》(Mots, 1986)에서 "나는 아르센 뤼팽을 숭배한다. 헤라클레스와 같은 완력, 교활한 용기, 프랑스적 지성이……" 하고 말하는 것을 보면 오늘날 셜록 홈즈가 영미의 아니 전 세계 독자들에게 주는 이미지와 같은 이미지를 뤼팽은 당시의 프랑스 독자에게 그리고 전 세계 독자에게 주었을 것이다.

셜록 홈즈가 추리의 천재, 진실의 사도, 정의의 화신이라고 한다면 뤼팽은 강도이며, 멋쟁이 신사이며, 협객이며, 경찰관이며, 탐정이기도 하다. 홈즈가 이상적 영국인이라면 뤼팽은 전형적인 프랑스인이다.

《괴도신사 뤼팽》의 마지막 단편 〈한 발 늦은 셜록 홈즈〉에서 뤼팽은 홈즈의 시계를 훔쳤다가 돌려준다. 뤼팽은 소매치기의 명수이기도 하지만 신사강도로서는 좀 장난꾸러기 같은 인물이다. 그리고 드반이 폭소를 터뜨리는 것도 일부러 초대한 명탐정에 대한 에티켓으로는 조금 야비(?)하다.

코난 도일이 그가 창조한 명탐정이 아르센 뤼팽과 같은 신사강도에게 조롱당하는 것을 참지 못하여 모리스 르블랑에게 항의를 했다고 한다.

르블랑은 셜록 홈즈를 헐록 숌즈(Herlock Sholmes)로, 왓슨(Watson)을 윌슨(Wilson)으로 바꾸고 있을 뿐이다. 그래서 두 번째 단편집도 《아르센 뤼팽 대 셜록 홈즈》(Arsène Lupin contre Herlock Sholmes, 1908)로 되어 있고 〈한 발 늦은 셜록 홈즈〉도 그렇게 고치고 있다. 그러나 여기서는 셜록 홈즈로 부르기로 한다.

뤼팽은 장편 《수정마개》(Le Bouchon de Cristal, 1910), 《기암성》(L'aiquille-creuse, 1912), 《813의 수수께끼》(813, 1923), 단편집 《시계 종이 여덟 번 울릴 때》(Les huits coups de l'horloge, 1913), 《뤼팽의 고백》(Les Confidences d'Arsène Lupin, 1913), 《바네트 탐정사》(L'Aqence Barnett, 1927) 등 20여 권에서 활약한다.

아르센 뤼팽은 완력이나 배짱이나 두뇌가 슈퍼맨에 속한다. 그는 만능선수이다. 그에게는 왓슨 역이 없다. 부하는 있으나 도구에 불과하다. 다만 도덕성과 정의감이 부족한 것이 흠이랄까. 그러나 강도라도 '신사'가 붙어 있으며 때로는 경찰부장을 지내며 자신의 체포 명령을 내리기도 한다. 추리력도 대단하다. 종횡무진이며 신출귀몰한다. 그도 홈즈처럼 신화적 존재가 되었다. 그는 셜록 홈즈와 더불어 우리들의 청소년기뿐만 아니라 평생의 영웅이 된 것이다.

차례

작품을 읽기 전에　　　　　　　　4
그리고 파란 눈의 영국 여인　　11
수사　　　　　　　　　　　　36
어둠 속의 입맞춤　　　　　　52
B 빌라를 털다　　　　　　　　80
충견　　　　　　　　　　　　98
나뭇잎 사이로　　　　　　　117
지옥의 입　　　　　　　　　146
싸움의 전략　　　　　　　　166
기다리는 자　　　　　　　　189
행동보다 강한 말　　　　　　219
피　　　　　　　　　　　　242
차오르는 물　　　　　　　　270
어둠 속에서　　　　　　　　297
청춘의 샘　　　　　　　　　318

그리고 파란 눈의 영국 여인

라울 드 리메지 남작은 활기차게 거리를 걷고 있었다. 그는 눈부신 4월의 어느 날 파리에서 펼쳐지는 멋지고 유쾌한 광경들을 보는 것만으로도 인생이 즐거운 그런 남자처럼 보였다. 라울은 중간 정도의 키에 체격은 말랐으면서도 다부져 보였다. 팔 소매는 근육으로 불룩 튀어나와 있었고, 가늘고 유연한 허리 위로 상체 근육이 드러났다. 그가 입고 있는 옷의 재단상태나 색상으로 볼 때, 그가 옷감 선택을 중요하게 생각하는 사람이라는 것을 알 수 있었다.

그는 체육관 앞을 지나가고 있었다. 그때, 그의 옆에서 걷고 있던 한 신사가 여인의 뒤를 따라가고 있다는 느낌을 받았다.

그리고 곧, 그 느낌은 확신으로 바뀌었다. 틀림없었다.

한 신사가 여인의 뒤를 따라간다는 이 상황이 라울에게는 너무나도 우습고 재미있게 느껴졌다. 그래서 라울은 여인을 쫓고 있는 신사의 뒤를 따라갔다. 이 세 사람은 서로 적당한 거리를 두고서 일렬로 소란스러운 거리를 걷고 있었다.

라울이 그 신사가 여인을 미행하고 있다는 사실을 짐작할 수 있었던 것은 그의 풍부한 경험 덕택이었다. 왜냐하면 그 신사는 여인이 눈치채지 못하도록 아주 조심스럽게 행동하고 있었기 때문이다. 라울도 눈에 띄지 않도록 조심했다. 그는 산책하는 사람들 틈에 끼어 두 사람을 잘 볼 수 있도록 발걸음을 재촉했다.

뒤에서 본 그 신사는 포마드를 바른 검은머리에, 정확한 가르마 그리고 넓은 어깨와 큰 키를 강조하는 나무랄 데 없는 옷차림을 하고 있었다. 앞에서 보면 단정한 모습으로, 턱수염은 잘 손질되어 있었고 피부는 생기 있는 붉은빛을 띠고 있었다. 나이는 서른 살쯤 되어 보였다. 걸음걸이는 힘찼고, 약간 우쭐대는 듯한 모습이었으며, 얼굴은 어딘지 모르게 야비해 보였다. 손가락에는 반지를 여러 개 끼고 있었고, 피고 있는 담배필터에는 금으로 된 링이 끼워져 있었다.

라울은 걸음을 재촉했다. 여인은 키가 크고 결단력이 있어 보였다. 영국인으로 보이는 귀족 같은 용모의 이 여인은, 다리가 우아하고 발목이 가늘었으며, 보도 위를 활기차게 걷고 있었다. 놀라울 정도로 아름다운 여인의 얼굴은 매력적인 파란 눈과 풍성한 금발머리로 빛나고 있었다. 때때로 지나가던 사람들이 가던 길을 멈추고 돌아보곤 했다. 여인은 자신도 모르게 감탄의 눈길을 보내는 사람들에게 별로 신경을 쓰지 않는 듯했다.

'야, 대단한 귀족 아가씨로군!' 라울은 생각했다. '뒤에 따라가는 포마드 바른 남자가 상대할 만한 여자가 아닌걸. 저 남자가 원하는 게 뭘까? 질투심 강한 남편인가? 거절당한 구혼자? 아님 여자 꽁무니를 쫓아다니는 겉만 번지르르한 남자인가? 그래, 아마 그럴 거야. 저 남자는 자신이 재산도 많고, 거부할 수 없는 매력을 지닌 사람이라고 생각하는 것 같군.'

오페라 광장에 다다르자, 여인은 오가는 수많은 차량을 아랑곳하지 않고 광장을 가로질러갔다. 짐마차 한 대가 여인이 가는 길을 가로막으려 하자 그녀는 침착하게 말의 고삐를 잡고는 말을 세웠다. 화가 난 마부는 자리에서 뛰어내려 그녀에게 가까이 다가가서 마구 욕설을 퍼부었다. 그러자 그녀는 그 마부의 코에 주먹을 날렸고, 그 바람에 마부의 코에서 코피가 쏟아졌다. 경관 한 명이 자초지종을 물었지만 여인은 돌아서서 태연하게 그 자리를 떠났다.

오베르 가에 다다르자, 두 사내아이가 싸우고 있는 것이 보였다. 여인은 이들의 옷깃을 잡고는 저만치 내던졌다. 그러고는 아이들에게 금화 두 개를 던졌다.

오스만 가에서 여인은 한 카페에 들어갔다. 라울은 멀리서 그녀가 테이블에 앉는 것을 보았다. 그녀를 뒤쫓아오던 신사는 카페에 들어가지 않았다. 그러나 라울은 안으로 들어가서 여인이 눈치채지 못하게 자리를 잡고 앉았다.

여인은 주문한 차와 토스트 네 쪽을 가지런한 이를 드러내며 정신없이 먹었다.

옆자리에 앉은 사람들이 그녀를 쳐다봤지만 여인은 전혀 신경 쓰지 않고 토스트 네 쪽을 더 주문했다.

그러나 좀더 멀리 앉아 있던 다른 젊은 아가씨도 라울의 호기심을 자극했다. 그녀는 영국 여인과 같은 금발머리에 물결 모양의 머리띠를 했으며, 옷은 덜 고급스러워 보였지만 좀더 파리 여성다운 취향을 보여주고 있었다. 그녀는 가난한 옷차림을 한 세 명의 아이들에게 둘러싸여, 그들에게 케이크와 석류 시럽을 나누어주고 있었다. 카페 문 앞에 있던 그들을 데리고 들어왔던 그녀는, 아이들이 기쁨으로 눈을 반짝이며 볼에 크림을 묻혀가며 케이크를 먹는 모습을 즐겁게 바라보고 있었다. 아이들은 말할 틈도 없이 허겁지겁 음식을 먹었다. 그러나 그 여자가 아이들보다 더 어린아이 같았다. 그녀는 너무나 즐거워하며 아이들에게 이야기했다.

"숙녀에게는 뭐라고 하지? 더 크게 말해봐. 잘 안 들려. 아니야, 나는 부인이 아니야. '고맙습니다'라고 해야지."

라울은 그녀의 얼굴에 드러나는 행복하고 자연스러운 생기발랄한 모습과 매력적인 그녀의 커다란 초록빛 눈에 매료되었다. 그녀의 금빛 광채를 띤 비취색 눈은 한 번 쳐다보기만 해도 도저히 시선을 뗄 수 없을 정도로 아름다웠다. 그런 눈은 대개 뭔가 묘한 분위기를 자아내서, 보통의 경우 우울해 보이거나 사색적이라는 인상을 준다. 그러나 그녀의 눈은 장난기 있어 보이는 입, 약간씩 움직이는 콧구멍, 웃을 때 나타나는 보조개처럼 강렬한 삶의 광채를 내뿜고 있었다.

"저런 종류의 사람들이 느끼는 감정은 극도의 기쁨 아니면 극한의 고통이지. 그 중간은 없어."

라울은 중얼거렸다. 그는 갑자기 자신의 마음속에서 그녀의 기쁨을 더해주고 고통을 덜어주고 싶은 욕구를 느꼈다.

그는 다시 영국 여인 쪽으로 눈길을 돌렸다. 그녀는 정말 아름다웠다. 그녀는 강렬함과 차분함이 잘 조화된 아름다움을 갖고 있었다. 그러나 초록 눈의 아가씨(그의 표현에 따르면)는 그를 더욱 매혹시켰다. 한 여성을 보고 감탄하면서도 또 다른 여성에 대해서도 알고 싶고, 그 존재의 비밀을 밝히고 싶었다.

그러나 그녀가 계산서를 지불하고 세 명의 아이들과 함께 사라질 때, 그는 주저했다. 그녀를 따라갈 것인가? 아니면 그냥 여기에 있을 것인가? 과연 어느 쪽이 이길까? 초록 눈일까? 파란 눈일까?

그는 급히 일어나서 계산대에 돈을 던지고는 밖으로 나갔다. 초록 눈이 이긴 것이다.

밖으로 나온 그는 예기치 않은 광경에 놀랐다. 보도에서 초록 눈의 아가씨가 머리에 포마드를 바른 남자와 이야기를 하고 있는 것이다. 30분 전, 수줍은 애인 혹은 질투심에 사로잡힌 애인처럼 영국 여인의 뒤를 밟던 바로 그 남자였다. 양쪽 모두 몹시 흥분해서 대화하는 모습은 마치 토론을 하는 듯이 보였다. 한눈에 보기에도, 젊은 아가씨는 그냥 지나가려고 하는데 그 남자가 길을 막고 있었다. 그 상황이 너무 심각해 보여서 라울은 예의에 어긋나 행동임에도 불구하고 둘 사이에 끼어들려고 했다.

그러나 그럴 새가 없었다. 택시 한 대가 카페 앞에 멈춰 섰다. 한 신사가 택시에서 내려서 도로 위의 광경을 보더니 달려와서 들고 있던 지팡이를 휘둘러 포마드 바른 남자의 모자를 날려버렸다.

포마드를 바른 남자는 놀라서 뒷걸음질을 치다가, 주위에 모여든 사람들은 아랑곳하지 않고 신사에게 달려들었다.

"아니, 당신 미쳤군! 미쳤어!"

포마드를 바른 남자가 말했다.

택시에서 내린 신사는 몸집도 더 작고 나이도 더 들어 보였다. 신사는 방어자세를 취하더니 지팡이를 들어올렸다.

"내가 이미 당신에게 이 아가씨에게 말을 걸지 말라고 했잖소. 이 애는 내 딸이오. 당신은 정말 파렴치한 사람이오. 그래, 파렴치한!"

양쪽 모두가 서로에 대한 증오심으로 몸을 파르르 떨고 있었다. 모욕을 당한 포마드는 택시에서 내린 신사에게 달려들듯 몸을 웅크리고 있었고, 초록 눈의 아가씨는 신사의 팔을 잡고 택시 안으로 끌고 가려고 하고 있었다. 포마드는 두 사람을 억지로 떼어놓고는 신사의 지팡이를 집어들었다. 그때, 갑자기 포마드와 신사 사이에 누군가 불쑥 끼어들었다. 처음 보는 얼굴의 이 남자는 조금 묘하게 생겼고, 오른쪽 눈을 신경질적으로 깜박이고 있었으며, 담배를 문 입가에는 빈정대는 듯한 웃음을 띠고 있었다.

바로 라울이었다. 그는 쉰 듯한 목소리로 말했다.

"불 좀 빌릴 수 있을까요?"

전혀 상황에 맞지 않는 질문이었다. 느닷없이 나타난 이 불청객은 대체 뭘 바라는 걸까? 포마드는 단호하게 거절했다.

"귀찮게 굴지 말아요. 난 불 없소."

"왜요, 있지 않습니까. 방금 전에 담배를 피웠잖아요."

라울이 말했다.

포마드는 흥분해서 라울을 떼어내려고 했지만 팔을 움직일 수가 없었다. 놀란 포마드는 고개를 숙여 밑을 내려다보고는 당황했다. 라울의 양손이 그의 손목을 잡고 있어서 꼼짝도 할 수 없었던 것이다. 마치 나사로 꽉 조여놓은 듯 도저히 움직일 수가 없었다. 라울은 여전히 고집스러운 말투로 되풀이했다.

"불 좀 빌려주십시오. 거절하시면 전 정말 슬플 겁니다."

주위에 모인 사람들이 웃음을 터뜨렸다. 포마드는 격분해서 소리쳤다.

"날 좀 내버려두란 말이오. 불이 없다고 하지 않았소."

라울은 우울한 얼굴로 고개를 저으며 말했다.

"당신은 정말 예의가 없군요. 불을 빌려달라고 이렇게 정중하게 부탁하는데 거절하는 법은 없어요. 하지만 당신이 이렇게까지 비호의적으로 나오니……."

라울은 잡았던 손을 풀었다. 풀려난 포마드가 급히 달려갔지만 헛수고였다. 이미 자동차가 와서 초록 눈의 아가씨와 그의 아버지를 싣고 떠나버렸다.

포마드가 뛰어가는 모습을 바라보던 라울이 중얼거렸다.

"완전히 헛수고했군. 돈키호테처럼 초록 눈을 가진 처음 보는 미인을 구해줬는데, 그 미인은 이름도 주소도 안 남기고 달아나 버렸으니. 그녀를 다시 만나는 건 불가능하겠지. 그럼 이제 어쩌나?"

결국 라울은 영국 여인에게 돌아가기로 결정했다. 마침 그녀가 그 자리를 떠나고 있었다. 그녀도 이 소동을 지켜본 듯했다. 라울은 그녀의 뒤를 쫓아갔다.

라울은 과거와 미래 사이에서 시간이 멈춰버린 순간에 와 있었다. 그의 과거는 온갖 사건들로 가득 차 있었고, 미래도 비슷할 것 같은 예감이 들었다. 그 중간에는 아무것도 없었다. 그리고 이런 경우, 34세가 되면 사람의 운명의 열쇠를 쥐고 있는 것은 여자라는 생각이 들기 마련이다. 라울은 초록 눈은 사라져버렸으니 이제는 파란 눈의 광채를 따라가기로 마음먹었다.

다른 길로 가는 척하다가 갔던 길을 다시 되돌아오던 라울은 초록 눈의 여인에게 거절당했던 포마드가 다시 나타나서 영국 여인을 뒤쫓아가는 것을 목격했다. 한쪽에서 거절당하자 그도 라울처럼 다른 쪽으로 방향을 돌린 것이다. 결국, 이렇게 세 사람은 다시 걷기 시작했다. 여인은 여전히 이들의 미행을 눈치채지 못하고 있었다.

여인은 가게 진열장들을 바라보며 사람들로 가득한 보도를 한가롭게 거닐고 있었다. 그녀는 사람들이 자신의 아름다움에 감탄하여 쳐다보는 눈길에는 관심이 없었다. 여인은 마들렌느 광장을 거쳐, 루와이알 가를 지나, 생또노레 가의 콩코르디아 호텔에 도착했다.

포마드는 멈춰 섰다가, 100걸음쯤 걸어가서는 담배 한 갑을 사고는 호텔로 들어갔다. 라울은 포마드가 호텔 경비원과 이야기를 나누는 것을 보았다. 3분 후, 포마드는 호텔에서 나왔다. 이번에는 라울이 경비원에게 파란 눈의 여인에 대해서 막 물어 보려던 찰나, 여인이 호텔 입구를 나와서 차에 올라탔다. 차에는 작은 가방이 실려 있었다. 여인은 여행을 떠나는 것일까?

라울은 큰 소리로 택시를 불러 세우고는 기사에게 말했다.

"저 차를 따라가 주시오."

여인은 쇼핑을 하고, 8시에 파리-리옹 역 앞에서 내렸다. 그리고 식당으로 들어가 자리를 잡고는 식사를 주문했다.

라울은 조금 떨어져서 앉았다.

저녁식사를 마친 여인은 담배를 두 개비 피우고는, 9시 반쯤에 열차시간표 앞에서 쿡(Cook) 사의 직원을 만나서 기차표와 짐표를 받았다. 그런 후, 9시 46분에 특급열차를 탔다.

라울이 쿡 사의 직원에게 지폐를 건네며 말했다.

"여기 50프랑이오. 저 숙녀분의 이름을 알려주면 50프랑을 주겠소."

"베이크필드 양입니다."

"행신지가 이딥니끼?"

"몬테카를로입니다. 5번 객차에 타셨습니다."

라울은 신중히 생각했다. 그리고 결정을 내렸다. 파란 눈의 여인은 그가 기차를 타고 따라갈 만한 가치가 있었다. 게다가 그는 파란 눈을 뒤쫓다가 초록 눈을 만났다. 그러므로, 어쩌면 영국 여인을 통해서 다시 포마드를 발견할 수 있을지도 모르고, 포마드를 통해서 그 초록 눈의 여인을 다시 만날 수 있을지도 모른다.

그는 다시 매표소로 돌아가 몬테카를로행 기차표를 사고는 서둘러 승강장으로 향했다.

라울은 객차 계단 위에 서 있는 영국 여인을 발견하고는 사람들 틈 속에 끼어들었다. 그리고 창문을 통해서, 서서 외투를 벗고 있는 그녀를 다시 한 번 보았다.

사람은 거의 없었다. 당시는 전쟁이 일어나기 몇 해 전 4월 말이었다. 남프랑스로 가는 이 특급열차는 침대 칸도 없고 식당도 없어서 좀 불편했고, 승객이라고는 1등석에 몇 안 되는 사람들이 있었을 뿐이다. 여인이 있는 5번 객차에 탄 승객은, 맨 앞쪽 칸에 자리를 잡고 있는 남자 두 명뿐이었다.

라울은 객차에서 조금 먼 곳까지 걸어가서 베개를 두 개 빌리고, 이동 서점에서 신문과 책자들을 샀다. 호루라기 소리가 들리자 라울은 한달음에 객차 계단을 뛰어올라서, 마치 기차가 출발하기 직전에 도착한 사람처럼 세 번째 칸으로 들어갔다.

영국 여인은 혼자 창가에 앉아 있었다. 라울은 맞은편 의자에 앉았다. 하지만 복도 쪽에 앉았다. 영국 여인은 고개를 들어 가방이나 짐이 하나도 없는 이 불청객을 쳐다보았다. 그러고는 태연하게, 무릎 위에 펼쳐진 커다란 상자에 든 엄청난 양의 초콜릿을 먹기 시작했다.

검표원이 지나가면서 차표를 검사했다. 기차는 교외 방향으로 달리고 있었다. 파리의 불빛이 멀어져 갔다. 라울은 대충 신문을 훑어보더니, 그다지 흥미 있는 기사가 없자 신문을 치워버렸다.

'특별한 일도 없군. 충격적인 범죄도 없고. 저 여인이 훨씬 더 관심을 끄는걸!'

폐쇄된 작은 공간에서 모르는 여인, 특히 아름다운 여인과 단 둘이 있다는 사실, 그리고 같이 밤을 보내고, 바로 옆에서 잠을 잔다는 사실이 라울에게는 아직도 꿈만 같았다. 사실 라울은 그런 것을 즐겨왔다. 따라서 책을 읽거나 생각을 한다거나 여인을 훔쳐보면서 시간을 낭비하지 않기로 작정했다.

그는 여인 쪽으로 자리를 한 칸 옮겨 앉았다. 그녀는 분명 그가 자신에게 말을 걸려고 한다는 것을 짐작했을 것이다. 그러나 여인은 아무런 동요도 없고 반응도 없었다. 결국, 라울은 혼자의 노력으로 둘 사이의 관계를 만들어 나가야만 했다. 사실 그건 라울에게 그리 난처한 일도 아니었다. 그는 대단히 정중한 어조로 말했다.

"제 태도가 무례할지도 모르겠습니다만, 괜찮으시다면 그쪽 분께 중요할지도 모르는 사실 한 가지를 알려드렸으면 합니다. 제가 몇 마디 드려도 될까요?"

여인은 초콜릿을 고르고 나서, 고개도 돌리지 않고 짧게 대답했다.

"몇 마디라면 좋습니다."

"저, 부인……."

여인이 정정했다.

"저는 미혼입니다."

"아가씨, 제가 우연히, 어떤 수상쩍은 신사가 하루종일 아가씨를 몰래 미행하는 것을 봤습니다. 그리고……."

여인이 라울의 말을 끊었다.

"정말로 댁의 태도는 무례하군요. 프랑스 사람이 그런 행동을 하다니 놀라워요. 댁은 나를 미행하는 사람들을 감시할 의무가 없지 않아요?"

"그건 그 남자가 수상해 보였기 때문에……."

"그분은 제가 아는 분이에요. 작년에 소개를 받은 적이 있는 마레스칼 씨라는 분이죠. 최소한 그분은 나름대로 신경을 써서 멀리서 저를 따라다녔고, 내가 있는 열차 칸에 쳐들어오지도 않았어요."

핵심을 찔린 라울은 한 발 물러섰다.

"대단하시군요. 정통으로 한 방 맞았습니다. 이제는 입을 다물고 있을 수밖에 없겠군요."

"네. 다음 역까지 조용히 가시다가, 거기서 내리시는 게 좋겠어요."

"유감입니다만, 저는 일이 있어서 몬테카를로까지 가야 합니다."

"제가 거기로 간다는 걸 안 후에 생긴 일이겠죠."
"아닙니다."
라울은 분명하게 말했다.
"제가 오후에 오스만 가에 있는 카페에서 당신을 본 후부터입니다."
여인의 반격은 즉각적이었다.
"그렇지 않아요. 거기서 소동이 일어난 이후에 당신이 아름다운 초록 눈을 가진 그 젊은 아가씨를 다시 만날 수 있었다면, 당신은 그 아가씨의 아름다움에 매료되어서 그녀를 따라갔을 거예요. 그게 불가능하니까 방금 말한 그 남자처럼, 당신도 내 뒤를 밟아서 콩코르디아 호텔 그리고 역 구내식당까지 나를 따라온 거예요."
라울은 이 대화에 대단히 흥미를 느꼈다.
"제 일거수일투족을 하나도 안 놓치셨다니, 기분 좋군요."
"저는 어떤 것도 놓치지 않아요."
"그런 것 같군요. 어쩌면 제 이름도 아시겠군요."
"라울 드 리메지, 티베트와 중앙아시아를 다녀온 탐험가."
라울은 놀라움을 감추지 않았다.
"점점 더 기분이 좋아지는데요. 어떻게 조사를 하셨는지 어쩌봐도 될까요?"
"조사 같은 건 한 적이 없어요. 하지만 여자는 기차가 떠나기 직전에 짐도 없이 자기가 탄 열차 칸에 뛰어들어오는 남자를 보면, 당연히 그 남자를 관찰하게 되죠. 그런데 댁이 명함으로 책자 두세 장을 찢었어요. 저는 그 명함을 보고, 최근에 본 라울 드 리메지의 지난번 탐험에 관한 인터뷰가 생각났던 거예요. 간단한 거죠."

"정말 간단하군요. 하지만 날카로운 눈을 가져야 가능한 일이죠."

"제 눈은 아주 좋아요."

"하지만 당신은 초콜릿 상자에서 눈을 뗀 적이 없지 않습니까. 당신은 지금 초콜릿을 18개째 먹고 있어요."

"저는 일부러 쳐다보지 않아도 볼 수 있고, 깊이 생각하지 않아도 짐작할 수 있어요."

"지금의 경우는 어떤 짐작을 하셨죠?"

"당신의 진짜 이름이 라울 드 리메지가 아니라는 거죠."

"이럴 수가……!"

"그렇지 않고서는 당신 모자 안쪽에 새겨진 이름 머리글자가 H와 V일 수가 없죠. 당신이 친구의 모자를 빌려 쓴 것이 아니라면요."

라울은 점점 초조해지기 시작했다. 그는 다른 사람과의 대결에서 상대방이 계속 유리한 고지를 차지하는 것을 좋아하지 않았다.

"당신 생각에는 이 H와 V가 무엇을 뜻하는 것 같습니까?"

여인은 19번째 초콜릿을 베어 물더니, 여전히 무관심한 말투로 대답했다.

"그 머리글자들의 조합은 상당히 드문 경우예요. 우연히 그런

머리글자를 보게 되면 나도 모르게 내가 한 번 봤던 이름의 머리글자와 연관시키게 돼요."

"무슨 이름인지 물어도 될까요?"

"당신에게는 아무 도움이 안 되는 거예요. 당신은 모르는 이름이에요."

"무슨 이름인데요?"

"오라스 벨몽."

"오라스 벨몽이 누굽니까?"

"오라스 벨몽은 여러 가명 가운데 하나인데, 그 가명을 쓰는 사람은……."

"그 가명을 쓰는 사람이 누군데요?"

"아르센 뤼팽이오."

라울은 웃음을 터뜨렸다.

"그럼 제가 아르센 뤼팽인가요?"

여인은 반발했다.

"무슨 말씀이세요! 저는 단지 당신 모자에 새겨진 머리글자 때문에 생각난 얘기를 한 것뿐이에요. 바보 같은 생각이지만, 라울 드 리메지라는 당신의 그 멋진 이름이 아르센 뤼팽이 쓰던 라울 당드레지와 비슷하다는 생각도 들었어요."

"훌륭한 추리입니다! 하지만 만약 영광스럽게도 제가 아르센 뤼팽이라면, 당신 앞에 앉아서 이렇게 멍청하게 굴지는 않을 겁니다. 순진한 드 리메지를 잘도 놀리시는군요!"

여인은 초콜릿 상자를 내밀었다.

"당신의 실패를 위로하는 의미에서 초콜릿 좀 드시겠어요? 그리고 저를 이젠 좀 자게 해주세요."

라울은 사정하듯 말했다.

"설마 우리 대화를 여기서 끝내시려는 건 아니겠죠?"

여인이 대답했다.

"아니오. 저는 순진한 드 리메지 씨에게는 관심이 없지만, 자기 이름이 아닌 다른 이름을 사용하는 사람들을 보면 항상 호기심이 생긴답니다. 다른 이름을 쓰는 이유가 뭘까? 왜 위장을 하는 걸까? 좀 별난 호기심이죠."

라울은 진지하게 말했다.

"베이크필드 가 사람은 그런 호기심을 가질 수 있죠."

그리고 덧붙였다.

"보시다시피 저도 당신의 이름을 압니다."

"쿡 사의 직원도 알죠."

여인은 웃으며 말했다.

"예, 제가 졌습니다. 허나 기회가 오면 복수를 할 겁니다."

라울은 말했다.

"기회는 찾지 않을 때 오는 법이죠."

영국 여인은 이렇게 말을 끝냈다.

처음으로 여인은 그 아름다운 파란 눈으로 그를 똑바로 쳐다보았다. 라울은 전율했다.

"신비스러울 만큼 아름답군."

라울은 중얼거렸다.

"전혀 신비로울 것 없어요."

여인은 말했다.

"제 이름은 콘스탄스 베이크필드예요. 저는 아버지 베이크필드 경을 뵈러 몬테카를로로 가는 길이에요. 같이 골프를 치려고 저를 기다리고 계시죠. 저는 모든 운동을 다 좋아하지만, 특히 골프를 아주 좋아해요. 그리고 저는 신문에 글을 기고해서 돈을 벌고, 그 덕에 자립해서 살고 있죠. 리포터라는 저의 직업 덕분에, 보신 것처럼, 모든 유명한 인물에 대한 정보를 직접 얻을 수 있어요. 주요 정치가, 장군, 기업가, 저명한 예술가, 유명한 도둑들까지. 만나서 반가웠어요."

여인은 숄로 얼굴을 덮고 금발머리를 베개에 묻고 나서 어깨에 담요를 덮고는 다리를 의자 위에 뻗었다.

라울은 도둑이라는 날카로운 말에 몸을 떨었다. 몇 마디 내뱉었지만 아무런 성과도 없었다. 그는 굳게 닫힌 문에 부딪친 것이다. 최선의 방법은 입을 다물고 복수의 기회를 노리는 것이었다.

그래서 라울은 자리에 조용히 앉아 있었다. 이 모험이 당황스럽기는 했지만, 그래도 몹시 기뻤고 희망으로 부풀어 있었다. 이 얼마나 아름답고, 개성이 있으면서도 매력적이고, 수수께끼 같으면서도 솔직한 여인인가! 그리고 그 관찰력은 또 얼마나 날카로운지! 그에 대해서 정확히 꿰뚫어보지 않았는가! 그가 위험을 간과하고 가끔씩 부주의하게 저지르는 실수들을 그녀가 일깨워준 것이다! 그래, 머리글자라…….

그는 모자를 집어서 모자 안쪽 실크 천을 뜯어내서는 복도로 나가 창문 밖으로 던져버렸다. 그리고 열차 칸 안으로 다시 돌아와 중간에 자리를 잡고, 자신도 베개 두 개를 편안히 베고는 태평스럽게 공상에 잠겼다.

그는 인생은 멋진 것이라는 생각이 들었다. 그는 젊었고, 쉽게 벌리는 돈으로 지갑은 언제나 두둑했다. 큰 수입을 가져다줄 수많은 확실한 계획이 그의 기발한 머릿속에서 완성되고 있었다. 그리고 내일 아침이면, 눈앞에서 아름다운 여인이 잠에서 깨어나는 멋지고 가슴 설레는 광경을 목격하게 될 것이다.

라울은 만족스럽게 이런 생각을 하고 있었다. 반쯤 잠이 든 상태에서, 라울은 아름다운 하늘빛 눈을 보았다. 이상한 것은, 그 하늘빛이 점점 의외의 색으로 변하더니 파도의 색깔과 같은 초록색으로 변하는 것이다. 라울은 그 눈이 영국 여인의 눈인지, 아니면 희미한 빛 아래에서 그를 바라보는 파리 여인의 눈인지 알 수가 없었다. 파리의 젊은 여인이 그에게 다정하게 미소짓고 있었다. 그러더니 결국에는 파리의 여인이 바로 앞에서 자고 있는 영국 여인으로 변했다. 라울은 입가에 미소를 띠고 편안한 마음으로 잠이 들었다.

기차가 심하게 덜컹거림에도 불구하고 그는 기분 좋은 꿈을 꾸며 편안히 자고 있었다. 라울은 행복하게 물결 위를 떠다니고 있었다. 거기에는 파란 눈과 초록 눈이 빛나고 있었다. 이제까지 라울은 만일에 대비해서 잠을 잘 때도 마치 보초를 서듯 의식의 일부분은 항상 깨어 있었다. 그러나 이번에는 기분 좋은 꿈에 너무나 도취된 나머지 평소와 같은 신중을 기하지 못했다.

그것이 실수였다. 열차에서는, 특히 사람이 많지 않을 때는 항상 조심해야 한다. 라울은 앞 객차(4번 객차)와 5번 객차를 잇는 연결통로의 문이 열리는 소리도, 복면을 쓰고 회색의 긴 작업복을 입은 사람 세 명이 살금살금 다가와서 열차 칸 앞에 서는 소리도 듣지 못했다.

또 다른 실수가 있었다. 전등 빛을 희미하게 줄이지 않은 것이다. 커튼으로 전등을 희미하게 했더라면, 복면을 한 사람들은 계획을 실행하기 위해서 불을 켜야 했을 것이고, 그러면 라울은 놀라서 잠에서 깼을 것이다.

결국, 그는 아무것도 듣고 보지를 못했다. 복면을 한 사람들 중 한 명이 권총을 손에 쥐고 복도에서 망을 보고 있었다. 나머지 두 사람은 서로 신호를 보내 각자의 역할을 나누고는 주머니에서 곤봉을 꺼냈다. 한 사람은 첫번째 승객을 치고 다른 사람은 담요를 덮고 자고 있는 승객을 칠 계획이었다.

낮은 목소리로 행동개시 신호가 떨어졌다. 그러나 아주 나지막한 목소리로 이야기했음에도 불구하고, 라울은 그 소리를 듣고 잠에서 깼다. 그리고 순식간에 다리와 팔이 굳어지는 것을 느꼈다. 방어도 할 수 없었다. 곤봉이 그의 이마를 내리쳤던 것이다. 겨우 그가 느낄 수 있었던 것은 누군가가 그의 목을 조이는 것이었다. 그리고 어떤 그림자가 그의 앞을 지나서 베이크필드 양에게 달려드는 것을 보았다.

7때부터는 완전히 캄캄한 밤이었다. 암흑에 휩싸여서, 물에 빠진 사람처럼 허우적거리며, 모든 것이 뒤죽박죽된 고통스러운 느낌을 받았을 뿐이다. 그리고 이 느낌들이 조금 후에는 의식의 표면으로 떠올랐고, 현실이 서서히 제자리를 찾았다. 복면을 쓴 사람들은 라울을 줄로 묶고는 입을 틀어막고 머리에 까칠까칠한 천을 씌웠다. 라울의 돈도 모두 꺼내갔다.

"괜찮은 장사로군."

한 사람이 말했다.

"하지만 이건 본 요리 전에 먹는 전채요리에 불과하지. 저쪽 사람도 묶었어?"

"곤봉으로 맞아서 완전히 정신을 잃을 뻔했지."

'저쪽 사람'은 곤봉에 맞아서 완전히 정신을 잃은 것은 아닌 듯했다. 그리고 묶여 있는 것이 괴로운 듯 어찌나 욕을 하고 시끄러운 소리를 내며 몸부림을 치는지, 온 의자가 다 흔들릴 지경이었다. 그리고 나서는 비명소리가 들렸다. 여자의 비명소리가…….

"젠장, 이런 고약한 여자가 다 있나!"

한 사람이 말했다.

"이 여자가 날 손톱으로 할퀴고 물어뜯었어. 어……? 너 이 여자가 확실해?"

"제기랄! 그건 내가 할 소리야."

"우선 이 여자 입 좀 다물게 해야겠어."

그리고 실제로 여인이 점점 조용해졌다. 비명소리가 잦아들다가 딸꾹질로 변하더니 이내 신음소리로 바뀌었다. 그렇지만 여인은 계속 저항했고, 이 모든 일이 라울의 바로 옆에서 벌어지고 있었다. 라울은 악몽을 꾸는 것처럼 공격과 저항의 몸짓을 모두 느낄 수 있었다.

갑자기 모든 것이 끝났다. 복도에서 망을 보던 사람으로 추측되는 세 번째 사람이 와서 말하는 소리가 들렸다. 그는 숨죽인 목소리로 명령했다.

"멈춰! 뭐야, 그 여자를 놔! 아니, 아직도 여자를 안 죽였어?"

"정말이지, 난 겁이 나. 어쨌든 이 여자 물건은 뒤질 수 있을 거야."

"그만둬! 조용히 해, 이런 세상……."

열차 칸 안에 있던 두 명이 밖으로 나갔다. 복도에서 세 사람이 서로 이야기하며 말다툼을 벌였다. 다시 정신이 들면서 움직이기 시작하던 라울은 세 사람의 대화를 듣고 깜짝 놀랐다.

"그래, 더 멀리…… 저쪽 맨 끝 칸……. 그래, 신속하게 해야 해! 검표원이 올지도 몰라."

강도 셋 중 하나가 라울 쪽으로 몸을 구부리고 말했다.

"너, 만약 움직이면 죽은목숨인 줄 알아. 조용히 있어."

강도들은, 기차를 타기 전에 라울이 봤던 두 명의 승객이 있는 객차 반대편 쪽으로 사라졌다. 그때 이미 라울은 몸에 묶인 밧줄을 풀려고 애쓰면서, 턱을 이용해서 재갈을 움직이려 하고 있었다.

라울 옆에서 영국 여인이 신음하고 있었다. 그 소리가 점점 작아지자 라울은 안타까웠다. 있는 힘을 다해 줄을 풀려고 애를 쓰면서도, 그는 너무 늦어서 영국 여인을 구하지 못하는 게 아닐

초록 눈의 아가씨 31

까 걱정이 되었다. 줄은 튼튼했고 매듭이 단단하게 묶여 있었다.

그러나 라울의 머리에 씌워졌던 천은 제대로 묶여 있지 않았던 탓에 어느 순간 땅바닥으로 떨어졌다. 바닥에 무릎을 꿇고, 팔꿈치는 의자에 대고 멍한 눈으로 그를 바라보고 있는 여인의 모습이 눈에 들어왔다.

멀리서 총성이 들렸다. 복면을 쓴 세 명의 강도와 두 승객이 맨 끝 칸에서 싸우는 모양이었다. 곧바로 강도 중 한 명이 손에 작은 가방을 들고 허둥대며 빠른 속도로 지나갔다.

일이 분 전부터 기차 속도가 느려지고 있었다. 철로 보수공사로 인해 열차운행이 늦어지고 있는 것이 분명했다. 강도들은 바로 그때를 골라서 습격한 것이다.

라울은 절망했다. 무자비하게 몸을 죄고 있는 줄을 풀려고 애를 쓰면서, 그는 입에 재갈을 물었음에도 불구하고 어렵사리 여인에게 말을 건넸다.

"제발 견뎌내십시오. 제가 보살펴 드리겠습니다. 아니, 왜 그러십니까? 대체 무슨 일입니까?"

그녀의 얼굴에 검은 반점이 생겨나고 경련이 일어나는 등 질식상태에서 나타나는 증상을 보이는 걸로 볼 때, 강도들이 여인의 목을 너무 심하게 졸라서 목이 부러진 것이 분명했다.

순간적으로 라울은 여인이 곧 죽을 것이라는 생각이 들었다. 그녀는 숨을 헐떡거리며 머리끝에서 발끝까지 온몸을 떨고 있었다.

여인은 상반신을 라울 쪽으로 굽히고 있었다. 라울은 여인의 거친 숨결을 느꼈다. 그녀는 숨이 넘어갈 듯 헐떡거리며 영어로 몇 마디 말을 더듬거렸다.

"이봐요…… 이봐요…… 제 말 좀 들어주세요. 저는 이제 가망이 없어요."

"말도 안 됩니다."

라울은 놀라서 말했다.

"한 번 일어나 보세요. 비상벨을 눌러 보세요."

하지만 그녀는 힘이 없었다. 게다가 아무리 초인적인 힘을 가진 라울이라고 해도 지금으로서는 줄을 풀 방도가 전혀 없었다. 모든 일을 항상 자신의 의지대로 움직이는 데 익숙했던 라울은, 고통스럽게 죽어 가는 사람을 그렇게 무력하게 바라만 보고 있는 것이 끔찍스러울 만큼 괴로웠다. 그의 능력으로 어찌할 수 없는 일들이 그의 주위를 어지럽게 맴돌고 있었다. 복면을 한 두 번째 강도가 다시 지나갔다. 그는 여행 배낭과 권총을 들고 있었다. 그 뒤로 세 번째 강도가 나타났다. 복도 저 끝에 있던 두 명의 승객은 분명 살해되었을 것이다. 그리고 기차가 공사 지점에서 속도를 점점 더 늦추고 있었기 때문에, 강도들은 유유히 도망쳐버릴 것이다.

그런데 놀랍게도 강도들은, 마치 그늘 앞에 갑자기 두려운 장애물이 나타난 듯, 라울의 열차 칸 바로 앞에서 갑자기 멈춰 섰다. 라울은 객차 연결통로에서 누군가 나타난 것이 아닐까 생각했다. 아마도 검표를 하러 다니는 검표원이겠지……

아니나다를까, 곧바로 외침소리가 나더니 갑자기 싸우는 소리가 들렸다. 두 번째 강도는 미처 총을 쏴보기도 전에 손에서 놓치고 말았다. 제복을 입은 직원이 두 번째 강도를 공격했다. 그리고 두 사람 모두 바닥에 뒹굴었다. 그 사이, 세 번째 강도가 자기 동료를 검표원에게서 떼어내려 하고 있었다. 그는 아주 말랐고, 입고 있는 회색 작업복에는 피가 튀어 있었으며, 머리에 쓴 모자가 너무 커서 머리가 완전히 가려질 정도였고, 얼굴에는 무명으로 된 검은 복면을 쓰고 있었다.

"용기를 내세요! 검표원이에요."

라울은 흥분해서 말했다.

"도와줄 사람이 왔어요."

그러나 검표원은 점점 힘이 빠졌고, 세 번째 강도가 검표원의 한쪽 팔을 꼼짝 못하게 붙잡았다. 두 번째 강도가 다시 검표원 위에 올라타서 그의 얼굴에 주먹 세례를 퍼부었다.

그리고 세 번째 강도가 다시 일어났다. 그가 일어날 때, 복면이 바닥에 떨어지면서 커다란 모자까지 같이 끌려 내려갔다. 그는 복면과 모자를 재빨리 다시 썼다. 그러나 라울은 금발머리와 겁에 질려 창백해진 아름다운 얼굴을 볼 수 있었다. 그는 바로 지난 오후에 오스만 가의 카페에서 만났던 그 초록 눈의 이름 모를 여인이었다.

비극은 막을 내렸다. 두 명의 강도는 달아났다. 라울은 놀라움에 망연자실하여 한마디 말도 못하고, 검표원이 느릿느릿 힘겹게 의자 위로 올라가서 비상벨을 누르는 것을 그냥 지켜보고 있었다.

영국 여인은 거의 죽어가고 있었다. 그녀는 마지막 숨을 내쉬면서 두서없이 몇 마디 말을 더듬거렸다.

"제발…… 제 말 좀 들어주세요. 제…… 제…….."

"뭐요? 뭐든 해드리겠습니다. 약속합니다."

"제발, 제 가방을 집어서…… 서류를 없애 주세요. 저희 아버지는 모르시게 해주세요."

여인은 고개를 떨구고는 숨을 거뒀다. 기차가 멈췄다.

수사

베이크필드 양의 죽음과 복면을 쓴 강도들의 잔인한 범행, 살해된 두 명의 승객, 빼앗긴 돈. 라울에게는 이 모든 것이 그가 마지막으로 목격했던 믿기 힘든 광경에 비하면 아무것도 아니었다. 초록 눈의 아가씨! 그가 만났던 여인들 가운데 가장 우아하고 매력적인 여인이 어두컴컴한 범죄현장에 나타나다니! 환하게 빛나는 그 모습이 끔찍한 강도와 살인자의 복면 속에서 나타나다니! 처음 본 순간부터 남자로서 본능적으로 끌렸던 비취색 눈을 가진 아가씨가 피가 튄 작업복을 입고 제정신이 아닌 듯한 모습으로 끔찍한 두 명의 살인자와 같이 나타나 그들처럼 돈을 강탈하고, 사람을 죽이고, 죽음과 공포를 몰고 올 줄이야!

라울(아르센 뤼팽이 라울이란 이름으로 이 비극을 겪었으므로 그를 계속 라울이라고 부르기로 하자)은 위대한 모험가의 삶을 살면서 숱한 공포와 치욕을 겪어왔기 때문에 최악의 상황에도 단련이 되어 있었다. 그러나 그런 그도, 도저히 상상할 수도, 이해할 수도 없는 현실 앞에서 머릿속이 온통 뒤죽박죽이었다. 열차에서 일어난 일들은 그의 상상의 한계를 넘어서는 것이었다.

밖에서는 소동이 벌어졌다. 가까운 보꾸르 역에서 직원들과 철로 보수를 하던 인부들 한무리가 달려왔다. 웅성대는 소리가 들렸다. 그들은 비상벨을 누른 곳을 찾고 있었다.

검표원은 라울의 줄을 풀고는 그의 설명을 다 듣고 나서, 복도의 창문을 열어 직원들을 불렀다.

"여기요, 여기!"

그는 다시 라울 쪽으로 돌아서서 그에게 말했다.

"저 여자 분은 죽었죠, 그렇죠?"

"예. 목이 졸려 죽었습니다. 그리고 이게 다가 아닙니다. 객차 저쪽 끝에도 승객 두 명이 있습니다."

사람들은 황급히 복도 끝으로 갔다.

맨 끝 칸에는 시체가 두 구 있었다. 몸싸움을 벌였던 흔적은 전혀 없었다. 그물로 된 선반 위에는 아무것도 없었다. 가방도 꾸러미도 없었다.

그때, 역 직원들이 다음 객차로 연결된 문을 열려고 했지만 문은 잠겨 있었다. 라울은 비로소 세 명의 강도들이 복도 끝에서 다시 돌아와서 처음에 들어온 문으로 도망친 이유를 알 수 있었다.

사람들이 열차에 올라타고 있었다. 다른 사람들은 연결통로로 나갔다. 이미 사람들이 사건이 일어난 두 개의 열차 칸에 몰려들어 있을 때, 누군가 명령조로 소리쳤다.

"아무것도 만지지 마시오! 안 돼요, 그 총은 제자리에 그냥 놔두시오. 그건 무척 중요한 증거요. 그리고 모두들 다 나가는 것이 좋겠소. 이 차량은 분리시킬 거고, 기차는 곧 다시 떠날 겁니다. 안 그렇습니까, 역장님?"

몇 분 간 혼란스러운 상황에서 어쩔 줄 몰라하던 사람들은, 누군가가 나서서 자신의 의사를 분명히 밝히자, 각자의 생각을 접고 책임자 같은 그의 위세에 복종했다. 게다가 그 남자는 사람들의 복종에 익숙한 듯 강력하게 자신의 의견을 말하고 있었다. 라울은 그를 쳐다보고는 깜짝 놀랐다. 그는 바로 베이크필드 양을 미행하고 초록 눈의 아가씨에게 접근했던 그 남자, 라울이 담뱃불을 빌려달라고 했던, 이름이 마레스칼 씨라던 그 포마드였다. 그는 여인이 쓰러져 있는 열차 칸의 입구에서 사람들이 함부로 들어오지 못하도록 길을 막고 서서 그들을 열려 있는 문 쪽으로 몰아냈다.

그는 다시 말했다.

"역장님, 차량분리작업을 감독하셔야 하지 않습니까? 직원들을 모두 데리고 가시지요. 그리고 가장 가까운 경찰서에 연락하고, 의사도 한 명 보내달라고 해주십시오. 그리고 로미오 검찰

청에도 연락을 해야 할 겁니다. 이건 살인사건입니다."

"살인자는 세 사람입니다."

검표원이 말했다.

"저를 공격했던 복면을 쓴 두 남자는 도망쳤습니다."

마레스칼이 대답했다.

"압니다. 철로 보수 인부들이 그들을 목격하고 지금 추적하는 중입니다. 비탈 위쪽에 작은 나무가 하나 있는데, 거기서부터 국도를 따라서 그 주변을 수색할 겁니다. 범인을 체포하면 여기서 바로 알 수 있을 겁니다."

그는 냉정한 태도를 보이며 권위적인 어조로 단어 하나하나를 강조해서 말했다.

라울은 점점 더 놀라울 따름이었다. 그러다가 어느 순간 그는 냉정함을 되찾았다. 저 포마드가 여기서 뭘 하고 있지? 그리고 어떻게 저렇게 태연할 수가 있단 말인가? 저런 유의 사람들이 태연한 모습을 보이는 건, 대개는 번지르르한 모습 뒤로 뭔가 숨기고 있기 때문 아닌가?

그리고 베이크필드 양을 오후 내내 뒤따라 다니고, 출발시간 전에 그녀를 염탐하던 마레스칼이, 범죄가 벌어지던 바로 그때, 4호 객차에 있었다는 사실은 그냥 간과할 수 없는 일이었다. 이 객차에서 저 객차로…… 객차 연결통로라…… 연결통로로 세 명의 복면강도가 나타났고, 바로 거기로 그 셋 중 한 명, 첫번째 강도가 다시 돌아갔다. 혹시 그 첫번째 사람이 바로, 지금 위세 좋게 지시를 내리고 있는 저 남자가 아닐까?

객차는 비어 있었다. 객차에는 검표원 외에는 아무도 없었다. 라울은 자기 자리로 돌아가려고 했으나 저지당했다.

마레스칼이 자신을 알아보지 못한다는 것을 확신한 라울은 말했다.

"왜 이러는 겁니까? 여기는 내 자립니다. 나는 내 자리로 돌아가야겠소."

마레스칼이 대답했다.

"안 됩니다. 범죄가 일어난 곳은 어디나 경찰이 통제합니다. 누구도 허락 없이는 여기 들어갈 수 없습니다."

그때 검표원이 끼어들었다.

"이 승객께서는 이번 강도사건의 피해자십니다. 강도들이 이분을 줄로 묶고 돈을 강탈해 갔습니다."

"유감이군요. 하지만 명령은 명령입니다."

마레스칼이 말했다.

"누구의 명령이오?"

라울은 화가 나서 물었다.

"내 명령이죠."

라울은 팔짱을 끼었다.

"그럼, 선생, 대체 무슨 권리로 그렇게 말씀을 하시는 거요? 선생은 여기 와서 오만불손한 태도로 제멋대로 행동하는데, 다른 사람들은 어떤지 몰라도, 나는 당신 말에 따를 기분이 아니오."

포마드는 자신의 명함을 내밀며 과장된 목소리로 또박또박 말했다.

"내무부 소속 국제수사부 경관 로돌프 마레스칼이오."

이런 직함 앞에서는 할 말이 있어도 머리를 숙이는 것 이외에 다른 도리가 없었다. 포마드는 덧붙였다.

"내가 수사의 지휘를 맡은 것은 역장님도 동의하신 일입니다. 나는 그만한 특별한 능력이 있으니까요."

말문이 막힌 라울은 감정을 자제했다. 그는 처음에는 마레스칼이란 이름에 별 신경을 쓰지 않았지만, 갑작스럽게 그의 머릿속에 몇몇 복잡한 사건들이 떠올랐다. 그 사건 당시, 마레스칼 경관은 놀라운 통찰력과 능력을 보여준 바 있다. 어쨌든 그와 정면으로 부딪치는 것은 현명하지 못한 일이었다.

라울은 생각했다.

'이건 내 잘못이야. 영국 여인의 곁에서 그녀가 부탁한 소원을 들어주기는커녕, 나는 복면을 쓴 아가씨 때문에 놀라고 흥분해서 괜한 시간낭비를 했어. 어쨌든, 이 포마드야, 내가 반드시 너에게 이 빚을 갚아주지. 그리고 네가 어떻게 때마침 이 기차에 타서 오늘 오후에 보았던 아름다운 두 여인에게 일어난 이 사건을 맡게 되었는지 반드시 알아내고 말 테다. 그때까지는 순순히 말을 들어주지.'

그리고 나서 그는 고위 관리들의 위세에 약한 사람처럼 공손하게 말했다.

"죄송합니다, 경관님. 저는 거의 외국에서 지내기 때문에 파리에서 일어나는 일을 잘 모릅니다. 저도 경관님의 명성은 익히

들어서 잘 알고 있습니다. 여러 사건들 중에서도 특히 귀걸이 사건은 기억에 남는군요."

마레스칼은 거드름을 피우며 말했다.

"그래요, 로랑티니 공주님의 귀걸이 사건. 그리 나쁘지 않았죠. 하지만 오늘 사건에서는 더 나은 성과를 거두려고 노력중입니다. 그리고 솔직히 말해서, 나는 경찰에 오기 전, 특히 예심판사가 오기 전에 조사를 어느 정도 진전시켰으면 합니다."

라울이 맞장구를 쳤다.

"어느 정도라면, 그 사람들은 결론만 내리면 되는 정도라는 말씀이시군요. 지당하신 말씀입니다. 제가 경관님께 도움이 된다면, 저도 내일까지는 여기에 있겠습니다."

"대단히 많은 도움이 될 겁니다. 감사합니다."

검표원은 자신이 아는 것을 다 말하고 자리를 떠난 모양이었다. 라울이 탄 객차는 옆 선로에 세워지고, 기차는 다시 출발하여 멀리 사라졌다.

마레스칼은 수사를 시작했다. 그리고 라울에게 역에 가서 시체를 덮을 천을 가져다달라고 부탁했다. 라울을 떼어놓으려는 의도가 분명했다. 라울은 서둘러 기차에서 내려서, 객차를 따라 걸어가다가 복도 세 번째 창문 앞에서 창문 높이까지 몸을 세워 안을 들여다보았다. 라울이 중얼거렸다.

"과연 내가 생각한 대로군. 저 포마드는 혼자 있고 싶었던 거야. 음모의 전주곡이로군."

마레스칼은 영국 여인의 시체를 약간 들어올려서 그녀의 여행용 외투를 반쯤 풀어놓고 있었다. 허리춤에 붉은 가죽으로 만든 작은 지갑이 있었다. 그는 지갑의 가죽띠를 풀고 지갑을 열었다. 안에는 서류들이 들어 있었다. 그는 그 서류들을 읽기 시작했다.

마레스칼이 라울을 등지고 있었기 때문에, 라울은 그가 서류들을 읽고 어떤 표정을 하는지 알 수가 없었다. 라울은 그 자리를 떠나며 중얼거렸다.

"네가 아무리 서둘러봐야 소용없을걸. 내가 목표지점 앞에서 항상 널 따라잡을 테니까. 그 서류들은 그녀가 내게 맡겼으니까, 나말고는 어느 누구도 그 서류에 대한 권리가 없어."

그가 마레스칼이 지시한 일을 끝내고, 고인들 곁에서 밤을 새워주겠다고 자청한 역장의 어머니와 아내와 함께 돌아왔을 때, 마레스칼은 숲 덤불 속에 숨어 있는 두 남자를 포위했다고 알려주었다.

"다른 단서는 없나요?"

라울이 물었다.

"없습니다."

마레스칼이 단호하게 말했다.

"강도들 중 한 명이 다리를 전다고 하더군요. 그리고 그 사람이 지나간 자리에서 나무뿌리 사이에 낀 구두굽을 발견했는데 여성용 구두굽이었습니다."

"그럼, 이 사건과는 관련이 없군요."

"아무 관련도 없습니다."

사람들이 영국 여인을 바닥에 눕혔다. 라울은 마지막으로 아름답고도 불행한 여인을 바라보았다. 그리고 혼자 중얼거렸다.

"베이크필드 양, 제가 당신의 복수를 해드리겠습니다. 내가 당신을 돌봐드리고, 당신을 구해 드리지는 못했지만, 내가 반드시 당신을 죽인 자들이 그 죗값을 치르도록 만들겠습니다. 맹세합니다."

라울은 초록 눈의 아가씨를 떠올리고, 그 수수께끼 같은 여인에 대해서도 똑같은 증오와 복수의 맹세를 했다. 그러고 나서 영국 여인의 눈을 감겨주고 그녀의 창백한 얼굴 위에 천을 덮었다. 라울이 물었다.

"이 여인은 정말 아름다웠어요. 이 여자의 이름을 모르십니까?"

"내가 어떻게 알겠소?"

마레스칼은 슬쩍 회피하며 대답했다.

"하지만 여기 지갑이 있으니까……."

"그 지갑은 검찰이 도착한 후에 열어야 합니다."

마레스칼은 지갑을 어깨에 비스듬히 메고는 덧붙였다.

"강도들이 이 지갑을 안 가져가다니 뜻밖이군요."

"그 안에 서류가 있을 거예요."

"우리는 검찰이 도착할 때까지 기다려야 합니다."

마레스칼이 다시 한 번 말했다.

"강도들이 당신 물건은 빼앗아가 놓고서 이 여인의 물건은 아무것도 안 가져갔군요. 팔찌시계도 안 가져가고, 브로치도, 목걸

이도……."

 라울은 당시 상황을 상세하게 설명했다. 그리고 무엇보다도 정확하게 설명하려고 했다. 그는 그만큼 사건의 진상을 알아내는 데 도움을 주고자 했던 것이다. 하지만 점점 더 석연치 않은 기분이 들어 몇 가지 사실은 다르게 설명했다. 그리고 세 번째 강도에 대해서는 거의 얘기하지 않았고 나머지 두 사람에 대해서도 대략적인 인상착의만 말했다. 그리고 그중 여자가 있었다는 사실도 밝히지 않았다.

 마레스칼은 그의 설명을 듣고서 몇 가지 질문을 하고는, 보초 한 명을 남겨두고 다른 한 명을 데리고 죽은 두 승객이 있는 칸으로 갔다.

 그 두 사람은 얼굴이 비슷했다. 한 사람이 훨씬 젊었지만 둘 다 야비한 인상이었다. 두 사람 모두 눈썹이 짙고, 똑같은 회색 옷을 입었으며 머리는 손질이 잘 안 된 상태였다. 젊은 남자는 이마 한가운데에 총을 맞았고, 그 옆 사람은 목에 총을 맞았다. 마레스칼은 아주 조심스럽게 행동하며, 시체를 그 자리에서 움직이지도 않고 오랫동안 검사하더니, 주머니를 뒤져보고는 시체를 다시 덮었다. 라울은 마레스칼의 허영심과 거만함을 놓치지 않고 말했다.

 "경관님, 제 생각에 경관님은 이미 어느 정도 진상 파악이 되신 것 같습니다. 정말 전문가다우십니다. 간단하게 설명해 주실 수 있겠습니까?"

 "안 될 것도 없죠."

마레스칼은 라울을 다른 칸으로 데리고 갔다.

"경찰도 곧 도착할 거고, 의사도 곧 올 거요. 내 입장을 확실히 밝히고, 이에 대한 특권을 누리기 위해서 현재까지의 수사결과를 기꺼이 알려주겠소."

'그래, 어서 해라, 포마드. 네 비밀얘기 상대로 나보다 나은 사람은 못 찾을 거다.'

라울은 속으로 생각했다.

뜻밖의 횡재에 라울은 얼떨떨했다. 이런 영광과 기쁨이 또 어디 있을까! 마레스칼은 라울에게 앉을 것을 권하고는 설명을 시작했다.

"먼저, 내 생각에 가장 기본적이며 중요하다고 판단되는 두 가지 사안을 확실히 밝히고자 합니다. 이 부분에서는 몇 가지 모순되는 사안들은 무시하고, 여러 가지 세세한 것들에는 연연하지 않았습니다. 우선, 첫째, 당신이 영국 여인이라고 부르는 그 여성은 오해로 인해서 희생되었습니다. 증거가 있으니 내 말에 이의를 제기하지는 못할 겁니다. 강도들은 이미 기차가 속도를 늦출 거라는 사실을 알고 그에 따라서 범행 시각을 결정했습니다. 그리고 그들은 다음 객차에 타고 있다가 - 제가 멀리서 그 사람들을 본 기억이 납니다. 그리고 그 사람들은 세 명이었던 것 같습니다 - 그 시각이 되자 당신을 공격하고 당신 돈을 빼앗았습니다. 당신 옆에 있는 여자를 공격하고는 그녀를 줄로 묶으려고 한 것이죠. 그러다 갑자기 모든 것을 멈추고 저 멀리, 맨 끝에 있는 칸까지 갔습니다.

왜 그랬을까요? 왜냐하면 그들이 잘못 생각했기 때문이지요. 그 여자가 담요를 덮고 있어서 그들은 착각을 했던 거죠. 두 남자에게 달려든 거라고 생각했는데, 알고 보니 여자였던 거죠. 거기서 당황한 강도들이 그래서 '젠장, 이런 고약한 여자가 다 있나!' 하고는 서둘러서 그 자리를 떠난 것입니다. 그들은 복도를 돌아다니다가 그들이 찾던 두 남자를 찾았소. 그런데 그 남자들은 강도들에 대항해서 싸웠던 거죠. 강도들은 권총으로 그들을 살해하고 아무것도 남기지 않고 가방, 꾸러미, 심지어 모자까지 모두 가져갔습니다. 첫번째 사안은 확실하게 밝혀졌죠, 안 그렇습니까?"

라울은 깜짝 놀랐다. 추리 내용에 놀란 것은 아니었다. 그도 처음부터 그러리라고 짐작했다. 그가 놀란 것은 마레스칼이 이렇게 날카롭고 논리적으로 그런 추리를 해냈다는 사실 때문이었다.

마레스칼은 자신의 말을 들으며 감탄하는 라울을 보자 격앙되어 말을 이었다.

"두 번째 사안은······."

그는 라울에게 은으로 정교하게 세공된 작은 상자 하나를 내밀었다.

"의자 뒤에서 주웠습니다."

"코담뱃갑인가요?"

"네, 오래된 코담뱃갑입니다 하지만 보통 담배가 들어 있습니다. 보시다시피 정확히 담배 세 개비가 들어 있습니다. 여성용 흰 담배죠."

"아니면 남성용일 수도…… 그땐 남자들밖에 없었으니까요."

라울이 웃으며 말했다.

"확실히 여성용입니다."

"그건 말이 안 됩니다."

"이 상자의 냄새를 맡아보시오."

그는 상자를 라울의 코에 들이댔다. 라울은 냄새를 맡아보고는 마레스칼의 말에 동의했다.

"정말이군요, 정말이에요. 여자 향수 냄새로군요. 손수건, 화장분, 휴대용 향수가 들어 있는 가방에 넣었을 때 밴 냄새 같습니다. 냄새가 독특하군요."

"그래서요?"

"그래서, 도저히 이해가 안 갑니다. 여기 죽은 두 남자가 있고, 다른 두 남자는 우리를 공격하고 살인을 저지르고는 달아나 버렸지 않습니까?"

"남자 한 명과 여자 한 명일 수도 있죠."

"뭐라고요! 여자요? 그 강도들 중 한 사람이 여자란 말입니까?"

"그게 아니면 이 담뱃갑은 대체 뭡니까?"

"그건 충분한 증거가 못 됩니다."

"다른 증거도 있습니다."

"뭔가요?"

"구두굽입니다. 숲에서 나무뿌리에 박혀 있던 그 구두굽. 또 다른 증거가 있어야 내 말을 믿으시겠습니까? 두 명의 강도 중 한 명은 남자, 한 명은 여자가 확실합니다."

라울은 마레스칼의 예리함에 신경이 쓰였다. 라울은 그런 티를 내지 않도록 조심하면서 자기도 모르게 감탄이 나온 것처럼 중얼거렸다.

"경관님은 정말 대단하시군요!"

그리고 다시 물었다.

"그게 다인가요? 또 알아내신 건 없습니까?"

마레스칼은 웃으며 말했다.

"이것 보세요. 숨 좀 돌립시다!"

"그럼 밤새도록 조사를 계속 하실 겁니까?"

"적어도 도망친 강도 두 명을 잡아서 데려올 때까지는요. 강도를 추적하는 사람들이 내 지시대로 따른다면 별로 오래 걸리지 않을 겁니다."

라울은, 자신은 별 능력이 없어서 이 사건을 잘 이해하지 못하기 때문에, 사건 해결은 다른 사람들에게 맡기겠다는 듯한 태도를 보이며 마레스칼의 장황한 설명을 묵묵히 듣고 있었다. 그가 고개를 흔들고는 하품을 하면서 말했다.

"수사 잘 하십시오, 경관님. 솔직히 저는 너무 혼란스럽고 흥분해서 완전히 녹초가 됐습니다. 1, 2시간 정도 휴식을……."

"그렇게 하십시오."

마레스칼도 찬성했다.

"아무 칸에나 가서 주무십시오. 아, 여기서 주무십시오. 아무도 방해하지 못하도록 해드리죠. 그리고 일이 끝나면 나도 와서 좀 쉬어야겠습니다."

라울은 안으로 들어가서 문을 닫고 커튼을 치고는 불을 켰다. 그는 자신이 무엇을 하려고 하는지 확실히 알 수 없었다. 아주 복잡한 부분들이 아직 해결되지 않고 있었다. 우선 그는 마레스칼의 의도를 살피며 그의 수상한 행동을 밝혀내기로 했다.

"너, 포마드. 너는 내 손아귀에 있어. 너는 우화 속의 까마귀하고 똑같아. 남들의 칭찬에 먹이를 물고 있던 입을 벌리는 까마귀 말이야. 물론 너는 능력도 있고 통찰력도 있지. 하지만 너무 말이 많아. 그 여자와 공범을 잡아넣기는 힘들걸. 그건 내가 개인적으로 갚아야 할 빚이야."

그때, 역 쪽에서 웅성대는 소리가 들려왔다. 밖이 금방 소란스러워졌다. 라울은 귀를 기울였다. 마레스칼은 복도 창문 밖으로 몸을 내밀고 다가오는 사람들에게 소리를 질렀다.

"무슨 일이오? 아! 잘 됐군. 경찰이 도착했군. 내 말이 맞았죠?"

누군가 대답했다.

"역장이 저를 경관님께 보냈습니다."

"당신이 경찰 반장이오? 체포했습니까?"

"한 사람만 체포했습니다. 여기서 1킬로미터쯤 떨어진 곳에서 우리가 쫓던 강도들 중 하나가 큰길에서 지쳐서 쓰러졌습니다. 다른 놈은 도망쳤습니다."

"의사는?"

"우리가 지나갈 때, 수레에 말을 달고 있었습니다. 하지만 도중에 들를 곳이 있어서 40분쯤 후에 도착할 겁니다."

"체포한 강도가 키가 더 작은 쪽이오?"

"작고 얼굴이 창백한 놈입니다. 아주 큰 모자를 썼고요. 그놈이 울면서 말하더군요. '다 말하겠습니다. 하지만 예심판사한테만 말하겠어요.'라고 하더군요. 예심판사님은 어디 계십니까?"

"그 녀석을 역에 두고 왔습니까?"

"감시를 잘 시켜놓고 왔습니다."

"내가 가보겠소."

"괜찮으시다면 우선 객차 안에서 일이 어떻게 벌어졌는지 보고 싶습니다."

경찰반장은 경찰 한 명과 같이 객차에 올랐다. 마레스칼은 그들을 곧바로 영국 여인의 시체가 있는 곳으로 안내했다.

한마디도 빠짐없이 그들의 대화를 엿들은 라울이 말했다.

"다 잘 되어가고 있어. 포마드가 사건설명을 시작하면 어느 정도 시간이 걸릴 거야."

복잡한 그의 머릿속에 어떤 생각이 갑자기 떠올랐다. 이번에는 자신이 무엇을 하려고 하는지 정확히 알 수 있었다. 그러나 그 이유는 자신도 이해할 수 없었다.

그는 커다란 창문 유리를 내리고 철로 쪽으로 몸을 내밀었다. 아무도 없었고 불빛도 보이지 않았다. 그는 뛰어내렸다.

어둠 속의 입맞춤

보꾸르 역은 사람들이 사는 곳에서 멀리 떨어진 시골 한가운데에 있었다. 수직으로 교차된 철길이 기차역과 보꾸르 마을, 경찰서가 있는 로미오, 역으로 오기로 되어 있는 예심판사들이 있는 오그제르를 연결해주고 있었다. 이 길은 500미터쯤 뻗어 있는 국도와 직각으로 교차되어 있었다.

플랫폼에는 전등, 초, 램프, 가로등 등 가능한 모든 조명이 켜져 있어서 라울은 극도로 조심해서 움직여야 했다. 역장과 직원 한 명, 그리고 인부 한 명이 보초를 서고 있는 경찰과 이야기를 나누고 있었다. 키가 큰 경찰은 활짝 열려 있는 문 앞에 서 있었다. 화물들로 가득 차 있는 문 안쪽 창고는 화물 담당자들만 출입이 가능했다. 희미한 불빛이 비치는 창고 안에는 수많은 바구니와 작은 상자가 층층이 쌓여 있었고, 온갖 종류의 꾸러미가 널려 있었다. 라울은 다가가면서 물건 더미 위에 허리를 구부린 채 움직이지 않고 앉아 있는 사람의 형체를 본 것 같았다.

'분명 그 여자일 거야. 초록 눈의 아가씨가 분명해. 간수들이 하나밖에 없는 출구를 지키고 있으니, 열쇠로 문을 잠가버리면 결국 감옥에 갇힌 셈이지.'

상황이 그에게 유리해 보였다. 그러나 그것은 라울이 방해가 될 만한 장애물을 만나지 않는다는 가정하에서였다. 마레스칼과 경찰이 그가 생각했던 것보다 더 빨리 들이닥칠 수도 있기 때문이다. 그래서 라울은 뛰기 시작했다. 모퉁이를 돌아서, 아무하고도 마주치지 않고 역 뒤편에 다다랐다. 자정이 넘은 시각이었다. 이제는 더 이상 보꾸르 역에 서는 기차도 없었다. 플랫폼에서 잡담을 하고 있는 몇몇 사람들 외에는 아무도 없었다.

그는 수화물 관리실로 들어갔다. 왼쪽에 계단이 있는 입구가 하나 있고, 오른쪽에 또 다른 문이 있었다. 건물 배치로 볼 때, 그곳이 틀림없었다.

라울과 같은 사람에게 자물쇠는 별 장애가 되지 않았다. 그는 끼디로운 문을 여는 데 사용하는 네다섯 가지 도구들을 항상 몸에 지니고 있었다. 첫번째 시도로 문을 여는 데 성공했다. 문을 살짝 열고 살펴보니 창고 안에는 불빛이 전혀 없었다. 그래서 그는 몸을 낮게 숙이고 안으로 들어갔다. 밖에 있는 사람들은 그를 보지 못했고, 그가 움직이는 소리도 듣지 못했다. 안에 있는 여인도 마찬가지였다. 조용히 흐느끼는 소리가 정적 속에서 들려왔다.

철로 인부가 숲에서 벌인 추적에 대해서 이야기하고 있었다. 그가 바로 덤불숲에서 램프 불빛으로 '사냥감'을 발견한 사람이었다. 그의 말에 따르면, 다른 '강도 놈'은 마르고 키가 컸으며, 쏜살같이 도망쳤다. 그러나 인부는 그를 쫓아가는 대신 키 작은 강도를 끌고 가는 게 낫다고 생각했다. 게다가 너무나 어두워서 추적도 쉽지 않았다.

인부가 이야기했다.

"곧바로 거기에 있던 작은 녀석이 우는소리를 하기 시작했어. 그 녀석은 목소리가 꼭 여자 같더군. 눈물을 흘리면서, '예심판사는 어디 있어요? 예심판사에게 모든 걸 다 이야기하겠어요. 예심판사에게 데려다 주세요!' 그러는 거야."

이야기를 듣던 사람들이 킬킬거리며 웃었다. 라울은 그 기회를 이용해서 두 개의 상자 더미 사이로 머리를 내밀었다. 그리고 여인이 낙담한 채 앉아 있는 화물 더미 뒤로 갔다. 이번에는 여인이 라울의 소리를 들은 것이 분명했다. 여인의 흐느낌이 멈췄다.

그는 나지막하게 말했다.

"겁내지 마세요."

여인이 아무 말도 안 하자, 라울은 다시 말했다.

"겁내지 마세요. 도와주러 왔습니다."

"기욤?"

그녀는 아주 낮은 목소리로 물었다.

라울은 그것이 도망친 다른 한패를 말한다는 것을 깨닫고는 대답했다.

"아닙니다. 제가 당신을 경찰의 손에게서 구해 드리겠습니다."

그녀는 한마디도 하지 않았다. 함정이 아닌지 걱정하는 것 같았다. 그러나 그는 계속해서 말했다.

"당신은 경찰의 손아귀에 있습니다. 나를 따라오지 않으면 결국 감옥에 들어가게 될 겁니다. 그러면 결국, 중죄재판소로 넘겨질 것이고······."

"아니오."

여인이 말했다.

"예심판사는 나를 석방할 거예요."

"예심판사는 당신을 석방하지 않을 거요. 두 남자가 죽었소. 당신 작업복은 피에 젖어 있고······. 나를 따라와요. 망설이다가 순간 모든 걸 망치는 수가 있습니다. 나를 따라오세요."

잠시 침묵이 흐른 후, 여인은 중얼거렸다.

"저는 손이 묶여 있어요."

라울은 웅크리고 앉은 채로 칼로 줄을 끊어주고는 물었다.

"지금 바깥에 있는 사람들이 당신을 볼 수 있나요?"

"경찰은 돌아서면 볼 수 있어요. 제가 어두운 데 있어서 잘 보이지는 않겠지만······ 다른 사람들은 너무 왼쪽에 있어요."

"잘 됐군요. 아! 잠깐, 무슨 소리가 납니다."

초록 눈의 아가씨 55

플랫폼에서 발자국 소리가 다가오고 있었다. 라울은 마레스칼의 목소리를 식별해내고는 여인에게 지시했다.

"움직이지 마십시오. 그들이 오는군. 내가 생각했던 것보다 일찍 오는걸. 저 소리가 들립니까?"

여인은 더듬거리며 말했다

"아! 무서워요. 내가 듣기에 저 목소리는……. 맙소사, 이건 말도 안 돼!"

라울이 대답했다.

"맞습니다. 저건 당신의 적, 마레스칼의 목소립니다. 하지만 겁먹을 필요는 없습니다. 기억하시죠? 오늘 오후에, 길거리에서 마레스칼과 당신 사이에 누군가가 끼어들었죠. 그게 접니다. 그러니 제발 겁먹지 마십시오."

"하지만 마레스칼이 곧 올 거예요."

"안 올지도 모르죠."

"하지만 만약에 오면요?"

"자는 척, 아니면 정신을 잃은 척하십시오. 두 팔을 모으고 얼굴을 감싸세요. 그리고 움직이지 마십시오."

"마레스칼이 제 얼굴을 보려고 하면요? 그가 저를 알아보면 어떻게 하죠?"

"그에게 아무 대답도 하지 마십시오. 무슨 일이 일어나도 한마디도 하지 마십시오. 마레스칼이 당장 어떻게 하지는 않을 겁니다. 그는 신중하게 생각할 겁니다. 그리고 나서……."

사실 라울도 안심할 수 없었다. 그는 마레스칼이 틀림없이 자신의 추리가 맞았는지, 강도가 정말 여자인지 확인하고 싶어서 안달이 났을 것이라고 예상했다. 그렇기 때문에 마레스칼은 즉각 심문을 하려고 할 것이다. 그리고 강도가 갇혀 있는 이곳의 감시가 충분치 못하다고 판단하고, 직접 감독하려 할 것이다.

역시나 마레스칼은 유쾌한 목소리로 외쳤다.

"아, 역장님, 이런 건 처음 있는 일 아닙니까! 역장님 역에 죄수가 있다니! 그것도 대단한 죄수가! 보꾸르 역은 유명해질 겁니다. 반장, 장소를 잘 고른 것 같군요. 더할 나위 없이 알맞은 장소를 골랐어요. 노파심이긴 하지만 내가 확인을 해보겠소."

그렇게 말하면서 마레스칼은, 라울이 예상했던 대로 곧바로 목표물을 향해 똑바로 걸어왔다. 곧 마레스칼과 여인 사이에서 무시무시한 일이 벌어질 것이다. 약간의 몸짓과 몇 마디 말이면, 초록 눈의 여인은 돌이킬 수 없을 정도로 무너져 내리고 말 것이다.

라울은 잠시 후퇴하려고 했다. 그러나 그것은 모든 희망을 포기하고, 적들이 자신의 뒤를 쫓도록 만드는 샘이었다. 결국, 여인을 탈출시킬 기회는 더 이상 없을 것이다. 그는 운에 맡기기로 했다.

마레스칼은 밖에 있는 사람들에게 계속 말을 하면서 창고 안으로 들어왔다. 그것은 다른 사람들이 잡혀온 강도를 보지 못하게 하고, 자신이 혼자서 살펴보고 싶었기 때문이었다. 라울은 마레스칼의 눈에 띄지 않게 충분한 거리를 두고 떨어져서 상자들 사이에 몸을 숨기고 있었다.

마레스칼은 걸음을 멈추고 큰 소리로 말했다.

"자는 것 같군. 어이! 이봐, 잠깐 얘기 좀 할 수 있을까?"

그는 주머니에서 손전등을 꺼내 단추를 누르고는 불빛을 비췄다. 모자와 팔짱 낀 팔밖에 보이지 않자, 마레스칼은 팔을 치우고 모자를 들어올렸다.

"그래, 됐어. 여자군. 금발머리 여자! 자, 아가씨, 어디 예쁜 얼굴 좀 봅시다."

그는 힘을 줘서 여인의 머리를 잡고는 자신 쪽으로 방향을 돌렸다. 그는 눈앞에 펼쳐진 광경이 너무도 놀라워서 도저히 자신의 눈을 믿을 수가 없었다.

"아니, 아니야. 이건 말도 안 돼."

그는 중얼거렸다.

그는 아무도 들어오지 않기를 바라면서 입구를 살폈다. 그러고는 흥분해서 모자를 확 벗겼다. 여인의 얼굴이 빛을 받아 완전히 드러났다.

그는 중얼거렸다.

"그녀야! 그녀! 아니, 내가 정신이 어떻게 된 건가. 아니야, 이건 믿을 수가 없어. 그녀가 여기에……. 그녀가 살인자라니! 그녀가…… 그녀가……."

그는 몸을 더 굽혔다. 여인은 움직이지 않았다. 창백한 그녀의 얼굴은 미동도 없었다. 마레스칼은 숨가쁘게 내뱉었다.

"당신이었소? 이게 대체 무슨 일이야? 그래, 당신이 살인을 했단 말이지. 그리고 경찰은 당신을 붙잡았고! 그리고 당신은 여기에 있고! 이건 말도 안 되는 일이야!"

누가 봐도 그녀는 정말로 자는 듯했다. 마레스칼은 말을 멈췄다. 그녀는 정말 자고 있는 것일까? 그는 여인에게 말했다.

"그래요, 움직이지 마시오. 내가 다른 사람들을 멀리 보내고 다시 오겠소. 1시간 후에 돌아오죠. 우리 그 다음에 이야기합시다. 아! 잠자코 내 말에 따라야 할 거요, 아가씨."

무슨 뜻으로 한 말일까? 추악한 거래를 제안하려는 것일까? 사실 (라울의 추측으로는) 마레스칼은 아직 확실히 어떻게 할지 결정하지 않았다. 별안간 닥친 일로 그는 당황해서, 이 상황에서 어떤 이득을 얻을 수 있을지를 생각해보고 있었다.

그는 여인의 머리에 모자를 다시 씌워주고서 머리칼을 전부 뒤로 넘겼다. 그는 여인의 작업복을 반쯤 벌리고 상의 주머니를 뒤졌다. 아무것도 없었다. 그러자 마레스칼은 다시 몸을 일으키고는, 너무 흥분한 나머지 더 이상 창고와 문을 확인할 생각도 하지 않았다.

"재미있는 녀석이로군."

마레스칼은 나머지 사람들에게 다가가며 말했다.

"분명 스무 살도 안 됐을 거야. 철없는 아이를 그 패거리들이 나쁜 물로 끌어들였군."

그는 말을 계속했지만 다른 곳에 정신이 팔려 있는 듯 너무 산만해 보여서, 상대방이 그의 머릿속이 현재 굉장히 혼란스럽고 생각을 좀 정리할 필요가 있다는 사실을 느낄 정도였다.

마레스칼은 말했다.

"내 생각에, 검찰에서 일차적인 내 조사에 흥미를 가지실 것이라고 봅니다. 그들이 올 때까지 내가 반장과 같이 보초를 서죠. 아니면 혼자 해도 괜찮습니다. 만약 좀 쉬고 싶다면……."

라울은 서둘렀다. 그는 꾸러미들 중에서 여인이 입고 있는 남자 옷과 얼추 비슷해 보이는 천으로 된 가방 세 개를 집었다. 그중 한 개를 들고 조용히 말했다.

"다리를 제 쪽으로 가까이 대십시오. 제가 이 가방을 그 앞에 대신 둘 수 있게요. 하지만 최대한 움직이지는 마십시오. 아셨죠? 그러고 나서 상체를 제 쪽으로 움직이세요. 그러고 나서 머리……."

그는 얼음처럼 차가운 여인의 손을 잡았다. 여인이 꼼짝도 하지 않았기 때문에 그는 다시 말했다.

"제발 부탁입니다. 내가 시키는 대로 하세요. 마레스칼은 무슨 짓이든 할 수 있는 사람입니다. 당신은 그에게 모욕을 줬어요. 당신이 그 사람 손아귀에 있으니, 그는 어떻게든 당신에게 복수를 할 겁니다. 자, 다리를 제 쪽으로 가까이 대세요."

여인은 보일 듯 말 듯 아주 조금씩 서서히 움직였다. 그렇게 움직이는 데 적어도 3~4분이 걸렸다. 여인이 빠져나오고 나자 그녀가 있던 자리에는 몸을 웅크린 듯한 회색 형체가 남겨졌다. 그것은 마치 여인인 듯한 착각을 일으킬 만큼 여인과 비슷한 윤곽이어서, 경찰이나 마레스칼이 힐끗 쳐다보면 그녀가 계속 거기에 있는 줄 알 것이다.

"갑시다."

라울이 말했다.

"저들이 돌아서 있을 때를 이용해요. 그리고 저들이 큰 소리로 말할 때를 이용해서 빠져나오십시오."

그는 허리를 구부리고 있는 여인을 팔로 안고서 반쯤 열린 문을 통해서 잡아당겼다. 입구에서 여인은 몸을 펴고 일어설 수 있었다. 라울이 자물쇠를 다시 잠근 후, 그들은 수화물 관리실을 통과했다. 그러나 역 앞의 평지에 막 다다랐을 때, 여인은 기운을 잃고 바닥에 거의 무릎을 꿇었다.

"난 절대 못할 거예요. 절대로……."

그녀는 신음하며 말했다.

라울은 가뿐하게 여인을 어깨에 둘러메고는 로미오와 오제르 도로 사이에 있는 숲을 향해 뛰기 시작했다. 라울은 먹이를 잡았다는 생각에 커다란 만족을 느꼈다. 그는, 베이크필드 양을 살해한 살인자가 더 이상 그를 벗어날 수 없으며, 그의 행동이 사회 전체를 대신한 것이라는 생각에 대단히 만족스러웠다. 그는 어떻게 할 것인가? 그건 중요치 않았다. 그 순간 정의의 필요에 의해 자신이 인도되고 있으며, 상황에 따라서 여인이 받을 죄의 대가가 결정될 것이라고 확신했다. 아니면 적어도 그렇게 생각하고 있었다.

200걸음쯤 더 걸은 후, 그는 멈춰 섰다. 숨이 가빠서가 아니라 정적에 귀를 기울이고 주위를 살피기 위해서였다. 숲에서는 나뭇잎이 사각거리는 소리와 작은 야행성 동물들이 도망치는 소리가 들릴 뿐이었다.

"무슨 일이죠?"

여인은 불안해하며 물었다.

"아무것도 아닙니다. 걱정할 것 없습니다. 오히려 그 반대죠. 말발굽 소리가 나는군요. 아주 멀리서……. 제가 원했던 바입니다. 아주 잘 됐군요. 아가씨에게는 구원인 셈입니다."

라울은 여인을 어깨에서 내려서 어린아이처럼 두 팔에 안았다. 그러고는 빠른 걸음으로 200, 300미터를 걸어갔다. 그렇게 해서 도착한 곳은 국도 교차로였다. 어두운 나뭇잎 아래로 희미한 길이 나타났다. 풀이 너무 젖어 있었기 때문에, 라울은 비탈 뒷면에 앉으며 여인에게 말했다.

"제 무릎에 앉아 계십시오. 그리고 제 말을 잘 들으세요. 지금 들리는 저 마차소리는 사람들이 부른 의사의 마차소립니다. 제가 그 의사를 처리할 겁니다. 점잖게 나무에 묶어둘 거죠. 우리는 그 마차를 타고 밤새 달려서, 어느 역이든 다른 기차 노선이 있는 역까지 갈 겁니다."

여인은 대답을 하지 않았다. 그는 여인이 듣고 있는지 의심이 갔다. 여인의 손이 불덩이처럼 뜨거웠다. 여인은 정신이 가물가물해져서 중얼거렸다.

"난 안 죽였어요. 난 안 죽였어요."

"조용히 계세요."

라울이 거칠게 말했다.

"나중에 얘기합시다."

그들 두 사람 모두 아무 말도 하지 않았다. 잠자고 있는 시골의 무한한 평화로움이 그들 주위를 고요와 평안함으로 감싸고 있었다. 어둠 속에서 가끔 말발굽 소리만이 들려올 뿐이었다. 거리가 어느 정도인지 잘 가늠이 안 되는 곳에서 커다랗게 뜬 눈처럼 빛나는 마차의 불빛이 두세 번 보였다. 역 쪽에서는 아무런 웅성거림도 없었고 위협도 없었다.

라울은 이 묘한 상황에 대해 생각하고 있었다. 여인의 심장이 너무나 세게 뛰어서 라울이 그 빠른 심장박동을 느낄 수 있을 정도였다. 이 수수께끼 같은 살인자를 보며 라울은 8~9시간 전에 보았던 그 여인, 겉으로 보기에는 너무나 행복하고 아무런 수심도 없어 보이던 그 파리 여인을 떠올렸다. 그러나 판이하게 다른 두 가지 모습이 지금 이 여인 안에 뒤섞여 있는 것이다. 그녀의 눈부신 모습에 대한 기억이 영국 여인을 죽인 그녀에 대한 증오심을 가라앉히고 있었다. 과연 그가 증오심을 갖고 있었던가? 그는 증오라는 단어에 매달려서 냉정하게 생각했다.

"난 이 여자를 증오해. 그녀가 뭐라고 하든 그녀는 살인을 했어. 영국 여인은 그녀와 그녀 패거리들의 잘못으로 죽은 거야. 난 이 여자를 증오해. 베이크필드 양의 복수를 해주겠어."

그렇지만 그녀에게 이런 이야기를 하기는커녕, 오히려 자신의 입에서 다정한 말이 튀어나오고 있다는 사실을 깨달았다.

"불행이라는 것은 사람들이 불행에 대해서 생각하지 않을 때 닥쳐오는 법이죠. 안 그렇습니까? 사람들은 행복해요. 사람들은 행복하게 살아가죠. 그러고는 갑자기 범죄가 발생하는 겁니다. 하지만 다 해결되죠. 저를 믿으셔야 합니다. 그러면 다 잘될 겁니다."

 라울은 여인이 점점 침착해져 간다는 인상을 받았다. 여인은 이제 머리끝에서 발끝까지 그녀를 흔들어 놓았던 흥분된 모습에서 벗어났다. 악몽, 불안, 공포, 밤과 죽음의 모든 두려운 것이 사라져가고 있었다.

 라울은 어찌할 바를 모르는 상황에 처한 사람들에게 마치 자석처럼 영향을 미치는 것을 대단히 즐겼다. 이들에게 균형을 잡아주고 잠시만이라도 무서운 현실을 잊게 해주는 것이다. 그런데 이번에는 라울 자신도 이 비극에서 고개를 돌릴 수밖에 없었다. 죽은 영국 여인은 이제 그의 기억 속에서 사라져버렸고, 그의 눈앞에 있는 것은, 피로 얼룩진 작업복을 입고 있는 여인이 아니라 우아하고 눈부신 파리의 여인이었다. 라울은 아무리 '나는 그녀가 죗값을 치르게 만들 것이다, 그녀는 고통을 받게 될 것이다.'라고 스스로에게 다짐해도 소용이 없었다. 가까이 있는 입술에서 나오는 싱그러운 숨결을 어떻게 느끼지 않을 수 있겠는가?

 마차의 불빛이 점점 커졌다. 의사가 팔 분에서 십 분 후면 도착할 것이다.

 '그러면, 나는 이 여자와 헤어져서 행동을 개시해야겠지. 그리고 그것으로 끝일 거야. 이 여자와 나 사이에 지금과 같은 순간은 다시 없을 거야. 지금처럼 친밀하게 느껴지는 순간은……'

 그는 상체를 조금 더 숙였다. 그는 여인이 계속 눈을 감고서 완전히 자신의 보호하에 몸을 맡긴 것이라고 짐작했다. 아마도 그녀는 생각했을 것이다. 이렇게 모든 일이 다 해결됐다. 위험이 사라지고 있다.

갑자기 그는 고개를 숙이고는 그녀의 입술에 입을 맞췄다.

그녀는 약하게 저항하다가 한숨을 내쉬고는 아무 말도 하지 않았다. 그는 그녀가 입맞춤을 받아들인다는 인상을 받았다. 그리고 머리를 조금 뒤로 빼기는 했지만 입맞춤의 부드러움에 굴복했다는 느낌을 받았다. 입맞춤은 몇 초간 계속됐다. 그러다가 갑작스런 저항심이 그녀를 뒤흔들었다. 그녀는 팔에 힘을 주고 순간적인 힘으로 빠져나오면서 소리쳤다.

"아! 정말 가증스러워요! 이렇게 수치스러울 수가! 놔주세요! 놔줘요! 당신의 행동은 정말 파렴치해요."

그는 빈정거리며 그녀에게 화를 내려고 했다. 그는 그녀에게 욕설을 퍼부어 주고 싶었다. 그러나 그는 무슨 말을 해야 할지 몰랐다. 그녀가 그를 밀치고 어둠 속으로 도망가는 동안 그는 낮은 목소리로 중얼거렸다.

"저게 대체 무슨 의미야! 수줍음이라니! 뭐야! 남들은 내가 신성모독이라도 한 줄 알겠군."

그는 다시 일어서서 비탈을 내려와 그녀를 찾아 나섰다. 어디에 있는 것일까? 울창한 덤불이 그녀의 도주를 돕고 있었다. 그녀를 다시 찾는다는 희망은 가질 수 없었다.

그는 저주와 욕설을 퍼부었다. 그의 마음속에는 모욕당한 남자의 증오나 원한말고는 아무것도 찾아볼 수 없었다. 그가 역으로 가서 사람들에게 그녀의 도주를 알리면 어떨까 하는 무시무

초록 눈의 아가씨

시한 계획에 대해 심사숙고하고 있을 때, 조금 떨어진 곳에서 비명소리가 들렸다. 길에서 나는 소리였다. 그 길은 분명 언덕 뒤에 있을 것이고, 거기에 마차가 있을 것이다. 그는 그곳으로 뛰어갔다. 그의 예상대로 두 개의 마차 불빛이 보였다. 그러나 그 불빛이 그 자리에서 빙그르르 돌더니 방향을 바꾸는 듯 보였다. 마차는 멀어져 갔다. 그리고 이제는 평화로운 말발굽 소리가 아니라, 채찍을 맞아 흥분한 말이 달리는 소리가 들렸다. 2분 후, 비명소리를 따라간 라울은, 어둠 속에서, 수풀과 가시덤불 한가운데에서 버둥거리고 있는 한 남자의 형체를 구분할 수 있었다.

라울은 그에게 말했다.

"로미오에서 오신 의사시죠? 선생님을 모셔 오라고 역에서 저를 보냈습니다. 습격을 당하셨나보죠?"

"예. 지나가던 어떤 사람이 내게 길을 묻기에 마차를 세웠더니……, 그 사람이 갑자기 내 목을 잡고는 내 몸을 묶어서 덤불로 내던졌습니다."

"그리고 그는 선생님 마차를 타고 도망쳤습니까?"

"네."

"혼자서요?"

"아니오, 다른 사람이 합류했습니다. 거기에 대고 내가 소리를 지른 겁니다."

"남자였습니까? 여자였습니까?"

"잘 보지 못했습니다. 그들은 거의 말을 안 했고, 하더라도 아주 낮게 했습니다. 그들이 너나사마사 도움을 청한 것입니다."

라울은 그를 끌어내는 데 성공했다. 그는 의사에게 물었다.

"그럼, 그 남자가 당신에게 재갈을 물리지 않았나요?"

"물렸죠. 하지만 제대로 하지 못했습니다."

"뭘 가지고 재갈을 물렸습니까?"

"내 머플러로요."

"재갈을 물리는 방법이 있죠. 하지만 그걸 아는 사람은 많지 않아요."

라울은 이렇게 말하며 머플러를 쥐고는 의사를 넘어뜨리고 시범을 보여주었다.

그러고는 또 다른 시범도 실시되었다. 말 덮개와 기욤이 사용했던 고삐(의사를 공격한 사람이 기욤이고, 여인이 그와 합류했다는 것은 의심의 여지가 없었으므로)를 이용해서 능숙하게 의사를 묶었다.

"아프지는 않으시죠, 선생님? 정말 죄송합니다. 그리고 가시와 쐐기풀은 염려할 필요 없습니다."

포로를 끌고 가며 라울은 덧붙였다.

"자, 여기, 선생님이 그럭저럭 밤을 보내실 만한 장소가 있군요. 이끼가 선소해신 걸로 봐서 햇빛에 말랐나봅니다. 아니, 세게 감사할 필요는 없습니다, 선생님. 제 말을 믿어주십시오. 만약 군이 이런 행동을 할 필요가 없었으면······."

당시 라울의 생각은, 재빨리 뛰어가서 무슨 일이 있어도 두 명의 도망자를 따라잡는 것이었다. 그는 이렇게 당한 것이 너무나 분했다. 이렇게 바보 같을 수가! 세상에! 그는 여인을 손아귀에 쥐고 있었는데, 그녀의 목을 조이기는커녕 그녀에게 입을 맞추다니! 이런 상황에서 정확하게 판단하는 것이 가능할까?

그러나 그날밤은 모든 일이 라울의 의도와는 반대로 진행되었다. 그는 의사 곁을 떠나서 곧바로 역으로 돌아갔다. 그러나 라울이 자신의 계획을 포기한 것은 아니었다. 그는 계획을 수정했다. 경찰의 말을 타고 가서 처음 계획을 성공시키기로 한 것이다. 라울은 세 마리의 기병대 말이 헛간에 있고, 그 앞을 기병한 사람이 지키고 있는 것을 본 적이 있었다. 라울은 헛간에 도착했다. 보초를 서던 기병이 등불 아래에서 잠이 들어 있었다. 라울은 말을 맨 줄 중 하나를 끊을 생각으로 칼을 뽑아들었다. 그러나 생각을 바꿔서, 매우 주의를 기울여 조심스럽게 느슨하게 풀려 있는 세 마리 말의 가죽띠와 말고삐를 잘랐다.

이렇게 하면, 사람들이 초록 눈의 여인이 사라진 것을 눈치챘을 때 여인의 추적은 불가능할 것이다.

'내가 뭘 하고 있는지 모르겠군.' 열차 칸으로 돌아오며 라울은 생각했다. '나는 그 불한당 같은 여자를 혐오해. 그 여자를 법정에 넘겨서, 복수를 하겠다는 내 맹세를 지키게 되면 그보다 더 기쁜 일은 없을 거야. 그런데 내가 하는 이 모든 일은 다 그녀를 구하기 위한 거야. 왜지?'

이 질문에 대한 대답은 그 자신이 이미 잘 알고 있었다. 아무리 그가 여인에게 관심을 갖게 된 이유가 그녀의 비취색 눈동자 때문이었다고 해도, 너무나 약해진 그녀를 그렇게 가깝게 느끼고, 그녀의 입술에 입을 맞춘 지금, 어떻게 그녀를 보호하지 않을 수 있겠는가? 세상에 어떤 남자가 자신이 입을 맞춘 여자를 경찰에 넘기겠는가? 그래, 그녀는 살인자다. 그러나 그녀는 입맞춤에 전율했다. 라울은 이제는 세상의 어떤 것도 그녀를 보호하려는 자신의 의지를 막을 수 없다는 사실을 깨달았다. 그는 그날 밤의 뜨거운 입맞춤 이후, 이성보다 본능이 지배하는 비극과 결심 쪽으로 마음을 굳혔다.

그런 이유로 그는 마레스칼의 수사결과를 알기 위해서 그와 다시 접촉을 해야만 했다. 뿐만 아니라 콘스탄스 베이크필드가 그에게 부탁한 그 지갑 때문에라도 그를 다시 봐야 했다.

2시간 후, 마레스칼은 피곤에 지쳐서 범죄가 일어난 차량으로 돌아와, 라울이 편안히 기다리고 있는 의자 맞은편 좌석에 쓰러졌다. 깜짝 놀라서 잠에서 깬 라울은 불을 켰다. 그리고 마레스칼의 일그러진 얼굴과 흩어진 가르마, 밑으로 처진 그의 콧수염을 보고는 외쳤다.

"대체 무슨 일입니까, 경관님? 얼굴을 알아보기가 힘들 정도로군요."

마레스칼은 중얼거렸다.

"당신은 모르고 있었다는 말입니까? 아무것도 못 들으셨습니까?"

"아무것도 듣지 못했습니다. 경관님이 이 문을 닫고 가신 후, 저는 아무 소리도 못 들었습니다."

"도망쳤습니다."

"누가요?"

"살인자가요!"

"그럼 살인자를 잡았었나요?"

"네."

"둘 중 누구를 잡았습니까?"

"여자요."

"그럼, 그게 정말 여자였단 말입니까?"

"네."

"그 여자를 잘 감시하지 못했군요?"

"했죠. 단지……."

"단지 뭡니까?"

"그게 옷 꾸러미였습니다."

라울이 도망자들을 추적하는 것을 포기한 것은, 여러 이유들 중에서도 특히 당장에 복수를 할 필요가 있었기 때문이었다. 망신을 당했던 라울은, 이번에는 자신이 남에게 망신을 주고, 다른 사람이 자신에게 그랬듯, 자신도 남을 비웃어주고 싶었다. 그 희생자로 지목된 것이 바로 거기에 있는 마레스칼이었다. 라울은 그에게서 다른 비밀도 캐내고자 했다. 마레스칼이 무너지는 모습을 보며 라울은 묘한 기분을 느꼈다.

"정말 낭패로군요."

그는 말했다.

"낭패죠."

마레스칼이 말했다.

"아무런 단서도 없습니까?"

"전혀요."

"다른 공범의 흔적도 전혀 없나요?"

"무슨 공범이오?"

"탈출을 도운 그 여자의 일당 말입니다."

"공범은 거기서 한 일이 없습니다! 우리는 그놈의 신발 자국을 알고 있어요. 우선 숲속에 여기저기 나 있죠. 그런데 역에서 나오는 출구 앞의 진흙 웅덩이에서는 뒷굽 없는 구두자국과 나란히 나 있는 전혀 다른 발자국을 찾아냈습니다. 더 작은 발자국이죠. 밑창이 더 뾰족하고요."

라울은 진흙이 묻은 장화를 가능한 한 의자 밑으로 밀어 넣었다. 그러고는 흥미를 보이며 질문했다.

"그러면 그 외에 다른 사람이 또 있는 건가요?"

"예, 의심할 여지가 없습니다. 그리고 제 생각으로는 그 사람이 의사의 마차를 이용해서 체포됐던 살인자와 함께 도주한 것 같습니다."

"의사의 마차요?"

"그렇지 않았다면 의사가 벌써 왔을 겁니다. 의사가 아직 안 왔다는 건 그가 바닥에 내동댕이쳐져서 어느 구멍에 묻혔다는 얘기죠."

"마차는 따라잡을 수 있죠."

"어떻게 말입니까?"

"경찰의 말을 타고요."

"제가 말을 매둔 헛간으로 달려갔습니다. 그리고 그중 한 마리 위에 뛰어올랐죠. 그러나 바로 안장이 돌아가 버려서 저는 땅바닥으로 굴러 떨어졌습니다."

"말도 안 돼요!"

"말을 지키던 사람은 잠이 들어 있었고, 바로 그때 가죽띠와 말고삐를 손본 겁니다. 그런 상황에서 추적을 한다는 것은 불가능합니다."

라울은 웃음을 참을 수가 없었다.

"세상에! 경관님과 대적할 만한 적수로군요."

"전문가죠. 저는 아르센 뤼팽이 가니마르와 맞붙었던 사건을 상세하게 지켜볼 기회가 있었습니다. 어젯밤의 일도 그때와 같은 솜씨였습니다."

라울은 신랄하게 말했다.

"그건 정말 낭패로군요. 사실 경관님은 경관님의 앞날을 위해서 이번 체포에 많은 기대를 걸지 않았습니까?"

"많이 기대를 했죠."

마레스칼의 실패는 그로 하여금 점점 더 많은 비밀을 털어놓게 만들었다.

"나는 내무부 내에 힘있는 적들이 있습니다. 그러니 그 여인의 즉각적인 체포가 큰 도움이 됐을 겁니다. 생각해 보십시오! 이 사건의 반향을! 변장을 한 젊고 아름다운 여자의 엄청난 범죄사건! 하룻밤 사이에, 저는 모두의 주목을 받았을 겁니다. 그리고······."

"그리고?"

마레스칼은 약간 머뭇거렸다. 그러나 사람은, 설사 나중에 후회를 하게 된다고 하더라도, 자신의 내면 깊은 곳을 드러내 보이고 그 속마음을 말하지 못할 이유가 전혀 없다고 느낄 때가 있다. 마레스칼은 결국 속마음을 털어놨다.

"그리고, 그 덕에 적지에서 내가 쟁취할 승리가 두 배, 세 배로 커졌을 겁니다!"

"두 번째 승리요?"

라울은 감탄하며 말했다.

"네, 그리고 이번에는 결정적인 승리죠."

"결정적인 승리요?"

"물론이죠. 누구도 더 이상 나를 쫓아내려 할 수 없을 겁니다. 이건 살인사건이니까요."

"영국 여인의 살인사건 말씀이시겠죠?"

"영국 여인의 살인사건 말이죠."

라울은 마치 마레스칼의 능력에 감탄하지 않을 수 없다는 듯, 여전히 약간 어수룩한 표정을 짓고서 물었다.

"무슨 말인지 설명을 좀 해주시겠습니까?"

"안 될 것도 없지요. 예심판사들보다 2시간 먼저 알려드리는 겁니다. 자, 모든 걸 설명해 드리죠."

피곤에 지쳐서 머릿속이 어지러운 상태에서 마레스칼은 보통 때와 달리 부주의해져서 서투른 초보자처럼 떠들어댔다. 그는 라울 쪽으로 몸을 숙이고서 말했다.

"당신은 그 영국 여인이 누군 줄 아십니까?"

"그럼 경관님은 아신다는 말입니까?"

"제가 그녀를 아냐고요? 우리는 좋은 친구였다고도 할 수 있죠. 6개월 전부터 저는 그녀의 그림자 속에서 살았습니다. 저는 그녀를 몰래 감시했고, 그녀에게 불리한 증거를 찾아다녔습니다. 비록 손에 넣지는 못했지만!"

"그녀에게 불리한 증거요?"

"그럼요, 그녀에게 불리한 증거죠! 그녀는 영국 상원의원이며 백만장자인 베이크필드 경의 딸인 동시에 국제적인 도둑이었으며, 호텔 전문털이범이었고, 범죄조직의 두목이었습니다. 그녀는 그 모든 일을 단지 재미로 취미 삼아서 했습니다. 그리고 그녀도 내 정체를 알아챘습니다. 나는 그녀와 대화를 하면서, 그녀가 자신감으로 가득 차서 빈정거린다는 인상을 받았습니다. 그래요. 그녀는 도둑이었고 나는 그 사실을 내 상관들에게 보고했습니다.

하지만 그녀를 어떻게 잡겠습니까? 그런데 어제 드디어 그녀가 내 손에 걸려들었습니다. 그녀의 호텔에서 일하는 우리 쪽 사람을 통해서, 어제 베이크필드 양이 니스에서 도둑질을 할 빌라 - 두툼한 동봉 서류에 B……빌라라고 적혀 있더군요 - 의 도면을 받아서 수상한 서류뭉치와 함께 작은 가죽 지갑에 넣어두었다는 사실을 알게 되었습니다. 또한 그녀가 남부지방으로 간다는 것도 알았습니다. 그래서 나도 같이 오게 된 것입니다. 나는 생각했습니다. '거기서 내가 그녀를 현행범으로 체포하든가, 아니면 그 서류를 손에 넣는다.' 저는 그렇게 오래 기다릴 필요도 없었습니다. 강도들이 그녀를 내게 넘겨주었으니까요."

"그럼, 그 지갑은요?"

"그녀가 가죽끈으로 매서 몸에 지니고 있었습니다. 그게 지금 바로 여기 있습니다."

마레스칼은 자신의 외투 허리춤을 두드리면서 말했다.

"저는 서류를 잠시 훑어볼 시간밖에 없었지만, 그걸로도 부인할 수 없는 확실한 증거를 찾아냈습니다. B……빌라 도면에 그녀가 파란색 연필로 '4월 28일. 4월 28일 수요일 오후다.'라고 써놨더군요."

라울은 약간의 실망을 느꼈다. 기차에서 하룻밤 동행했던 그 아름다운 여인이 도둑이라니! 너무 많은 물증이 마레스칼의 심증을 뒷받침해 주고 있었기 때문에 라울은 반박할 수가 없었다. 그만큼 그의 실망은 더욱 컸다. 예를 들면 영국 여인이 가지고 있던 예리함도 그런 맥락에서 설명되는 것이다. 국제 범죄조직에 가담한 그녀는 여기저기서 정보를 얻고, 그것으로 라울 드 리메지 뒤에 숨겨진 아르센 뤼팽의 모습을 눈치챈 것이다.

그리고 그녀가 숨을 거둘 때, 그녀가 못 다한 말들은 바로 뤼팽에게 하는 범죄자로서의 고백과 애원의 말이었던 것이다.

"제발, 제 가방을 집어서…… 서류를 없애 주세요. 저희 아버지는 모르시게 해주세요."

"그러면, 경관님, 그건 명망 있는 베이크필드 가문의 불명예가 아닙니까?"

"무슨 뜻입니까?"

마레스칼이 물었다.

"경관님은 그게 너무 가혹한 일이라고 생각하지 않으십니까? 그리고 도망친 젊은 여자를 법정으로 넘긴다는 생각도 그렇고요. 그 여자는 그렇게 젊은데, 안 그렇습니까?"

"아주 젊고, 아주 예쁘죠."

"그런데도 생각대로 하실 겁니까?"

"선생, 아무리 그렇다고 해도, 그리고 가능한 모든 사항을 전부 고려해봐도, 그 어떤 것도 내 임무를 막을 수는 없습니다."

마레스칼은 분명히 자신의 능력에 대한 보상을 원하면서도, 마치 직업적 소명으로 가득 찬 사람처럼 말했다.

"맞는 말씀입니다, 경관님."

라울은 동의했다. 그는 마레스칼이 자신의 의무를, 다른 많은 것 특히 원한이나 야심과 혼동하고 있다고 판단했다.

마레스칼은 자신의 손목시계를 보고서, 검찰이 도착하기 전까지 쉴 여유가 있다는 것을 확인하고는, 몸을 반쯤 위로 젖히고 작은 수첩에 뭔가를 적었다. 그러다 얼마 안 있어서 수첩이 그의 무릎 위로 떨어졌다. 드디어 경관님이 잠에 빠진 것이다.

라울은 정면에 앉아서 몇 분 동안 그의 얼굴을 응시했다. 그들이 열차에서 만난 이후, 마레스칼에 대한 더욱 정확한 기억들이 떠올랐다. 그는 약간 술수를 쓰는 경관, 아니 그보다는 부유한 아마추어의 모습을 떠올렸다. 마레스칼은 취미와 즐거움으로 경찰일을 하고 있었지만, 동시에 자기의 이익과 열정을 위해서도 일을 하고 있었다. 재산이 꽤 많은 남자로 - 라울은 그것을 잘 기억하고 있었다 - 여성 편력이 심하며, 그에 대해 별 죄책감도 느끼지도 않았고, 기회가 있으면 여자들이 그에게 도움을 주어, 그는 너무 빨리 직업적인 성공을 거두고 있었다. 게다가 그는 장관의 집에까지 출입을 하고 있었다. 들리는 소문에 따르면 몇몇 장관 아내들의 분에 넘치는 호의와 무관하지 않은 듯했다.

라울은 수첩을 집어들고서, 마레스칼 쪽을 살피며 수첩에 다음과 같이 적었다.

〈로돌프 마레스칼에 대한 관찰기록〉

능력이 뛰어난 경관. 진취적이고 명석함. 그러나 말이 너무 많음. 처음 만난 사람에게 이름도 물어보지 않고, 그 사람의 장화 상태도 확인하지 않고, 심지어 그 사람 얼굴을 제대로 쳐다보지도, 생김새를 잘 기억해두지도 않음.

가정교육을 잘못 받고 자람. 오스만 가 카페에서 나오다 자신이 아는 젊은 여인을 만나면 느닷없이 다가가서, 그 여자가 싫어하는데도 말을 검. 몇 시간 후, 변장한 상태로 씨가 범벅이 되어 경찰의 감시를 받고 있는 그 여인을 다시 만나면, 자물쇠 상태가 좋은지, 그가 열차 칸에 남겨두고 온 어떤 남자가 우편화물 뒤에 웅크리고 있지는 않은지 확인하지 않음.

따라서 열차 칸의 남자가 그런 터무니없는 실수를 이용해서 신분을 밝히지 않은 채 증인과 비열한 고발자의 역할을 거부하고, 이 기묘한 사건을 직접 맡아서 해결하기로 결정하여, 지갑의 서류를 이용해 가련한 콘스탄스와 베이크필드 가문의 명예를 지켜주고, 신원을 알 수 없는 초록 눈의 여인을 벌하는 데 온힘을 쏟아부으면서, 자신 외의 그 어느 누구도 초록 눈 여인의 털끝 하나라도 건드리거나 그녀의 아름다운 손을 더럽힌 피에 대한 해명을 요구하지 못하게 한다고 해도 놀라지 말 것.

라울은 카페 앞에서의 마레스칼과의 만남을 떠올리며, 서명 대신 안경을 쓰고 입에 담배를 문 남자의 얼굴을 그려 넣고는 다음과 같이 적어넣었다.

"불 있나, 로돌프?"

마레스칼은 코를 골았다. 라울은 수첩을 그의 무릎 위에 도로 올려놓았다. 주머니에서 작은 병을 꺼내서 마개를 뽑고는 마레스칼의 코에 대고 들이마시게 했다. 강한 클로로포름 냄새가 퍼졌다. 마레스칼의 머리가 앞으로 더 숙여졌다.

그러고 나서 라울은 아주 조심스럽게 그의 외투를 열고, 지갑의 가죽띠를 풀어서, 자신의 상의 안쪽 허리춤에 둘러맸다. 마침, 기차 한 대가 아주 느린 속도로 지나가고 있었다. 화물차였다. 라울은 창문을 내리고 밖으로 뛰어내려 눈에 띄지 않게 발판 사이를 옮겨가서 사과가 실려 있는 화차의 덮개 밑으로 들어가 편안하게 자리를 잡았다.

그는 혼자 중얼거렸다.

"죽은 여자 도둑 한 명, 그리고 내가 증오하는 살인자들. 이들은 모두 흠잡을 데 없는 사람들이고, 지금 내가 보호하려는 사람들이다. 대체 어쩌다가 내가 이런 뜻밖의 사건에 뛰어들게 됐을까?"

B 빌라를 털다

"내가 항상 지키는 원칙이 하나 있다면, 적당한 때가 되기 전에는 문제를 해결하려고 애쓰지 않는다는 것이지."

여러 해 전에 아르센 뤼팽이 내게 초록 눈의 여인에 대한 이야기를 해줄 때 이렇게 말했다.

"몇몇 수수께끼를 풀기 위해서는, 우연히 혹은 자신의 능력을 통해서 그에 관한 충분한 사실을 파악할 수 있을 때까지 기다려야 한다네. 진실을 찾아가는 과정에서는 사건의 진행에 맞추어 신중하게 한 발 한 발 조심스럽게 나아가야 하는 거야."

모순과 부조리 그리고 아무런 연관관계도 없는 행위들로만 가득 찬 사건일수록 올바른 추리가 필요하다. 아무런 통일성도 없고, 사건을 이끌어낼 중심축도 없다. 이 사건에서 각각의 사람들은 모두 자기 자신의 이익을 위해서 행동했다. 이제까지 라울은 이런 종류의 사건을 다룰 때, 성급함이 얼마나 위험한가를 뼈저리게 느끼곤 했다. 추론, 직관, 분석, 검토 등 주의해야 할 함정이 너무나 많았다.

그래서 라울은 화물열차가 햇살이 내리쬐는 들판을 가로질러 남쪽으로 이동하는 동안, 하루종일 차량 덮개 아래에 있었다. 그는 배고픔을 달래기 위해 사과를 와작와작 씹으며 평화롭게 생각에 잠겨 있었다. 그는 아름다운 여인과 그녀의 범죄, 그녀의 어두운 영혼에 대해 근거 없는 가정을 세우면서 시간을 허비하기보다는, 그가 입맞췄던 여러 입술 가운데 가장 부드럽고 감미로웠던 그 입술의 기억을 음미하고 있었다. 그것이 그가 기억하고 싶은 유일한 사실이었다. 영국 여인의 복수를 하는 것, 범죄자를 단죄하고 세 번째 공범을 잡는 것, 도둑맞은 돈을 되찾는 것, 물론 이러한 것들에도 흥미가 갔다. 그러나 초록 눈과 자포자기한 듯한 입술을 다시 찾는 것, 이 얼마나 짜릿한 일인가!

지갑을 뒤졌지만 별 소득이 없었다. 공범자들의 명단, 각국 협력자들과의 서신……. 이럴 수가! 베이크필드 양은 정말 도둑이었다. 그들이 실수로 없애지 않은 이 승거늘이 그 사실을 승명하고 있었다. 그 옆에 있던 베이크필드 경의 편지에는 아버지의 자상함과 사랑이 듬뿍 담겨 있었다. 그러나 이번 사건에서 그녀의 역할이나 그녀와 삼인조 강두의 관계를 부여주는 단서는 어디에도 없었다. 결국, 베이크필드 양과 초록 눈의 여인 사이의 관계는 여전히 미궁에 빠져 있었다.

 단지 마레스칼이 언급하던, B……빌라의 절도 건과 관련해서 영국 여인 앞으로 보낸 문서만이 눈에 띌 뿐이었다.

 니스에서 시미에로 가는 길 오른쪽, 로마 원형경기장 너머에 B……빌라가 있습니다. 그 빌라는 대단히 크고, 넓은 정원은 담으로 둘러싸여 있습니다.

 매달 네 번째 수요일에 늙은 B…… 백작이 자신의 사륜마차를 타고 하인과 두 명의 하녀와 함께 음식 바구니들을 싣고 니스로 갑니다. 따라서 집은 3시에서 5시까지 비어 있습니다.

 정원의 벽을 따라 돌아가면 빠이옹 골짜기 위로 약간 튀어나온 곳이 있습니다. 거기에 낡아빠진 작은 나무문이 있습니다. 그 문 열쇠를 동봉합니다.

 부인과 사이가 좋지 않았던 B…… 백작이 그녀가 감춰둔 증건이 든 상자를 찾아내지 못한 것은 확실합니다. 그러나 지금은 고인이 된 부인이 친구에게 쓴 편지에서 부인은 부서진 바이올린 상자에 대해 암시하고 있습니다. 그 상자는 쓰지 않는 물건들을 쌓아두는 정자에 있습니다. 부인은 아무 상관 없는 그런 암시를 줬을까요? 친구는 편지를 받은 당일 죽었고, 그 편지는 분실되었다가 2년 후에 제 수중에 들어왔습니다. 여기, 정원과 집 도면을 동봉합니다. 계단 위쪽에 거의 폐허가 되다시피 한 정자가 있습니다. 이번 작업에는 두 사람이 필요할 겁니다. 한 명은 망을 봐야 합니다. 그리고 세탁일을 하는 이웃 여자를 조심해야 합니다. 그 여자는 쇠창살로 된 잠겨 있는 다른 정원 입구를 통해서 가끔 오는데, 그녀는 그 문의 열쇠를 가지고 있습니다.

날짜를 정하십시오(가장자리에 파란색 연필로 '4월 28일'이라고 쓰여 있었다). 그리고 같은 호텔에서 만날 수 있도록 미리 알려주십시오.

— G.

추신 : 제가 말했던 커다란 수수께끼에 관해 제가 가진 정보는 여전히 불확실합니다. 그것이 엄청난 보물에 관한 것인지 아니면 과학과 관련된 비밀에 관한 것인지 저도 아직은 전혀 모릅니다. 모든 것은 이번 여행에 달렸습니다. 따라서 당신의 개입이 얼마나 필요한지 잘 아실 겁니다······.

새로운 사건이 벌어지기 전까지 라울은 이 난데없는 추신을 무시했다. 바로 그 부분이, 그가 좋아하는 표현에 따르면, 위험한 해석과 가정을 통해서만 헤쳐나갈 수 있는 밀림지대 중 하나였다.

반면에 B······빌라 계획! 그것은 그에게 점점 특별한 관심을 불러일으켰다. 그는 그 일에 대해서 많이 생각했다. 물론 이건 전채요리다. 그러나 주요리에 비길 만한 전채요리도 있다. 그리고 그가 이미 남쪽으로 내려왔기 때문에, 이런 좋은 기회를 놓친다는 것은 너무나 아까운 일이었다.

그 다음 날 밤, 마르세이유 역에 도착하자 라울은 그가 타고 온 화물열차에서 뛰어내렸다. 그리고 돈이 좀 있어 보이는 한 남자의 지갑을 슬쩍해서 가방과 옷, 속옷을 사고 시미에즈 밑에 있는 마제스틱 팰리스를 선택한 후, 급행열차를 타고 4월 28일 수요일 아침에 니스에 내렸다. 그는 열차에서 지역신문에 실린 특급열차 살인사건과 관련해 다소 지어낸 듯한 글들을 읽으며 점심식사를 했다. 오후 2시에 그는 마레스칼이 그를 거의 알아볼 수 없을 정도로 완전히 바뀐 옷차림과 얼굴로 기차에서 내렸다. 마레스칼이 어떻게 자신을 속인 자가 대담하게도 베이크필드 양을 대신해서 이미 알려진 계획대로 빌라를 털 것이라는 의심을 할 수 있겠는가?

"과일이 익으면 따는 거지."

라울은 혼자 중얼거렸다.

"그런데 이번 건 지금 제대로 익은 것 같아. 그 과일을 그냥 썩게 내버려둔다는 건 정말로 미련한 짓이야. 만약 그렇게 하지 않으면, 가엾은 베이크필드 양이 나를 용서하지 않을 거야."

파라도니 백작의 빌라는 길가에 있었고, 올리브 나무가 심어진 넓은 산지를 내려다보고 있었다. 그리고 거의 인적이 없는 돌투성이 도로가 빌라 담을 둘러싸고 있었다. 라울은 그 빌라를 살펴보았다. 낡고 작은 나무문이 있었고 조금 멀리 떨어진 곳에 철문이 있었다. 라울은 옆의 들판에 있는 작은 집을 보았다. 그것은 세탁일을 하는 여자의 집이 분명했다. 라울이 대로 주변으로 돌아왔을 때, 구식 사륜마차가 막 니스 쪽으로 떠나고 있었다. 파라도니 백작과 그의 하인이 물건을 사러 가고 있었다. 3시였다.

'집이 비었군.' 라울은 생각했다. '지금쯤, 베이크필드 양에게 편지를 보낸 사람은 베이크필드 양이 살해됐다는 걸 모를 리 없을 테고, 그는 이 일을 벌이고 싶은 마음이 없겠지. 그러니 부서진 바이올린은 내 것이다!'

그는 다시 낡은 작은 문 쪽에 벽 표면이 울퉁불퉁해서 담을 넘어가기 쉬울 만한 곳으로 갔다. 그는 쉽게 담을 넘어, 손질이 거의 안 된 산책길을 따라 집 쪽으로 향했다. 1층의 발코니 창이 모두 열려 있었고 현관문에서 이어진 계단 위쪽에 정자가 있었다. 그러나 그가 계단에 발을 딛기도 전에 경보가 울렸다.

"저런, 집에 경보장치를 해두었나? 백작이 경계하고 있는 걸까?"

라울은 중얼거렸다.

현관에서 소름이 끼칠 정도로 끊이지 않고 울리던 벨소리가 라울이 움직이자 돌연 멈췄다. 라울은 이유를 알아내기 위해서 천장 가까이에 고정되어 있는 기계장치를 살펴보았다. 크리트 (역주 : 실내의 전선 부설에 쓰이는 누르는 도구)를 따라 내려가는 전선을 쫓아가 보니, 그것은 밖에서 들어온 것이었다. 따라서 벨은 라울 때문에 울린 것이 아니라, 밖에서 누군가가 들어왔기 때문에 울린 것이었다.

그는 밖으로 나갔다. 전선은 높은 나뭇가지에 걸쳐져서 라울이 들어왔던 방향으로 연결되어 있었다. 그는 곧 확신을 가지게 되었다.

'아까 그 작은 문이 열리면 벨이 작동하는 거야. 그렇게 되면,

누군가가 들어오려고 하다가, 멀리서 벨이 울리는 소리를 듣고서 포기하게 되는 거지.'

라울은 조금 왼쪽으로 돌아가서 나뭇잎이 쌓여 있는 언덕 꼭대기로 올라갔다. 거기서는 집과 올리브 나무 밭 전체, 담 일부, 그리고 낡은 나무문 주변을 볼 수 있었다.

그는 기다렸다. 두 번째 시도가 있었다. 그러나 그것은 그의 예상과는 달랐다. 한 남자가 라울처럼 담을 타고 올라와, 라울이 넘어온 바로 그 자리에 걸터앉아서 전선을 뽑아 바닥에 떨어뜨렸다.

그리고 누군가 밖에서 문을 밀었지만 이번에는 벨이 울리지 않았다. 문을 열고 들어온 사람은 여자였다.

위대한 모험가들의 인생에서 특히 초기에는 우연이라는 것이 많은 도움이 된다. 그러나 아무리 우연이란 원래 상상을 초월해서 일어나는 것이라고 해도, 이게 과연 가능한 일일까? 문을 열고 들어온 것은 다름 아닌 초록 눈의 여인이었던 것이다. 그녀가 나타났다, 기움이 분명한 한 남자와 같이. 이게 정말 우연일까? 그들의 재빠른 도주와 여행, 4월 28일이라는 이 날짜, 이 시간에 이루어진 그들의 갑작스런 정원 침입. 이 모든 정황으로 비추어볼 때, 그들도 역시 이번 계획에 대해서 알고 있고, 라울처럼 정확한 정보를 가지고 곧바로 목표지점으로 갈 것이 분명했다. 결국, 그것은 라울이 확인하고 싶었던 점, 즉 희생자인 영국 여인의 계획과 살해자인 프랑스 여인의 계획 사이에 확실한 연관관계가 있음을 의미하는 것이 아닌가? 강도들은 자신들의 기차표와 파리에서 부친 짐을 가지고 너무나 자연스럽게 그들의 여행을 계속했던 것이다.

그들 두 사람은 올리브 나무 길을 따라 걸어왔다. 남자는 다소 마르고, 머리를 완전히 밀었으며 별로 호감이 가지 않는 배우 같은 인상이었다. 남자는 지도를 손에 들고 걱정스러운 얼굴로 주위를 살피며 걸어오고 있었다.

그리고 그 여인……. 라울은 그녀가 초록 눈의 여인임을 전혀 의심하지 않았지만, 그녀의 모습은 겨우 알아볼 수 있을 정도였다. 며칠 전, 오스만 가 카페에서 봤을 때 라울이 그렇게도 감탄했던, 행복하게 웃음 짓던 그 아름다운 얼굴이 얼마나 변해버렸는지! 그렇다고 특급열차 복도에서 얼핏 보았던 비극적인 모습도 아니었다. 그저, 딱딱하게 굳은 표정에 고통과 근심에 싸인, 보기에도 딱한 불쌍한 얼굴이었다. 그녀는 장식도 없는 아주 단순한 회색 원피스를 입고, 여성용 밀짚모자로 황금빛 머리칼을 가리고 있었다. 라울은 잎이 우거진 나뭇가지 뒤에서 몸을 숨기고 그들을 지켜보았다. 그들이 라울이 숨어 있는 언덕을 우회해서 지나가고 있을 때, 순간적으로 라울은 머리 하나가 번개처럼 담 위로 올라온 것을 보았다. 모자를 쓰지 않은 텁수룩한 검은 머리에 얼굴이 야비하게 생긴 남자였다. 눈 깜짝할 순간이었다.

골목에서 망을 보고 있는 같은 패거리일까?

기욤과 여인은 언덕을 지나, 문이 있는 길과 철문이 있는 길이 만나는 지점에서 멈춰 섰다. 기욤은 여인을 혼자 남겨두고 집 쪽으로 뛰어갔다.

기껏해야 50걸음 정도 떨어진 곳에 있던 라울은 그녀를 뚫어지게 바라보며, 또 다른 시선, 즉 숨어 있는 남자의 시선이 낡은 문의 갈라진 틈새로 그녀를 주시하고 있을 것이라고 생각했다. 어떻게 해야 할 것인가? 그녀에게 그 사실을 알릴 것인가? 아니면 보꾸르에서처럼 그녀를 끌고 나가서 그가 모르는 위험에서 그녀를 구해낼 것인가?

그는 호기심을 억누를 수가 없었다. 그는 알고 싶었다. 다양한 의도와 폭력이 뒤섞여 있는 이 혼돈 속에서, 그는 뭔가 실마리를 찾을 수 있기를 바랐다. 그리하여 때가 되면, 올바른 길을 선택하여 더 이상 충동적인 동정심이나 복수심으로 무턱대고 행동하지 않게 되기를 바랐던 것이다.

여인은 여전히 나무에 기대서 주위에는 별 신경을 쓰지 않으며 호루라기를 가지고 장난을 치고 있었다. 그 호루라기는 비상시에 쓰려는 것 같았다. 스무 살이 넘은 나이에도 아이처럼 앳된 그녀의 얼굴에 라울은 깜짝 놀랐다. 약간 들어올린 밀짚모자 속으로 보이는 그녀의 머리카락은 마치 금속처럼 빛나며 환한 분위기를 자아냈다.

시간이 흘렀다. 갑자기, 철문이 삐걱거리는 소리가 들렸다. 라울은 언덕 반대편에서 한 여자가 팔에 세탁물 바구니를 끼고 콧노래를 부르면서 안으로 들어와 집 쪽으로 향하는 것을 보았다. 초록 눈의 여인도 그 소리를 들었다. 그녀는 망설이다가 나무 뒤로 가서 거의 바닥에 닿을 듯이 몸을 숙였다. 세탁물을 든 여자는 울창한 관목 뒤에 숨은 여인을 보지 못하고 지나쳤다.

위험한 순간이 계속되고 있었다. 물건을 훔치는 와중에 방해를 받은 기욤이 그 여자와 마주치게 되면 어떻게 될까? 그런데 뜻밖의 일이 일어났다. 세탁물을 든 여자가 하인들이 다니는 문을 통해 집 안으로 들어가자마자, 일을 마친 기욤이 집 밖으로 나왔다. 결국, 두 사람이 마주치는 일은 일어나지 않았다. 집에서 나온 기욤의 손에는 신문지로 싼 꾸러미가 들려 있었다. 그 형태로 보아 바이올린 케이스가 분명했다.

웅크리고 숨어 있던 여인은 기욤이 돌아온 것을 몰랐기 때문에, 기욤이 수풀 위를 조용히 걸어오는 동안, 여인은 보꾸르에서 베이크필드 양과 두 남자를 살해한 후 공포에 질린 바로 그 얼굴을 하고 있었다. 라울은 여인이 혐오스러웠다.

여인이 기욤에게 위험했던 순간을 간략하게 설명하자 이번에는 기욤이 몸서리를 쳤다. 그리고 그들은 둘 다 사색이 된 얼굴로 비틀거리며 언덕을 따라 걸어갔다.

라울은 경멸에 가득 찬 눈으로 두 사람을 바라보았다.

'그래, 그래. 만약 담 뒤에 숨어 있는 사람이 마레스칼이거나 그의 부하들이라면 더욱 잘된 일이야. 저 둘을 다 잡아가 버려라! 감옥에나 넣어버리라지!'

그날은 모든 상황이 라울의 예상과는 다르게 진행되었고, 그는 깊이 생각할 겨를도 없이 행동해야 했다. 문에서 스무 걸음쯤 떨어진 곳, 즉 담 위로 나타난 남자가 숨어 있던 장소에서 스무 걸음쯤 떨어진 우거진 덤불 속에서 갑자기 그 남자가 튀어나왔다. 그는 기욤의 턱 중앙에 주먹을 날려 그를 해치우고, 마치 꾸러미처럼 여인을 자신의 팔에 끼고서 바이올린 케이스를 집어 들고 올리브나무 밭을 가로질러 집과 반대방향으로 도망쳤다.

라울은 즉시 달려나갔다. 날렵하면서도 딱 벌어진 체격의 남자는 뒤도 돌아보지 않고 재빨리 도망쳤다. 마치 누구도 자신을 막을 수 없다고 확신하는 듯했다.

그 남자는 그렇게 레몬 나무가 심어진 안뜰을 통과했다. 안뜰은 갑(岬)까지 약간 오르막 경사가 있었고, 갑에는 흙으로 돋운 겨우 1미터 정도 높이의 담이 있었다. 거기서 남자는 여인을 내려놓고서 그녀의 손목을 잡아 담 밖으로 내보냈다. 그러고는 바이올린을 던지고 자신도 담을 넘어갔다.

"훌륭하군."

라울은 혼자 중얼거렸다.

"저 남자는 여기 정원 담 너머에 있는 길에서 조금 떨어진 곳에 자동차를 숨겨두었을 거야. 그리고 망을 보다가, 여인을 붙잡아서 다시 돌아와 힘없이 저항도 못하는 여인을 자동차에 태웠을 테지."

더 가까이 다가간 라울은 자신의 예상이 틀리지 않았다는 것을 확인할 수 있었다. 길에는 덮개가 없는 커다란 자동차가 서 있었다.

남자는 즉시 차를 출발시켰다. 시동 크랭크를 두 번 돌리고, 포로가 된 여자 옆으로 올라가서 재빨리 시동을 걸었다.

땅은 울퉁불퉁하고 돌이 많았다. 엔진이 힘겨운 소리를 냈다. 라울은 펄쩍 뛰어서 쉽게 그 차에 올랐다. 그는 차 덮개를 넘어

바다까지 늘어져 있는 외투 뒤에 몸을 숨기고 차 뒤쪽 의자 앞에 누웠다. 어렵게 시동을 거는 소동중에 남자는 한 번도 뒤를 돌아보지 않았고 아무 소리도 듣지 못했다.

차는 담 바깥쪽 길을 타고 가다가 대로로 들어섰다. 방향을 틀기 전, 남자는 뼈마디가 굵고 힘이 센 손을 여인의 목에 갖다 대고는 위협하듯 말했다.

"만약 움직이면 너는 죽은목숨인 줄 알아. 내가 다른 사람에게 했던 것처럼, 지금 네 목을 쥐고 있어. 너는 그게 무슨 뜻인 줄 알겠지?"

그리고 남자는 히죽거리며 말했다.

"게다가, 너도 나와 마찬가지로 살려달라고 소리 지를 마음은 없을 거야, 안 그래, 아가씨?"

농부들과 산책 나온 사람들이 길을 가고 있었다. 차는 니스를 벗어나서 산으로 향하고 있었다. 여인은 움직이지 않았다.

라울이 지금까지 일어난 일과 남자가 한 말의 의미를 알아채지 못할 리가 없었다. 이제까지 여러 사건들이 돌발적으로 일어나서 서로 뒤얽혀 있었지만, 각각의 사건들은 서로 아무런 관련이 없어 보였다. 그러다 갑자기 라울은, 문제의 남자가 열차의 세 번째 강도라는 생각이 들었다. 바로 '다른 사람' 즉 베이크필드 양의 목을 조른 장본인이었던 것이다.

'바로 그거로군.' 라울은 생각했다. '깊이 생각하고 추리해가며 고민할 필요가 없었어. 바로 그거야. 이렇게 해서 베이크필드 사건과 세 명의 강도사건이 관련되어 있다는 또 하나의 증거를 발견했군. 물론 마레스칼이 영국 여인이 실수로 살해됐다고 주장하는 것은 옳아. 하지만 어쨌든 이들 모두 니스로 가고 있었고, 모두 B……빌라를 털겠다는 같은 목적을 가지고 있었어. 이번 절도건을 생각해낸 사람은 기욤이야. 편지에 G라고 서명한 사람이 그가 분명해. 기욤은 두 개의 범죄조직에 몸담고 있으면서, 영국 여인과 함께 절도계획을 추진하는 동시에, 그가 추신에서 언급했던 커다란 수수께끼의 해답을 찾고 있었어. 그래, 앞뒤가 척척 맞는군. 그러고 나서 영국 여인이 죽은 후, 기욤은 자신이 세운 계획을 실행하기로 한 거야. 그 계획에는 두 사람이 필요하니까 초록 눈의 여인을 데려온 거지. 그 둘을 감시하던 세 번째 강도가 물건을 빼앗고, 그 기회를 이용해서 '초록 눈'을 납치해 가지만 않았다면, 그 계획은 성공할 수 있었어. 목적이 뭘까? 여자를 사이에 두고 두 남자가 경쟁을 하는 건가? 아니, 지금은 더 이상 생각하지 말자.'

몇 킬로미터를 더 가서, 자동차는 오른쪽으로 돌아 구불구불한 길을 내려갔다. 그리고 르방행 도로로 향했다. 거기서는 바르 협곡으로 갈 수도 있고, 아니면 산악지대로 갈 수도 있다. 그 다음에는 어떻게 할까?

"만약 강도들 소굴로 가는 거라면, 나는 어떻게 해야 하는 거지? '초록 눈'을 놓고 6인조 미치광이를 상대로 혼자서 싸울 준비라도 하고 있어야 하는 건가?"

라울은 중얼거렸다.

그런데 갑작스럽게 여인이 탈출을 시도했다. 그 모습을 보고 라울은 결심했다. 설망에 빠진 여인은 죽음을 무릅쓰고 탈출을 시도했으나, 남자가 가차없이 여인을 붙잡았다.

"바보 같은 짓 하지 마. 네가 죽어야 한다면 너는 내가 정한 때, 내 손에 죽을 거다. 기욤과 네가 특급열차에서 두 형제를 죽이기 전에 내가 너에게 한 말을 잊었어? 내가 너에게 충고하는데……."

그는 말을 끝내지 못했다. 길모퉁이를 돌면서 여자 쪽으로 몸을 돌렸을 때, 자신과 여인 사이에 누군가가 불쑥 고개를 내민 것이다. 갑작스레 나타난 이 인물은 딱 벌어진 체격에 얼굴에 인상을 쓰고서 남자를 구석으로 밀어붙였다. 그리고 히죽거리는 목소리로 말했다.

"어떻게 지내나, 친구?"

남자는 너무 놀라서 어안이 벙벙했다. 그 바람에 자동차가 방향을 잃고 길에서 벗어나서 세 사람 모두 협곡에 떨어질 뻔했다. 그는 급한 목소리로 말했다.

"맙소사! 이 녀석은 뭐야? 대체 어디서 나타난 거야?"

"뭐야! 자네는 내가 기억이 안 난단 말이야? 네가 특급열차 얘기를 하는 걸 보니, 내가 기억이 날 텐데, 안 그래? 처음에 자네가 때려 눕혔던 사람 몰라? 자네에게 시폐 스물세 장을 강발당한 그 불쌍한 녀석을 모른단 말이야? 이 아가씨는 나를 잘 알아보는데 그래? 안 그래요? 아가씨, 아가씨는 그날 밤, 당신을 팔에 안고 갔던 남자를 알아보시겠죠? 당신이 매몰차게 그 곁을 떠나버린……."

여인은 밀짚모자 속에 얼굴을 숨긴 채 몸을 움츠리고는 아무 말도 하지 않았다. 남자는 계속 중얼거렸다.

"이놈은 대체 어디서 나타난 거야?"

"파라도니 빌라에서지. 내가 거기서 자네를 지켜보고 있었거든. 자, 이제, 아가씨가 차에서 내릴 수 있도록 차를 세워."

남자는 아무 대답이 없었다. 그는 속도를 높였다.

"그렇게 못되게 굴 건가? 자네가 틀렸어, 친구. 자네도 신문을 좀 읽었어야지. 내가 자네를 그렇게까지 배려해줬는데. 자네에 대해서는 한마디도 안 했거든. 그랬더니 사람들이 강도들 우두머리를 나라고 몰아세우더군! 나같이 남에게 해로운 일도 안 하고 그저 남들을 구해낼 생각만 하는 선량한 승객을 말이야. 자, 친구, 브레이크를 밟고 속도를 줄여······."

도로는 낭떠러지 암벽 쪽으로 구불구불하게 나 있었고, 도로 가장자리에는 굽이치는 급류를 따라 난간이 세워져 있었다. 게다가 이 좁은 도로의 반은 전차가 다니는 선로가 차지하고 있었다. 라울은 이 상황이 자신에게 유리하다고 판단했다. 라울은 반쯤 일어서서 커브를 돌 때만 부분적으로 나타나는 지평선을 쳐다보았다. 그러다가 갑자기 벌떡 일어서서 비스듬히 몸을 기울여 두 팔을 벌리고 남자의 상체를 에워싸더니 그대로 남자를 덮쳐서, 남자 어깨 너머로 두 손을 뻗어 운전대를 잡았다.

남자는 당황해서 소리를 질렀다.

"맙소사! 이놈이 미쳤잖아! 아! 젠장, 이놈 때문에 협곡에 처박히겠어! 좀 놔, 이 멍청한 녀석아!"

남자는 라울에게서 벗어나려고 했지만, 라울의 팔은 나사못처럼 그를 꽉 조였다. 라울은 웃으며 말했다.

"선택을 하셔야지. 협곡에 처박히느냐 아니면 전차에 깔리느냐. 자, 저기 자네를 맞이하러 전차가 오고 있군. 차를 세워, 친구. 그렇지 않으면……."

그의 말대로 5미터 전방에 전차가 보였다. 전차가 앞에서 빠른 속도로 달려오고 있었기 때문에 당장 차를 세워야 했다. 남자는 상황을 깨닫고 브레이크를 밟았다. 바로 그때 라울은 운전대를 꼭 잡고는 두 개의 전차선로 위에 차를 정지시켰다. 전차와 자동차는 거의 부딪치기 일보 직전에 멈춰 섰다.

격분한 남자가 펄쩍 뛰었다.

"맙소사! 이놈은 대체 뭐야? 너, 이 대가는 반드시 치르게 될 거다!"

"그럼 잘 적어두기나 해. 펜 있나? 없어? 그래? 그럼, 저 전차 앞에서 자리 깔고 누울 생각이 아니라면 길을 비켜주자고."

그는 여인에게 손을 내밀었지만, 여인은 거절하고 혼자 차에서 내려 길에서 기다렸다.

그러나 전차 승객들은 참지 못하고 화를 냈다. 기관사는 소리를 질렀다. 길이 트이자마자 전차는 떠났다.

남자가 차를 미는 것을 도와주던 라울은 그에게 명령조로 말했다.

"내가 어떻게 행동하는지 봤지, 안 그래, 친구? 그러니, 자네가 또다시 저 숙녀분을 괴롭히면, 내가 자네를 경찰에 넘겨버리겠어. 특급열차 사건을 계획한 것도 자네고, 영국 여인을 교살한 것도 자네야."

털이 많고, 주름이 깊게 패인 남자의 얼굴이 창백해졌다. 그는 돌아서서 입술을 떨며 중얼거렸다.

"거짓말이야. 나는 그 여자에게 손대지 않았어."

"네가 그랬어. 니는 모든 증거를 다 가지고 있이. 니는 집히면 교수형이야. 그러니 어서 사라져. 차는 그냥 두고 가. 내가 니스까지 여자와 함께 타고 가도록 하지. 자, 어서!"

라울은 남자의 몸이 흔들릴 정도로 세게 어깨를 한 대 치고는, 차에 뛰어올라 신문지에 싸인 바이올린을 집어들었다. 그러나 갑자기 그의 입에서 욕설이 튀어나왔다.

"제기랄! 여자가 도망쳤어."

정말로 초록 눈의 여인은 길가에 없었다. 멀리 전차가 사라지고 있었다. 여인은 두 남자가 다투는 틈을 타서 전차를 탄 것이 분명했다. 라울의 분노는 남자에게로 쏠렸다.

"넌 대체 누구야? 응? 너 저 여자를 알아? 저 여자 이름이 뭐야? 그리고 네 이름은 뭐야? 그리고 어떻게 해서……."

남자도 화가 나서 라울에게서 바이올린을 빼앗으려고 했다. 그리고 두 사람이 싸우기 시작했을 때, 두 번째 전차가 지나갔다. 라울은 전차에 뛰어올랐다. 그 동안 남자는 차를 출발시키려 했지만 헛수고였다. 라울은 화가 나서 호텔로 돌아왔다. 다행히도 라울은, 그의 분노를 달래줄 파라도니 백작 부인의 증권을 손에 쥐고 있었다.

그는 신문지를 풀었다. 바이올린은 목 부분이 없고 다른 부속물이 없는데도 불구하고 보통 무게보다 훨씬 무거웠다. 바이올린을 살펴본 라울은 누군가 바이올린 횡판 중 하나를 교묘하게 톱으로 잘랐다가 다시 붙여놓은 흔적을 발견했다.

라울은 그 횡판을 떼어냈다. 그러나 바이올린 속에 들어 있는 것이라고는 낡은 신문 꾸러미뿐이있다. 결국, 백작 부인이 자신의 재산을 다른 곳에 숨겼거나, 아니면 백작이 발견해서 지금 편안히 그 재산을 쓰고 있다는 얘기였다.

"처음부터 끝까지 완전히 실패로군."

라울은 투덜거렸다.

"아, 그 초록 눈의 아가씨가 내 신경을 건드리기 시작하는군! 아니, 내 손을 거절해! 뭐야? 내가 자기 입술을 훔쳤다고 나를 원망해? 새침데기 같으니, 가버려!"

충견

일 주일 내내 라울은 어디서 싸움을 해야 하는지도 모른 채, 신문에 실린 특급열차 살인사건 보고기사를 주의 깊게 읽었다. 일반인들에게 너무 많이 알려진 사건에 대해서 자세히 이야기하는 것은 불필요한 일이다. 또한 사람들의 가정이나 실수, 추적 경로에 대해서도 마찬가지이다. 전 세계의 이목을 집중시킨 이 사건은 여전히 미궁에 빠져 있었다. 오랫동안 미스터리로 남아 있으면서 전 세계를 열광시켰던 이 사건이 오늘날 우리의 관심을 집중시키는 이유는, 진실을 밝히는 데 아르센 뤼팽이 큰 영향력을 발휘했고 또 중요한 역할을 했기 때문이다. 그렇다면 굳이 사소한 부분들과 부수적인 사건들에 얽매일 필요가 있을까?

뤼팽 혹은 라울 드 리메지는 사건 조사결과를 정리하여 다음과 같이 적었다.

1. 세 번째 공범, 즉 내가 초록 눈의 여인을 구해온 그 난폭한 녀석은 모습을 드러내지 않고 있어서 누구도 그의 존재를 예측하지 못하고 있다. 경찰의 눈에 이 사건의 주모자는 신원을 알 수 없는 승객, 바로 나다. 분명 마레스칼은 내가 한 일들에 경악하여 나를 범인으로 지목했을 것이고, 결국 나는 이 음모를 계획하고 지휘한 강력하고 악랄한 인물로 변모한 것이다. 나는 표면상으로는 목이 졸리고 몸이 줄로 묶인 피해자이지만, 실제로는 강도들을 지휘하고 보호하며, 장화 자국 이외의 어떤 단서도 남기지 않은 채 어둠 속으로 자취를 감춘 그들의 우두머리인 것이다.

2. 다른 공범들의 경우, 의사의 말에 따라 그들이 의사의 자동차를 타고 도주했다는 것이 사실로 인정되었다. 그러나 어디까지 갔다는 말인가? 아침 일찍, 기병들이 들판을 가로질러 가서 마차를 찾아냈다. 어쨌든 마레스칼은 전혀 주저하지 않았다. 그는 가장 젊은 강도의 복면을 벗겨, 그가 젊고 아름다운 여자임을 밝혀냈지만, 후에 자신이 직접 체포해서 큰 파장을 일으키고 싶었기 때문에 그 여자의 인상착의는 밝히지 않았다.

3. 살해당한 두 남자의 신원이 밝혀졌다. 그들은 아서 루보와 가스통 루보라는 형제로, 한 샴페인 회사의 투자자였고, 뇌일리의 세느 강변에서 살고 있었다.

4. 중요한 사항: 강도가 두 형제를 살해하고 복도에 버리고 간 권총으

로 정확한 단서를 찾아냈다. 그 권총은 사건 15일 전, 한 마르고 키가 큰 젊은 남자가 구입했으며, 같이 있던 젊은 여자는 베일을 쓰고 있었고, 그녀는 그를 기욤이라고 불렀다.

5. 마지막으로, 베이크필드 양. 그녀에 대해서는 어떤 고발도 없었다. 증거가 없던 마레스칼은 감히 위험을 무릅쓰지 못하고, 신중하게 침묵을 지키고 있었다. 런던과 리비에라에서 대단히 유명한 사교계의 여인이던 베이크필드 양은 단지 아버지를 만나러 몬테카를로로 가던 길이었다. 이것이 전부다. 실수로 그녀를 죽였을까? 가능한 일이다. 그러나 루보 형제는 왜 살해당했을까? 모든 것이 여전히 분명하지 않았고, 서로 모순되고 있었다.

"지금은 머리를 쥐어짤 기분이 아니니까, 더 이상은 생각하지 말자. 경찰이 제멋대로 이리저리 수사하게 내버려두고, 나는 나대로 움직이자."

라울은 결론을 내렸다. 드디어 어느 방향으로 움직일 것인지 감이 잡혔다. 지역 신문에 짧은 기사가 났다.

"저명한 베이크필드 경이 불행하게 세상을 떠난 딸의 장례식에 참석한 후, 우리 고장으로 돌아와, 평소대로 몬테카를로의 벨뷔에서 시즌 마지막을 보낼 것이다."

그날 저녁, 라울은 벨뷔에서 베이크필드 경이 묵고 있는 방 세 개짜리 객실과 붙어 있는 방을 잡았다. 1층에 있는 다른 방들처럼 그 방들도 호텔 정문 맞은편에 있는 커다란 정원을 향해 있었다. 그리고 각 방에는 정원으로 통하는 계단과 출구가 있었다. 나음 날 라울은 방에서 내려오는 베이크필드 경을 봤다. 그는 아직 젊고, 무게 있는 모습이었다. 슬프고 정신적으로 쇠약해진 그는 괴로움과 절망으로 가득 차서 신경질적인 태도를 보였다.

이틀 후, 라울은 베이크필드 경에게 자신의 명함을 전하고 비밀리에 개인적으로 만날 것을 요청하기로 결심했다. 하지만 베이크필드 경을 만나기 위해 그의 방으로 가는 도중, 복도에서 누군가가 옆방으로 와서 문을 두드리는 것을 목격했다. 그건 바로 마레스칼이었다.

라울은 크게 놀라지 않았다. 자신이 베이크필드 양의 아버지에게서 정보를 얻기 위해 온 것처럼, 마레스칼도 그에게서 뭔가를 알아내려고 한다는 것은 너무도 당연했다. 방으로 들어온 라울은 옆방과 연결되어 있는 이중문의 두꺼운 문짝 하나를 열었다. 그러나 대화내용은 전혀 들리지 않았다.

다음 날, 마레스칼과 베이크필드 경이 다시 한 번 대화를 나눴다. 라울은 이번에는 미리 베이크필드 경의 방에 들어가서 빗장을 열어두었다. 방에서 기다리던 라울은 벽걸이 천 뒤에 가려진 두 번째 문짝을 반쯤 열었다. 하지만 또 실패였다. 두 사람이 너무 낮은 소리로 대화를 하는 바람에 한마디도 알아들을 수기 없었다.

라울은 이렇게 베이크필드 경과 마레스칼이 비밀스런 대화를 나누는 3일 동안 아무것도 알아내지 못했다. 둘의 만남이 라울의 호기심을 자극했다. 마레스칼의 목적이 뭘까? 베이크필드 경에게 그의 딸이 도둑이라고 밝힐 생각은 절대 하지 않았을 것이다. 그렇다면, 마레스칼은 베이크필드 경과의 만남에서, 단서 이외에 다른 것을 기대하고 있는 것일까?

이제까지 라울은 베이크필드 경이 묵고 있는 호텔방 안에 있는 세 개의 방 중 가장 멀리 떨어진 방에서 받았던 전화내용들은 전혀 엿듣지 못했다. 그러던 어느 날 아침, 드디어 통화의 마지막 말을 듣게 되었다.

"좋습니다. 오늘 3시에 호텔 정원에서 봅시다. 돈은 준비될 거고, 내 비서가 당신이 말한 네 장의 편지를 받고서 돈을 건네줄 거요."

라울은 중얼거렸다.

"네 장의 편지…… 돈……. 이건 아무래도 협박인 것 같군. 그렇다면, 협박하는 주인공은 기욤이 아닐까? 기욤은 틀림없이 이 부근을 어슬렁거리고 있을 거야. 베이크필드 양과 한패였던 그가, 이제는 그녀와 주고받은 서신을 돈과 맞바꾸려고 하는 건가?"

심사숙고 끝에 라울은 자신의 추측이 맞다는 확신을 갖게 되었다. 그렇게 되면, 마레스칼의 행동이 명확하게 설명되는 것이다. 기욤에게서 협박을 받은 베이크필드 경이 마레스칼을 불렀고, 그는 기욤을 빠뜨릴 함정을 판 것이다. 좋아. 라울은 그저 즐겁게 지켜보면 되는 것이다. 그런데 초록 눈의 여인이 이 계획에 가담했을까?

그날, 베이크필드 경은 점심식사를 하고 가라고 마레스칼을 붙들었다. 식사가 끝나자, 그들은 정원으로 가서 뭔가에 대해서 열심히 이야기하며 정원을 여러 바퀴 돌았다. 2시 45분에 마레스칼이 건물 안으로 들어왔다. 베이크필드 경은 정원과 바깥을 연결하는 철문에서 멀지 않은 벤치에 앉았다. 철문은 열려 있었고, 벤치에서는 철문을 잘 볼 수 있었다.

라울은 방 창문에서 지켜보고 있었다.

"그녀가 오면, 그녀한테는 안 된 일인 거지!"

라울은 중얼거렸다.

"그녀한테는 안 된 일이지! 나는 그녀를 구하려고 손가락 하나 까딱하지 않을 테니까."

기욤이 혼자 나타나는 걸 본 라울은 안도했다. 기욤은 신중하게 철문 쪽으로 다가섰다. 두 남자의 만남이 이루어졌다. 거래조건이 미리 정해져 있었기 때문에 만남은 짧았다. 곧 그들은 둘 다 아무 말 없이 건물 쪽으로 향했다. 기욤은 안심하지 못하고 불안해하는 듯 보였고, 베이크필드 경은 신경질적으로 몸을 떨었다. 계단 위쪽에서 베이크필드 경이 말했다.

"들어오시오. 나는 이런 더러운 일에 말려들고 싶지 않소. 내 비서가 모든 걸 알고 있으니, 당신 편지내용이 당신이 말한 대로라면 돈을 줄 기요."

그는 가버렸다. 라울은 두꺼운 문짝 뒤에 숨었다. 그는 소동이 일어날 것이라고 예상했지만, 곧 기욤이 마레스칼을 모른다는 사실을 깨달았다. 따라서 기욤은 마레스칼을 베이크필드 경의 비서로 생각할 것이다. 라울은 거울에 비친 마레스칼의 모습을 언뜻 볼 수 있었다. 그는 마치 베이크필드 경의 비서처럼 기욤에게 말했다.

"여기, 1,000프랑짜리 지폐 50장과 런던에서 사용할 수 있는 같은 금액의 수표요. 편지는 가지고 왔소?"

"아니오."

"아니라니요? 그렇다면 아무것도 줄 수 없소. 조건은 이미 정해졌잖소. 돈과 편지를 서로 교환해야 합니다."

"그 편지들은 우편으로 보내주겠소."

"당신 미쳤군. 아니면 우리를 속이려고 하는 거겠지."

기욤은 결심했다.

"나는 분명 편지를 가지고 있소. 하지만 지금은 가지고 있지 않소."

"그러면?"

"내 친구가 가지고 있소."

"그 친구는 어디 있소?"

"호텔에 있소. 내가 그를 찾아오겠소."

"그럴 필요 없소."

상황을 짐작한 마레스칼은 이렇게 말하고는 일을 서둘렀다.

"그러면 복도에서 기다리고 있는 여인을 데려오시오. 그 여자에게 기욤이 부른다고 하시오."

기욤은 화들짝 놀랐다. 그의 이름을 알고 있었단 말인가?

"그게 무슨 소리요? 이건 내가 베이크필드 경과 한 약속과 다릅니다. 밖에 있는 사람은 이 일과는 무관합니다."

그는 방에서 나가려고 했다. 그러나 마레스칼은 민첩하게 그를 막아서서 문을 열고는, 초록 눈의 여인이 들어오도록 옆으로 비켜섰다. 그녀는 주저하며 방으로 들어왔다. 그녀 뒤로 문이 거칠게 닫히고 빗장이 채워지자, 그녀는 두려움에 소리를 질렀다. 한 손이 그녀의 어깨를 잡았다. 그녀는 비명을 질렀다.

"마레스칼!"

그녀가 이 두려운 이름을 부르기도 전에 기욤은 이미 혼란을 틈타서 정원을 통해 도망쳐버렸다. 그러나 마레스칼은 신경도 쓰지 않았다. 그는 초록 눈의 여인만을 생각하고 있었다. 그녀는 떨면서 어쩔 줄을 몰라하며 방 한가운데까지 비틀거리며 걸어갔다. 마레스칼은 그녀의 손가방을 빼앗아가며 말했다.

"아! 아가씨, 이번에는 누구도 아가씨를 구해줄 수 없소. 함정에 제대로 걸려들었지, 안 그렇소?"

그는 가방을 뒤지더니 투덜거렸다.

"그 편지들은 어디 있는 거요? 이제는 협박인가? 당신이 어디까지 추락했는지 한 번 봐요, 당신이! 이 무슨 수치요!"

여인은 의자 위에 쓰러졌다. 가방에서 아무것도 찾지 못한 마레스칼은 여인을 난폭하게 대했다.

"편지! 편지를 당장 내놔! 편지는 어디 있어? 당신 블라우스 안에 있나?"

격분한 마레스칼이 한 손으로 블라우스를 잡자 옷이 찢어졌다. 그는 여인에게 욕을 해대며 편지를 찾으려고 다른 손을 여인 쪽으로 가져가다가, 갑자기 눈을 동그랗게 뜨며 깜짝 놀라서

초록 눈의 아가씨 105

행동을 멈췄다. 그의 눈앞에 한쪽 눈을 깜빡이며 빈정대는 듯한 표정으로 입가에 담배를 돌려 문 남자의 얼굴이 나타난 것이다.

"불 있나, 로돌프?"

이미 파리에서 들은 바 있고, 비밀수첩에서도 읽은 황당한 말이었다! 이게 대체 무슨 의미인가? 그리고 이 건방진 반말은 또 뭐야? 그리고 이 깜박이는 눈은……?

"당신 누구요? 당신…… 특급열차의 그 남자? 세 번째 공범? 그게 가능한 일일까?"

마레스칼은 겁쟁이는 아니었다. 그는 이미 여러 번이나 흔치 않은 대담성을 보여주었고, 주저 없이 두세 명의 적을 상대하기도 했다.

그러나 이번 인물은 이제까지 한 번도 만나보지 못한 적수였다. 이 남자는 특별한 방식으로 행동했으며, 그와 있으면 항상 열세에 몰린 느낌이 들었다. 따라서 그는 방어태세를 취했다. 그러나 라울은 침착하게 여인에게 말했다.

"당신이 가지고 있는 편지 네 통을 벽난로 모서리에 놓으십시오. 이 봉투에는 네 통이 다 들어 있겠죠? 하나, 둘, 셋, 넷……, 좋아요. 이제 빨리 복도로 도망치세요. 그리고 이제 다시는 만나는 일이 없도록 합시다. 상황이 돌아가는 걸 보니, 우리가 다시 대면하게 될 것 같지는 않군요. 잘 가시오. 행운을 빕니다."

여인은 한마디도 하지 않고 사라졌다.

라울은 이어서 말했다.

"로돌프, 자네가 보듯이 나는 저 초록 눈의 여인을 잘 몰라.

나는 저 여자와 같은 패거리도 아니고, 위험한 살인자도 아니야. 나는 단지 포마드를 바른 네 낯짝이 처음부터 마음에 안 들었던 선량한 여행자일 뿐이고, 자네의 희생자를 빼앗아오는 게 재미있었던 사람일 뿐이야. 나는 이제는 그 여인에게 별 흥미가 없어. 그리고 더 이상 그녀의 일에 간섭하지 않기로 결정했어. 그리고 자네가 그녀 일에 간섭하는 것도 원치 않아. 각자 자기 길을 가면 돼. 자네는 오른쪽으로 가고, 그 여자는 왼쪽으로, 나는 그 중간으로 가는 거지. 내 말이 무슨 뜻인지 알겠나, 로돌프?"

마레스칼은 권총이 있는 주머니 쪽으로 살짝 손을 움직이려 했지만 곧 멈췄다. 라울이 이미 자신의 권총을 꺼내들고 너무나 강렬하게 그를 쳐다보고 있었다.

"옆방으로 가는 게 어떨까, 로돌프? 서로의 생각을 잘 이야기해 보도록 하지."

라울은 권총을 손에 들고는 마레스칼을 자기 방으로 건너가게 한 후 문을 다시 닫았다. 그리고 갑자기 테이블 위의 테이블보를 벗겨서 두건처럼 마레스칼의 머리 위에 씌웠다. 마레스칼은 저항하지 않았다. 이 놀라운 인물이 그를 얼어붙게 만든 것이다. 마레스칼은 소리를 질러 도움을 청하거나, 벨을 울리거나, 맞서 싸우는 짓 등은 생각도 하지 않았다. 설불리 행동하면 그 반격이 무시무시할 것이다. 따라서 마레스칼은 남자가 자신을 반쯤 숨이 막힐 정도로 테이블 보로 돌돌 말아서 전혀 움직이지 못하게 만드는 동안 아무런 저항도 하지 않았다. 작업이 끝나자 라울이 말했다.

"자, 이제 합의한 거야. 자네는 내일 아침 9시쯤이면 풀려날 거야. 그 동안 자네는 생각할 시간을 가질 수 있을 거고, 초록 눈의 아가씨와 기욤 그리고 나는 각자 안전한 장소로 피할 수 있는 시간을 버는 거지."

그는 서두르지 않고 천천히 가방을 싸고 고리를 채웠다. 그러고는 성냥을 하나 켜서 영국 여인의 편지 네 통을 태웠다.

"한마디만 더 하지, 로돌프. 베이크필드 경을 더 이상 귀찮게 하지 말게. 자네는 베이크필드 경의 딸에 대한 아무런 증거도 없고, 앞으로도 절대 찾을 수 없을 거야. 그러니까 하늘에서 내려온 천사처럼 좋은 일을 하나 해봐. 베이크필드 경에게 내가 노란 가죽 지갑에서 찾은 베이크필드 양의 일기장을 전해주도록 해. 자네에게 맡기고 가지. 베이크필드 경은 자신의 딸이 가장 선량하고 품위 있는 딸이었다고 믿게 될 거야. 그리고 자네는 좋은 일을 하는 거지. 그것도 의미 있는 일 아냐? 기욤과 그 한패에 대해서는 자네가 틀렸다고 말해. 특급열차에서 일어난 범죄와는 아무런 상관도 없는 야비한 협박이었다고. 그리고 자네가 그들을 놔줬다고 해. 그리고 본질적으로 이 사건은 자네에게는 너무 복잡하니까 손을 떼게. 자네는 다치기만 할 거야. 잘 있게, 로돌프."

라울은 열쇠를 가지고 호텔 사무실로 가서 계산서를 달라고 하며 말했다.

"내일까지 지금 내 방을 쓰겠소. 내일 돌아오지 못할지도 모르니까, 계산은 지금 하도록 하죠."

라울은 밖으로 나왔다. 그는 일이 돌아가는 상황이 만족스러웠다. 그의 역할은 이제 다 끝났다. 초록 눈의 여인은 자신이 원했던 것처럼 혼자서 자신의 일을 해결해 나가면 되는 것이다. 그건 이제 그와 상관없는 일이다.

그의 결심이 너무나 확고했기 때문에, 3시 50분에 파리행 특급열차에 오른 그는 여인을 발견하고도 그녀와 마주치지 않으려고 몸을 숨겼다.

여인은 마르세이유에서 행선지를 바꿔, 기차에서 알게 된 사람들과 함께 뚤루즈행 열차로 갈아탔다. 그들은 배우들 같았다. 그때 갑자기 나타난 기욤이 그들과 합류했다.

"여행 잘하라고!"

라울은 혼자 중얼거렸다.

"저 멋진 한 쌍과 이젠 아무 관련이 없어져서 기쁘군. 다른 곳에 가서 교수형이나 당하라지."

그러나 마지막 순간, 그는 타고 있던 열차 칸에서 튀어나와 여인이 탄 열차에 올랐다. 그리고 그녀와 마찬가지로, 다음 날 아침, 뚤루즈에서 내렸다.

특급열차에서 일어난 범죄에 이어 벌어진 파라도니 빌라 절도사건과 벨뷔 호텔 협박사건은 예측하지 못한 상태에서 급작스럽게 일어난 격렬한 사건들이었다 이 두 사건은 마치 한 방에 잘못 배치해놓은 두 개의 그림 같았다. 잘못된 배치로 인해서 보는 이들이 그림에 묘사된 사실들과 그 연관성을 이해할 수 없게 되어버린 것이다. 세 번째 그림은, 뤼팽이 구원자 3부작이라고 이름 붙인 작품의 마지막을 장식하게 될 것이다. 이 세 번째도 다른 두 번처럼 힘들고 예측 불가능할 것이다. 결국, 이 사건도 몇 시간 만에 절정에 달했으며, 어떤 심리적인 해석도, 어떤 외적인 논리적 설명도 배제한 상황에서밖에 설명이 되지 않았다.

뚤루즈에 도착하자, 라울은 여인이 동행들을 따라서 간 호텔이 어디인지 알아보았다. 그리고 그는 그 여행객들이 레오니드 발리라는 오페레타 가수의 순회 공연팀 소속이라는 것도 알게 되었다. 그날 저녁, 레오니드 발리는 시 극장에서 〈베로니크〉를 공연하기로 되어 있었다.

라울은 감시에 들어갔다. 3시에 초록 눈의 여인이 호텔에서 나와서 불안스러운 얼굴로, 누군가 호텔에서 자신을 따라나와서 미행하는 것이 아닌지 걱정이 되는 듯 계속 뒤를 돌아보았다. 그녀가 경계하는 것이 그녀의 공범인 기욤일까? 그렇게 여인은 우체국까지 뛰어가서, 몹시 흥분한 상태에서 급히 서두르며 전보를 세 번이나 고쳐 썼다.

그녀가 떠나고 난 후, 라울은 구겨진 종이 가운데 한 장을 손에 넣었다. 그 내용은, '뤼(오뜨 피레네 지방) 미라마르 호텔 - 내일 아침 첫차로 도착. 집에 알릴 것'.

"지금 이 시기에 그 산중에서 대체 뭘 하려고 하는 거지?"

라울은 중얼거렸다. 집에 알릴 것……. 그녀의 가족이 뤼에

살고 있나?

 라울은 신중하게 계속 그녀를 따라갔다. 그리고 그녀가 시 극장으로 들어가는 것을 보았다. 공연단의 리허설을 보러 가는 듯했다.

 그날, 그 나머지 시간 동안, 그는 극장 주변을 감시했다. 그러나 초록 눈의 여인은 움직이지 않았다. 그녀의 공범 기욤은 보이지 않았다.

 저녁에 라울은 남의 눈에 띄지 않게 극장 안으로 들어갔다. 그는 들어가자마자 너무 놀라 하마터면 소리를 지를 뻔했다. 베로니크를 부르는 배우가 다름 아닌 초록 눈의 여인이었던 것이다.

 그는 중얼거렸다.

 "레오니드 발리……. 그게 저 여인의 이름인가? 그럼, 그녀가 지방 오페레타 가수란 말인가?"

 라울은 어리둥절했다. 그것은 초록 눈의 여인에 관해서 그가 했던 모든 상상을 초월하는 일이었다.

 지방 출신이건 파리 출신이건 간에, 그녀는 대단히 재능 있는 배우이고, 사랑스럽고 순진하며 조심스럽고 감동적이고, 부드러움과 쾌활함, 매력, 수줍음으로 가득 찬 가수였다. 그녀는 모든 재능과 우아함, 뛰어난 솜씨를 가시고 있었고, 무대에서의 미숙함마저도 매력이었다. 라울은 오스만 가에서 그녀를 처음 만났을 때 받았던 인상을 기억했다. 그리고 비극적이면서 동시에 어린아이 같은 가면을 쓴 여인의 두 가지 운명에 대한 자신의 생각을 떠올렸다.

라울은 황홀경에 빠져서 3시간을 보냈다. 그는 처음의 그 아름다운 광경 이후, 공포와 두려움에 떠는 위기상황에서만 순간적으로 보았던 이 묘한 여인을 감탄하며 바라보았다. 지금의 여인은 다른 사람이었다. 지금의 여인에게서는 환희와 조화로움을 볼 수 있었다. 그러나 어쨌든 그녀는 살인을 저지른 사람이었고, 범죄와 아비한 협박을 한 사람이었디. 그녀는 바로 기욤의 공범자였다.

이렇게 다른 두 가지 모습 중 어떤 것을 진짜라고 믿어야 할까? 라울은 유심히 관찰했지만 헛일이었다. 왜냐하면 또 다른 세 번째 여인이 다른 두 여인 위에 겹쳐져서 그들 모두를 강렬하고 감동적인 베로니크의 인생 안에 완벽하게 합쳐놓았기 때문이다. 기껏해야 좀 지나치게 긴장한 듯한 몸짓과 매끄럽지 못한 표현을 통해서, 그녀를 아는 사람들의 눈에 주인공 안에 숨겨진 그녀의 모습이 드러나고, 그 역할과 일치하지 않는 심리상태가 살짝 엿보였을 뿐이다.

라울은 생각했다.

'새로운 뭔가가 있는 것이 분명해. 오늘 오후, 정오에서 3시 사이에 심각한 일이 일어난 거야. 그것 때문에 저 여인이 갑자기 우체국으로 달려갔고, 그 때문에 인물 표현이 달라진 거야. 그녀는 그걸 생각하고, 그걸 걱정하고 있어. 그리고 그 사건이 갑자기 사라져버린 기욤과 분명 관련이 있을 거야.'

그녀가 관중들에게 인사를 하자 관중석에서 박수갈채가 터져 나왔다. 막이 내리고, 호기심 많은 사람들이 공연자용 출구 근처로 몰려들었다.

두 마리의 말이 이끄는 덮개가 덮인 사륜마차가 문 앞에 멈춰 섰다. 뤼에서 가장 가까운 역인 뻬에르피트-네스탈라 역에 아침에 도착할 수 있는 유일한 기차는 12시 50분에 떠나기 때문에 여인이 역으로 짐을 보낸 뒤 곧장 역으로 갈 것은 확실했다. 라울도 자신의 가방을 역으로 보냈다.

12시 15분에 여인은 마차에 올랐고, 마차가 천천히 출발했지만 여전히 기욤의 모습은 보이지 않았다. 그를 빼놓고 출발하는 듯했다.

그런데 30초도 지나지 않아서, 역으로 가고 있던 라울은, 갑자기 머릿속에 뭔가가 떠올라 뛰기 시작했다. 그리고 그는 옛 거리에서 사륜마차를 따라잡고는 마차에 매달렸다.

곧 그가 예상했던 일이 벌어졌다. 역 앞의 길에 들어섰을 때, 마부는 갑자기 오른쪽으로 돌더니, 말에게 힘차게 채찍을 휘둘렀다. 그러고는 그랑롱과 식물원이 만나는, 사람이 없고 어두운 길로 마차를 몰고 갔다. 이런 속도에서는 여인이 마차에서 내릴 수가 없었다.

이 질주는 오래가지 않았다. 마차는 그랑롱에 도착했다. 거기서 마차가 갑작스럽게 멈췄다. 마부는 자리에서 뛰어내려 문을 열고 마차 안으로 들어갔다.

라울은 여인의 비명소리를 듣고서도 서두르지 않았다. 그 마부가 다름 아닌 기욤이라고 확신하고, 그는 우선 그들의 대화를 듣고 그 말다툼의 이유를 알고자 했다. 그러나 곧, 그가 볼 때 마차 안으로 뛰어든 기욤이 너무 위험해 보였기 때문에, 둘 사이에 끼어들기로 결심했다.

"말하란 말이야!"

공범이 소리를 질렀다.

"나를 내버려둔 채 도망치려고 했단 말이지? 그렇다면, 그래, 맞아. 나는 너를 속이려고 했다. 하지만 그건, 내가 너를 놔주지 않을 거라는 걸 이제 네가 알았기 때문이야. 자, 말해. 말하란 말이야. 그렇지 않으면……."

라울은 겁이 났다. 그의 머릿속에 베이크필드 양의 신음소리가 떠올랐다. 엄지손가락을 너무 강하게 누르면 여인은 죽을 것이다. 그는 마차 문을 열고 기욤의 다리를 잡고서 그를 바닥으로 내던지고서 옆으로 거칠게 끌고 갔다. 상대는 싸우려고 했다. 그러나 라울은 재빠른 동작으로 상대의 팔을 부러뜨렸다.

"한 6주 동안은 쉬어야 할 거야."

라울이 말했다.

"네가 다시 한 번 이 아가씨를 괴롭히면, 그때는 네 척추가 부러질 줄 알아. 내 말 명심해."

라울은 마차로 돌아왔다. 여인은 이미 어둠 속으로 멀어지고 있었다.

"달려요, 아가씨."

라울이 말했다.

"난 당신이 어디로 가는지 아니까. 당신은 내게서 벗어나지 못할 거야. 나도 이제 더 이상은 보답으로 설탕 조각 하나도 못

얻어먹는 충견 역할은 그만두겠어. 뤼팽은 뭔가를 시작하면 끝을 보는 사람이야. 그리고 반드시 목표에 도달하고야 말지. 그 목표는 바로 당신이야. 당신의 초록 눈 그리고 당신의 따뜻한 입술……."

그는 기욤과 마차는 신경 쓰지 않고 서둘러서 역으로 갔다. 열차가 도착했다. 그는 여인이 자신을 보지 못하도록 조심하면서 열차에 올랐다. 두 사람은 사람들로 가득 찬 열차 칸 두 개를 사이에 두고 떨어져 있었다.

그들은 루르드에서 간선을 탔다. 1시간 후, 종착역인 삐에르피트-네스탈라에 도착했다.

여인이 기차에서 내리자마자, 한무리의 젊은 여자들이 급히 그녀에게 다가갔다. 그 젊은 여자들은 모두 갈색 치마에, 끝이 뾰족한 커다란 파란 리본을 가장자리에 댄 망토를 입고 있었다. 그리고 엄청나게 큰 하얀 베일을 머리에 쓴 수녀가 그들 뒤를 따랐다.

"오렐리! 오렐리! 드디어 왔군요!"

여자들은 모두 소리쳤다.

초록 눈의 여인은 이 사람 저 사람과 인사를 하며 수녀에게 다가갔다. 수녀는 여인을 다정스럽게 끌어안고는 기뻐하며 말했다.

"아, 오렐리, 이렇게 만나니 너무 기뻐요! 우리와 함께 적어도 한 달은 보내려고 온 거겠죠, 안 그래요?"

삐에르피트와 뤼즈를 오가는 여행객들을 위한 대형 사륜마차가 역 앞에서 기다리고 있었다. 초록 눈의 여인은 일행들과 그 마차에 올라탔다. 마차는 떠났다. 옆에 떨어져 있던 라울은 뤼즈까지 가는 덮개가 없는 사륜마차를 빌렸다.

나뭇잎 사이로

　　대형 사륜마차의 노새가 목에 단 방울을 울리며 첫 번째 경사를 올라가기 시작했다. 라울은 혼자서 중얼거렸다.
　"아! 아름다운 초록 눈의 여인. 당신은 이제부터 내 포로요. 살인범, 사기꾼의 공범이자 당신 자신도 살인자야. 그리고 동시에 뛰어난 가수이고, 사교계 아가씨, 오페레타 배우, 수녀원의 기숙학생……. 당신이 누구든 간에, 당신은 더 이상 내 손가락 사이로 빠져나갈 수 없을 거요. 신뢰란 탈출할 수 없는 감옥과 같지. 그러니 내가 당신의 입술을 훔쳤다고 아무리 나를 원망해도, 당신 마음 깊은 곳에는, 끊임없이 당신을 구해주고, 당신이 위기에 빠질 때마다 항상 나타나는 남자에 대한 믿음이 있소.

사람은 자기에게 충성스런 개에게는 애착을 느끼게 마련이지. 그 개에게 한 번 물렸어도 말이야.

초록 눈의 아가씨, 당신은 자신을 괴롭히는 모든 사람을 피해서 수녀원으로 피신을 온 거로군. 새로운 일이 발생할 때까지, 내게 있어서 당신은 범죄자도, 위험한 협잡꾼도, 심지어 오페레타 가수도 아니오. 나는 당신을 레오니드 발리라고 부르지 않겠소. 나는 당신을 오렐리라고 부르겠소. 그 이름은 좀 구식이고, 정직해 보이고, 이웃집 동생 이름 같아서 내 마음에 듭니다.

초록 눈의 아가씨, 이제 나는, 당신이 예전의 공범들도 모르는 비밀을 간직하고 있다는 걸 알아요. 그래서 그들은 당신에게서 그 비밀을 알아내려고 하고, 당신은 필사적으로 그 비밀을 지키려고 하죠. 내가 곧 그 비밀을 알게 될 겁니다. 왜냐하면 비밀은 바로 내 분야니까요. 결국, 나는 그 비밀을 밝혀내고, 당신을 가리고 있는 그 어둠을 걷어낼 것입니다. 신비롭고 사랑스런 오렐리."

라울은 이 짧은 호칭이 마음에 들었다. 라울은 초록 눈의 여인이 던지는 혼란스런 수수께끼에 대해서 더 이상 생각하지 않으려고 잠을 청했다.

작은 마을인 뤼즈와 그 이웃 마을인 생소뵈르는 온천 밀집지역이었다. 지금 같은 계절에는 온천욕을 하는 사람들이 드물었다. 라울은 거의 비다시피 한 호텔에 방을 정하고, 자신을 식물학과 광물학에 관심이 많은 아마추어 연구가라고 소개했다. 그리고 그날 늦은 오후부터 이 지역에 대한 조사를 시작했다.

아주 좁고 통행이 불편한 길을 20분쯤 올라가면 생뜨마리 수녀원이 나온다. 이곳은 기숙학교로 개조된 오래된 수녀원이었다. 굴곡이 많고 험한 지역 한가운데에 들어서 있는 건물과 정원은 갑(岬) 끝부분까지 펼쳐져 있었고, 튼튼한 담벼락이 각 층의 테라스를 떠받치고 있었다. 예전에는 이 담벼락을 따라서 생뜨마리 급류가 세차게 흘렀지만, 현재는 그곳을 지나가는 물줄기가 땅속으로 숨어버렸다. 소나무숲이 산비탈을 덮고 있었다. 십자로 교차된 두 개의 길이 나무꾼들이 지나다니는 길로 사용되고 있었다. 기이한 형태의 바위와 동굴들이 있었고, 일요일이면 사람들이 그곳으로 소풍을 가곤 했다.

라울은 이곳에 몸을 숨기고 주위를 살폈다. 그 부근은 인적이 드물었다. 나무꾼들의 도끼소리가 멀리까지 메아리쳤다. 그는 그곳에서 고르게 깎여 있는 정원의 잔디밭과 세심하게 다듬어진 보리수를 내려다보았다. 이곳은 기숙생들이 산책을 하는 곳이었다.

며칠이 지나자, 라울은 수녀원의 휴식시간과 학생들의 습관을 알 수 있었다. 점심식사 후에 협곡 위로 조금 튀어나온 산책길은 '상급생'들의 차지가 되었다.

4일째가 되어서야, 피로 때문에 이제까지 계속 수녀원 안에만 있던 초록 눈의 여인이 산책길에 모습을 드러냈다. 그녀가 나타나자 상급생들은 서로 앞다투어 그녀를 독차지하려고 했다.

라울은 여인이 마치 병석에서 일어나 햇빛과 산의 신선한 공기에 밝아진 아이처럼 달라진 것을 보았다. 여인은 상급생들과 함께 있으면서 점점 변해갔다. 그녀들과 똑같은 옷을 입은 여인은 활발하고 쾌활했고 모두에게 사랑스럽게 대했다. 학생들과 장난하고, 뛰어다니면서 너무나 즐거워하는 그녀의 웃음소리가 지평선까지 메아리쳤다.

"그녀가 웃는군!"

라울이 감탄하며 말했다.

"극장에서 본 작위적이고 고통에 가까운 그런 웃음이 아니라, 그녀의 본래 모습을 보여주는 아무런 근심도 없고 모든 것을 잊은 듯한 웃음이야. 그녀가 웃다니……. 기적 같은 일이군!"

잠시 후, 다른 학생들은 수업을 들으러 들어가고 오렐리 혼자 남았다. 그렇다고 그녀가 우울해 보이지는 않았다. 그녀의 쾌활함은 사라지지 않았다. 그녀는 소소한 일들을 했다. 솔방울을 주워서 버들광주리에 던져 넣기도 하고, 꽃을 따서 옆에 있는 예배당 계단 위에 놓기도 했다.

그녀의 행동은 귀여웠다. 그녀는 자신을 따라다니는 작은 개나 그녀의 발목에 몸을 비비는 고양이에게 나직한 목소리로 말을 하기도 했다. 한 번은 그녀가 장미로 화환을 만들더니, 주머니에서 거울을 꺼내 자기 모습을 비춰보며 웃었다. 그녀는 연지와 화장분을 볼에 살짝 발랐다가 바로 거칠게 닦아냈다. 여기서는 화장이 금지되어 있는 모양이었다.

8일째 되는 날, 여인은 난간을 넘어서 가장 높은 테라스에 다다랐다. 끝 쪽에 있는 소관목들이 테라스를 가리고 있었다.

9일째 되는 날, 여인은 책 한 권을 손에 들고 그곳으로 돌아왔다. 그리고 10일째 되는 날, 휴식시간이 되기 전에 라울은 결심했다.

그는 우선 숲과 맞닿아 있는 울창한 덤불숲 사이로 들어가서, 커다란 연못을 건너야 했다. 마치 거대한 저수지처럼 생뜨마리 급류가 이곳으로 쏟아져 들어오고 있었다. 급류는 이곳을 지나서 땅속으로 숨어든다. 말뚝에 낡은 보트 한 척이 매여 있었다. 라울은 흔들림이 좀 심했지만 그 배를 타고 작은 내포(內浦)에 다다를 수 있었다. 내포 위쪽으로 테라스가 성채의 성벽처럼 높게 솟아 있었다. 벽은 판판한 돌로 되어 있었고, 차곡차곡 쌓여 있는 돌들 사이에서 잡초가 자라고 있었다. 비가 모래 고랑을 만들어 놓았고, 인근 아이들이 필요할 때 올라 다니는 산길을 만들어 놓았다. 라울은 별 어려움 없이 올라갔다. 맨 꼭대기에 있는 테라스는 여름용 교실로 사용되는 듯했다. 주위는 식나무와 부서진 철망, 돌로 된 벤치로 둘러싸여 있었고, 중앙은 아름다운 도자기 화병으로 장식되어 있었다.

라울은 휴식시간 종이 울리는 소리를 들었다. 그리고 정적이 흘렀다. 몇 분 후, 가까이서 가벼운 발걸음 소리가 들려왔다. 노래를 흥얼거리는 생기 있는 목소리가 들렸다. 라울은 가슴이 조여오는 것을 느꼈다. 그를 보면 그녀는 무슨 말을 할까?

나뭇가지 밟는 소리가 들렸다. 잔가지에 매달린 나뭇잎들이 마치 방문 커튼처럼 양쪽으로 갈라지더니 오렐리가 나타났다.

그녀는 갑자기 테라스 문턱에서 멈춰 섰다. 깜짝 놀란 듯 노래를 멈춘 그녀는 팔에 끼고 있던 책과 꽃으로 가득 찬 밀짚모자를 떨어뜨렸다. 갈색 모직 옷을 입은 가느다랗고 연약한 모습의 여인은 더 이상 움직이지 않았다.

그녀는 이내 라울을 알아본 것이 분명했다. 그녀는 얼굴이 붉어져서 작은 소리로 말했다.

"어서 가세요. 어서 가세요."

라울은 그 말에 따를 생각이 전혀 없었다. 그는 마치 그녀가 하는 말을 듣지 못한 듯 그대로 서 있었다. 라울은 형용할 수 없는 기쁨으로 그녀를 바라보았다. 이제까지 그는 어떤 여자 앞에서도 이런 감정을 느껴본 적이 없었다.

여인은 더욱 강한 명령조로 되풀이했다.

"어서 가세요."

"싫습니다."

라울은 말했다.

"그럼 내가 떠나겠어요."

"당신이 떠나면 나도 당신을 따라가겠소."

라울은 단호하게 말했다.

"나도 당신과 함께 수녀원 안으로 들어갈 거요."

여인은 도망치려는 듯 돌아섰다. 그는 뛰어가서 여인의 팔을 잡았다.

"건드리지 말아요!"

여인은 화를 내며 뿌리쳤다.

"내게 다가오지 마세요."

그녀의 거친 태도에 놀란 라울이 물었다.

"대체 왜죠?"

여인은 아주 낮은 목소리로 대답했다.

"난 당신이 끔찍해요."

그 대답이 너무나 의외였기 때문에 라울은 실소를 금할 수 없었다.

"아가씨는 그 정도로 나를 미워하나요?"

"그래요."

"마레스칼보다 더?"

"그래요."

"기욤보다도 더? 그리고 파라도니 빌라에 있던 그 남자보다도 더?"

"그래요, 그래요, 그래요."

"그렇지만 그들은 당신을 더 많이 괴롭혔잖소. 내가 나서서 당신을 보호해주지 않았더라면……."

여인은 말이 없었다. 그녀는 모자를 주워서, 그가 자신의 입술을 보지 못하도록 얼굴 아랫부분을 가리고 있었다. 그녀의 그런 행동이 모든 것을 설명해 주고 있었다. 의심의 여지가 없었다. 그녀가 라울을 싫어하는 이유는, 그가 모든 범죄와 모든 모욕적인 일을 목격한 사람이기 때문이 아니라, 그녀를 팔에 안고서 그녀의 입술에 입을 맞췄기 때문이었다. 그녀는 이상할 정도로 수줍어하며 진지해 보였고 자신의 생각과 본능을 그대로 드러내 보였다. 라울은 자기도 모르게 중얼거렸다.

"제발 그 일은 잊어 주십시오."

그녀가 원하면 언제든 갈 수 있다는 것을 보여주기 위해서, 라울은 몇 걸음 뒤로 물러섰다. 그리고 자신도 모르는 사이 대단히 정중한 어조를 띠며 말을 이었다.

"그날 밤은 모두가 제정신이 아니었습니다. 아가씨나 나나 그날 일을 기억에 담아두지 맙시다. 그날 내 행동은 잊으세요. 저는 당신의 과거를 들추기 위해서가 아니라 우리 사이에 얽힌 매듭을 풀기 위해서 온 것뿐입니다. 내가 우연히 당신 인생에 끼어들게 된 건, 우연이 내가 당신에게 도움이 되길 바라기 때문일 겁니다. 제발 내 도움을 거절하지 마십시오. 위험이 사라지기는커녕 점점 더 커지고 있습니다. 당신의 적들은 지금 격분해 있는 상태입니다. 내가 여기 없으면 당신은 어떻게 하실 겁니까?"

"가세요."

여인은 완강하게 말했다.

여인은 테라스 문턱에 그대로 서 있었다. 그녀는 라울의 눈길을 피하면서 자신의 입술을 가렸다. 그렇지만 그녀는 자리를 뜨지 않았다. 그가 생각했던 것처럼, 사람들은 끊임없이 자신을 구해주는 사람의 포로가 되는 법이다. 그녀의 시선에서 두려움이 묻어났다. 그러나 그에게 당한 입맞춤의 기억보다, 자신이 겪은 시련들에 대한 기억이 훨씬 더 끔찍했다.

"저는 여기서 아주 편안했어요. 제발 가세요. 당신은 그 모든 일에 같이 휘말려버린 거예요, 그 무시무시한 일에……."

"다행이군요."

라울은 말했다.

"저는 앞으로 일어날 모든 일에도 기꺼이 휘말릴 각오가 되어 있습니다. 당신은 그들이 당신을 찾지 않을 거라고 생각합니까? 마레스칼이 당신을 포기할 거라고 생각합니까? 지금 그는 당신의 흔적을 쫓고 있습니다. 그는 여기 생뜨마리 수녀원에까지 와서 당신을 찾아낼 겁니다. 당신이 어린 시절에 여기서 몇 년 동안 행복하게 살았다면, 내가 추측컨대, 그는 그 사실을 알아낼 것이고, 여기로 찾아올 겁니다."

그는 조용히, 하지만 확신에 차서 말했다. 그것이 그녀에게 강한 인상을 주었다. 그녀는 거의 들릴까 말까 한 소리로 다시 한 번 말했다.

"가세요."

"알겠어요."

라울은 대답했다.

"하지만 나는 내일 같은 시간에 여기 있겠습니다. 그리고 매일같이 당신을 기다릴 겁니다. 우리는 해야 할 이야기가 있습니다. 아! 당신을 고통스럽게 하거나, 끔찍했던 그 밤의 악몽을 상기시키는 일은 결대 없을 겁니다. 서기에 대해서는 일질 언급하지 않겠습니다. 나는 그에 관해서는 알 필요가 없습니다. 진실은 차츰차츰 밝혀질 겁니다. 그러나 다른 문제에 대해서는 당신에게 물어볼 말이 있습니다. 그리고 당신은 내 질문에 답을 해줘야 합니다. 자, 이게 내가 오늘 당신에게 하고 싶었던 얘깁니다. 더는 없습니다. 이제 당신은 가도 됩니다. 내 얘기를 곰곰이 생각해 보십시오. 그렇게 하시겠죠? 하지만 더 이상 걱정은 하지 마십시오. 제가 항상 곁에 있다는 걸 잊지 마십시오. 절대로 절망해서는 안 된다는 걸 명심하십시오. 위험한 순간에는 항상 제가 곁에 있을 테니까요."

여인은 아무런 말도, 인사도 없이 떠났다. 라울은 그녀가 테라스를 내려가서 보리수나무 길로 접어드는 모습을 바라보았다. 그녀가 더 이상 보이지 않자, 그는 그녀가 떨어뜨린 꽃을 몇 송이 줍다가, 무의식적인 자신의 행동을 깨닫고는 스스로를 비웃었다.

"젠장! 이거 심각해지는데. 혹시…… 이봐, 이봐, 뤼팽, 좀 저항해봐."

라울은 산길을 다시 내려가서 연못을 건넜다. 그는 숲에서 산책을 하며, 별 관심 없는 듯 꽃을 한 송이씩 던졌다. 그러나 초록 눈 여인의 모습이 그의 눈에 아른거렸다.

그 다음 날, 라울은 테라스로 다시 올라갔다. 오렐리는 오지 않았다. 그 다음 날도 마찬가지였다. 그러나 4일째 되는 날, 발자국 소리 없이, 그녀가 나뭇잎을 헤치고 나타났다.

라울은 가슴이 벅차 올랐다.

"아! 당신…… 당신이군요."

그녀의 태도에서, 그는 그녀에게 다가갈 필요도 없고, 그녀를 겁먹게 할 수 있는 그 어떤 말도 해서는 안 된다는 걸 깨달았다. 여인은 첫날처럼 그렇게 서 있었다. 마치 자신에게 호의를 베푼

적을 원망하며 압도당하지 않으려고 저항하는 사람 같았다.

그러나 그녀의 목소리는 덜 딱딱했고 말을 할 때 머리를 반쯤 돌렸다.

"나는 이 자리에 오지 말았어야 했어요. 생뜨마리 수녀님들과 내게 은혜를 베푼 사람들을 위해서도 좋지 않아요. 하지만 당신에게 감사해야 한다고 생각했어요. 그리고 당신을 도와야 하고. 그리고……."

여인은 덧붙였다.

"저는 겁이 나요. 그래요, 저는 당신이 말한 그 모든 것이 다 겁이 나요. 물어보세요. 대답해 드리죠."

"뭐든지 다 물어도 됩니까?"

"아니오."

여인은 불안해하며 대답했다.

"보꾸르에서의 밤에 대해서는 안 돼요. 하지만 다른 것들은 괜찮아요. 간단하게 물어보시겠죠? 뭘 알고 싶으세요?"

라울은 고심했다. 질문을 하는 것은 어려운 일이었다. 모든 질문은 여인이 말하기를 거부하는 부분을 들추게 될 것이기 때문이다.

라울은 질문을 시작했다.

"우선, 이름이 뭐죠?"

"오렐리…… 오렐리 다스또."

"왜 레오니드 발리라는 이름을 사용하죠? 가명인가요?"

"레오니드 발리라는 사람은 실제로 존재해요. 그녀는 몸이 불편해서 니스에 머물러 있어요. 제가 니스에서 마르세이유까지 같이 여행했던 공연단의 배우들 가운데 아는 사람이 한 명 있었어요. 지난 여름에 아마추어 모임에서 같이 베로니크를 공연하면서 알게 된 사람이죠. 그래서 모두들 내게 하루 저녁만 레오니드 발리의 역할을 대신해 달라고 사정을 했어요. 그들이 너무나 실의에 빠져 있고 당혹스러워해서, 저는 그들을 도와줄 수밖에 없었어요. 우리는 뚤루즈에서 그 사실을 감독에게 알리고, 감독은 마지막 순간에, 관객들에게 알리지 않고 그냥 내가 레오니드 발리라고 믿게 만들기로 결정했죠."

상황이 이해가 간 라울은 말했다.

"당신은 배우가 아니군요. 저는 그 편이 더 마음에 듭니다. 저는 당신이 그냥 생뜨마리의 예쁜 기숙학생인 편이 더 좋습니다."

여인은 눈살을 찌푸렸다.

"계속하세요."

라울은 곧 말을 이었다.

"오스만 가 카페에서 나왔을 때, 마레스칼에게 지팡이를 휘두른 신사는 당신의 아버진가요?"

"제 의붓아버지예요."

"성함이 어떻게 되시죠?"

"브레작."

"브레작?"

"네. 내무부 범죄사건 담당 국장이세요."

"결국 마레스칼의 직속상관이로군요?"

"네. 의붓아버지와 마레스칼은 언제나 서로에 대한 반감을 가지고 있었어요. 장관의 전폭적인 지지를 받고 있는 마레스칼은 의붓아버지의 자리를 빼앗으려고 하고 있어요. 그리고 의붓아버지는 그를 몰아내려고 하시죠."

"그리고 마레스킬은 당신을 사랑하고요?"

"마레스칼이 내게 청혼을 했어요. 나는 거절했죠. 의붓아버지는 그가 집에 드나들지 못하도록 했어요. 그는 우리를 증오해요. 그는 복수하겠다고 맹세했어요."

"그럼, 하나는 됐고······."

라울은 말했다.

"다음으로 넘어가죠. 파라도니 빌라에서 당신을 납치한 남자 이름은 뭡니까?"

"조도예요."

"그 사람의 직업은?"

"저도 몰라요. 그는 가끔 의붓아버지를 만나러 집으로 오곤 했어요."

"그리고 또 다른 남자는?"

"기욤 앙시벨. 그 사람도 집에 가끔 왔어요. 그는 증권중개와 사업을 하는 사람이에요."

"좀 수상쩍은 사람들이겠죠?"

"잘 모르겠어요. 어쩌면 그럴지도······."

라울은 정리해서 말했다.

"그러면, 이렇게 해서 당신의 적은 세 명이군요. 다른 사람이 또 있는 건 아니겠죠?

"있어요. 의붓아버지요."

"뭐라고요! 당신 어머니의 남편인데요?"

"불쌍한 우리 어머니는 돌아가셨어요."

"그러면 그 남자들 모두가 다 같은 이유로 당신을 괴롭히는 겁니까? 틀림없이, 그들 모르게 당신이 간직하고 있는 비밀 때문이겠죠?"

"네. 마레스칼만 빼고요. 그 사람은 아무것도 몰라요. 단지 복수를 하려고 할 뿐이죠."

"그 비밀에 관해서, 비밀 자체는 아니더라도 그 주변의 상황을 내게 말해줄 수 있겠습니까?"

그녀는 잠시 생각하다가 결심한 듯 말했다.

"네, 해드리죠. 다른 사람들이 아는 것과 그들이 집요하게 구는 이유는 말해줄 수 있어요."

짧고 냉담한 말투로 대답하던 오렐리는 이제 대화에 관심을 기울이는 듯했다.

"자, 간단히 설명 드리죠. 어머니와 친척이었던 아버지는 내가 태어나기도 전에 돌아가셨어요. 얼마간의 정기적인 수입을 남기셨는데 다스또의 외할아버지께서 거기에 연금을 보태주셨죠. 할아버지는 멋진 분이셨어요. 예술가이자 발명가셨고, 항상 탐험과 숨겨진 비밀들을 찾아다니셨어요. 그분은 끊임없이 여행을 다니시면서, 우리를 부자로 만들어 줄, 소위 기적 같은 일을 찾아다니셨죠. 저는 할아버지와 무척 가깝게 지냈어요. 아직도 나를 무릎에 앉히시고 말씀하시던 할아버지의 모습이 선해요. '우리 오렐리는 부자가 될 거야. 내가 일하는 건 다 오렐리를 위해서지.'

그런데 제가 여섯 살이 되었을 때, 할아버지께서 저와 어머니에게, 아무에게도 알리지 말고 할아버지를 만나러 오라는 편지를 보내셨어요. 어느 날 저녁, 우리는 기차를 타고 할아버지께 가서, 거기서 이틀을 지냈죠. 다시 집으로 돌아갈 때, 어머니는 할아버지가 계신 자리에서 내게 말씀하셨어요. '오렐리, 지난 이틀 간 네가 어디에 있었는지, 뭘 했는지, 뭘 봤는지를 아무에게도 말하면 안 된다. 그건 우리들만의 비밀이야. 그리고 네가 스무 살이 되면, 그 비밀이 너를 엄청난 부자로 만들어 줄 거야.'

'엄청난 부자지.' 할아버지께서도 확실히 말씀하셨어요. '무슨 일이 있어도 이 일에 대해 얘기하지 않겠다고 우리에게 맹세하거라.'

어머니가 할아버지의 말을 정정했어요. '그 누구에게도, 나중에, 네가 사랑하고 너 자신만큼 믿을 수 있는 남자 이외에는 누구에게도 얘기하지 않겠다고 맹세해.'

저는 어머니와 할아버지가 하라는 모든 맹세를 다 했어요. 저는 그 분위기에 눌려 감정이 복받쳐서 울음을 터뜨렸죠.

몇 달 후, 어머니는 브레작과 재혼했어요. 결혼생활은 행복하지 못했고, 그리 오래가지도 못했죠. 그 이듬해에 불쌍한 우리 어머니는 늑막염으로 돌아가셨어요. 어머니는 돌아가시기 전에 남들 몰래 제게 종잇조각 하나를 건네셨어요. 그 종이에는 우리가 갔던 지방에 대한 설명과 제가 스무 살이 되면 해야 할 일들에 대한 모든 지시사항이 적혀 있었어요. 그리고 머지않아 다스또의 할아버지가 돌아가셨죠. 그래서 저는 의붓아버지와 홀로 남게 됐어요. 의붓아버지는 성가신 존재가 되어버린 저를 바로 여기 생뜨마리 수녀원으로 보내버렸어요. 저는 아주 슬프고 막막한 심정으로 여기에 도착했어요. 하지만 비밀을 지켜야 한다는 생각이 내게 힘을 줬어요. 그때는 일요일이었어요. 저는 외진 장소를 찾아서 여기 이 테라스로 왔어요. 내 어린 머리로 생각해낸 계획을 실행하기 위해서였죠. 저는 어머니가 제게 남기신 지시사항들을 모두 다 외우고 있었어요. 그러니 그 종이를 가지고 있을 필요가 있나 하는 생각이 들었어요. 제가 계속 그 종이를 간직하고 있으면, 결국 온 세상이 다 알게 될 것 같았거든요. 그래서 그 종이를 이 화병에 넣고 태워버렸어요."

라울은 고개를 끄덕였다.

"그리고 당신은 그 지시사항들을 잊어버렸나요?"

"네."

여인은 말했다.

"여기서 사람들과 정도 들고 일도 하고, 그렇게 즐겁게 지내면서 그 지시사항들은 제 기억 속에서 지워졌어요. 저는 그 지방의 이름도 잊었고, 그 위치도, 거기로 가는 기차 노선도, 내가 해야 할 일도……. 다 잊었어요."

"완전히 다요?"

"모두 다요. 단지, 어린 내 눈과 귀에 다른 것들보다 더 강하게 다가왔던 몇 가지 인상과 풍경만 빼고요. 그 후로 한 번도 잊어본 적이 없는 모습들…… 그 종소리들……. 저는 아직도 그 종소리가 계속 울리는 것처럼 귀에 생생해요."

"그러면 당신의 적들이 알고 싶어하는 것이 그 인상과 그 모습들인가요? 당신의 이야기로 진실을 알 수 있기를 바라면서?"

"네."

"그런데 그들이 그 사실을 어떻게 알았나요?"

"그건 어머니가, 할아버지가 그 비밀에 대해 언급하신 편지 몇 통을 부주의하게도 없애버리지 않으셨기 때문이에요. 브레작은 나중에 이 편지들을 손에 넣고는, 내가 생뜨마리에 있던 10년 동안 그 일에 대해서는 한마디도 안 했어요. 그 10년이 내 생애 최고의 날들일 거예요. 하지만 2년 전, 내가 파리로 돌아간 날, 브레작이 내게 물었죠. 나는 내가 지금 당신에게 한 얘기를 해줬어요. 그 정도는 말해줄 수 있었으니까요. 하지만 그가 흔적을 쫓을 수 있을 만한 희미한 기억들은 아무것도 밝히고 싶지 않았어요. 그때부터 끝없는 학대와 질책, 싸움, 끔찍한 분노…… 내가 도망치기로 결심할 때까지 그런 일들이 계속됐어요."

"혼자서 도망을요?"

"아니오."

그녀는 말했다.

"하지만 당신이 생각할 수 있는 조건하에서는 아니에요. 기욤 앙시벨은 내 호감을 얻으려고 아주 조심스럽게 노력하고 있었어요. 마치 필요한 사람이 되고 싶어하고, 그 보답을 전혀 바라지 않는 사람처럼 말이죠. 그렇게 그는, 내게서 호감은 아니지만 적어도 신뢰는 얻어냈어요. 그리고 저는 그에게 제 탈출계획을 얘기하는 어마어마한 실수를 저지르고 말았죠."

"그가 아무런 의심 없이 당신 계획에 찬성했나요?"

"그는 대찬성이었어요. 그는 내 준비를 도와줬고, 엄마가 남기신 보석 몇 가지와 증권을 팔아줬어요. 내가 떠나기 전날, 나는 어디로 가야 할지 몰랐죠. 기욤이 내게 말했어요. '나는 지금 니스에서 오는 길인데, 내일 돌아가야 해요. 제가 거기까지 데려다 드릴까요? 지금 같은 때, 리비에라보다 더 조용한 은신처는 찾을 수 없을 거예요.' 제가 그의 제안을 거절할 이유가 뭐가 있겠어요? 물론 마음이 내키지는 않았지만, 그는 진지하고 헌신적인 태도를 보였어요. 그래서 저는 그 제안을 받아들였죠."

"그런 경솔한 행동을 하다니!"

라울이 말했다.

"맞아요."

그녀는 말했다.

"게다가 우리는 그럴 만큼 친한 사이도 아니었어요. 하지만 어쩌겠어요! 저는 이 세상에 홀로 남겨졌고, 불행하고 학대받고 있었어요. 그런데 도움을 주는 사람이 나타난 거예요. 저는 그저 몇 시간만 동행하면 된다고 생각했어요. 그렇게 우리는 떠났어요."

오렐리는 잠시 주저하며 말을 끊었다. 그러고는 다시 서둘러

말을 이었다.

"여행은 끔찍했어요. 당신이 알고 있는 그 이유 때문에요. 기욤이 의사에게서 빼앗은 마차에 나를 집어던졌을 때, 나는 힘이 완전히 빠진 상태였어요. 그는 자신이 원하는 대로 다른 역 쪽으로 나를 데려갔어요. 우리는 기차표가 있었기 때문에, 거기서 기차를 타고 니스로 가서 내 짐들을 찾았어요. 나는 열이 났고 제정신이 아니었죠. 무슨 일을 하는지 의식도 못하고 행동했어요. 그는 그걸 이용해서, 그 다음 날, 어떤 대저택으로 날 데려갔어요. 그는 그곳에 사람들이 없을 때, 자기가 도난당했던 증권들을 되찾아야 한다고 했어요. 나는 거기로 따라갔죠. 거기 말고도 어디라도 갔을 거예요. 나는 아무 생각도 없었어요. 그저 수동적으로 시키는 대로 따랐죠. 바로 그 빌라에서 조도에게 공격을 받고 납치된 거예요."

"그리고 두 번째로 나한테 구출되고, 그리고 역시 두 번째로 곧바로 도망을 치는 걸로 내게 보답했죠. 그 문제는 넘어갑시다. 조도도 역시 비밀을 밝힐 것을 요구했죠?"

"네."

"그 다음에는요?"

"니는 호텔로 돌아갔어요. 호텔에서 기욤이 내게 몬테카를로로 같이 가자고 사정했어요."

"하지만 그때, 당신은 그 사람이 어떤 사람인지 알고 있었어요!"

라울은 반박했다.

"무엇으로 알 수 있죠? 사람은 올바른 정신으로 주의 깊게 볼 때는 분명하게 볼 수 있어요. 하지만 이틀 전부터 저는 일종의 광기에 휩싸여서 지냈어요. 조도의 공격으로 더욱 악화가 됐죠. 그래서 저는 기욤을 따라갔던 거예요. 심지어 여행의 목적이 무엇인지도 묻지 않은 채 말이죠. 저는 어찌할 바를 몰랐어요. 나의 무기력이 수치스럽고, 점점 이상해지는 기욤의 존재가 불편했어요. 몬테카를로에서 내가 한 일이 대체 뭐죠? 나는 그 부분에 대해서는 정확히 몰라요. 기욤이, 호텔 복도에서 자신에게 돌려주라면서 내게 편지들을 맡겼어요. 그가 직접 어떤 남자에게 건네주려고요. 그게 무슨 편지죠? 그 남자는 누구예요? 왜 마레스칼이 거기 있었나요? 당신은 그에게서 어떻게 나를 빼내 왔어요? 모든 것이 이해가 잘 안 가요. 하지만 내 직감이 다시 살아났어요. 저는 기욤에 대한 적대감이 점점 커지는 걸 느꼈죠. 저는 그를 혐오했어요. 그리고 저는 몬테카를로를 떠나서, 더 이상 기욤과 행동을 같이하지 않기로 하고 여기에 숨은 거예요. 그는 툴루즈까지 저를 따라왔어요. 그리고 제가 오후 이른 시간에, 그를 떠나겠다는 내 결심을 그 사람에게 알렸을 때, 그는 무슨 일이 있어도 내가 다시 돌아가지 않을 거라는 사실을 확실히 깨닫고는 분노로 얼굴이 굳어져서 차갑고 거칠게 대답했어요.

'좋아요. 우리 서로 갈라집시다. 사실, 나는 별 상관 없소. 하지만 조건이 하나 있소.'

'조건이오?'

'그렇소. 어느 날, 나는 당신 의붓아버지가 당신이 전해들은 비밀에 대해서 이야기하는 것을 들었소. 나에게 그 비밀을 얘기해 주시오. 그러면 당신은 자유요.'

그래서, 저는 모든 것을 이해하게 됐어요. 그의 모든 맹세, 그의 헌신이 모두 거짓이었던 거죠. 그의 유일한 목적은, 언제든, 내 사랑을 얻어서든 나를 협박해서든, 내게서 비밀을 알아내는 거였어요. 내가 의붓아버지에게 말하지 않았고, 또 조도도 내게서 알아내려 했던 바로 그 비밀 말이에요."

그녀는 입을 다물었다. 라울은 그녀를 지켜보았다. 그녀가 자신에게 모든 진실을 이야기해 준 것이다. 깊은 인상을 받은 그는 진지하게 말했다.

"당신은 그가 어떤 사람인지 정확히 알고 싶습니까?"

여인은 고개를 저었다.

"과연 그럴 필요가 있을까요?"

"아는 것이 나아요. 잘 들으세요. 니스 파라도니 빌라에서 그가 찾던 증권은 그의 것이 아닙니다. 그는 단지 그걸 훔치러 간 겁니다. 몬테카를로에서 그는 한 사람의 명예를 더럽힐 수 있는 편지의 대가로 십만 프랑을 요구했습니다. 그는 사기꾼에 도둑, 어쩌면 그보다 더한 인물일지도 모르죠. 그게 바로 그의 정체입니다."

오렐리는 반박하지 않았다. 그녀는 이미 현실을 깨닫고 있었다. 그러한 사실들을 듣고도 놀라지 않았다.

"당신이 그 사람한테서 나를 구해줬어요. 고마워요."

초록 눈의 아가씨 137

라울은 말했다.

"안타깝군요! 당신은 나한테서 도망치는 대신 나한테 모든 걸 털어놨어야 했어요. 그것 때문에 얼마나 시간을 낭비했습니까!"

그녀는 막 떠나려던 참이었다. 하지만 그녀는 대답했다.

"왜 당신에게 털어놓아야 하죠? 당신은 누구예요? 난 당신을 몰라요. 당신을 고발한 마레스칼은 당신 이름도 몰라요. 당신은 모든 위험에서 나를 구해줬어요. 이유가 뭐죠? 무슨 의도로 이러는 거예요?"

그는 히죽히죽 웃었다.

"당신에게서 비밀을 알아내려는 의도가 아니냐. 그런 뜻입니까?"

"아무 뜻도 없어요."

낙담한 듯 여인은 중얼거렸다.

"나는 아무것도 모르겠어요. 아무것도 이해가 안 가요. 2, 3주 전부터 사방이 온통 어두운 벽이에요. 제가 드릴 수 있는 것 이상의 신뢰를 바라지 마세요. 나는 아무것도, 그 누구도 믿지 않아요."

라울은 그녀가 가여웠다. 그는 그녀를 보내주었다.

라울은 자리를 뜨면서(그 전에 그는 다른 출구를 찾아내 문을 여는 데 성공했다. 끝에서 두 번째 테라스 밑에 비밀문이 있었다) 생각했다.

'그녀는 그 끔찍했던 밤에 관한 이야기는 한마디도 하지 않았다. 그런데 베이크필드 양은 죽었고, 두 남자도 살해되었다. 그리고 나는 그녀가 남장을 하고 복면을 쓴 모습을 보았다.'

그러나 모든 것은 수수께끼 같았고 도저히 설명할 길이 없었다. 그녀와 마찬가지로 그도 어두운 벽에 둘러싸여 있었다. 그리고 벽 틈새로 여기저기 빛이 희미하게 새어 들어오고 있었다. 게다가 라울은 한순간도 - 그는 이번 사건 시작부터 항상 그랬다 - 그녀를 마주하고 있을 때, 베이크필드 양의 시신 앞에서 자신이 한 복수와 증오의 맹세도, 그 초록 눈의 여인의 우아한 모습을 더럽힐 수 있는 그 어떤 것도 생각한 적이 없었다.

이틀 동안, 라울은 그녀를 다시 보지 못했다. 그런데 연이어 사흘 동안은 그녀가 왔다. 그녀는 아무런 설명도 없이, 마치 자신에게 없어서는 안 될 보호자를 찾아다닌 양 다시 나타났다.

그녀는 처음에는 10분 동안 머물렀다. 그러다가 그 시간이 15분, 30분으로 늘어났다. 그들은 별로 말을 하지 않았다. 그녀가 원했건 원하지 않았건, 그녀 안에는 그에 대한 신뢰가 생겨나고 있었다. 그녀의 태도는 좀더 부드러워졌다. 그녀는 산길까지 나와서 물결치는 연못의 물을 바라보기도 했다. 그는 여러 번 그녀에게 질문을 하려고 했지만, 그때마다 그녀는 보꾸르에서의 끔찍한 시간을 떠올리게 하는 것들에 공포를 느끼고 몸을 떨며 질문을 피했다. 그러나 그녀는 많은 이야기를 했다. 먼 과거 일과 지난날 생뜨마리에서 보낸 날들, 그리고 이 정답고 고요한 분위기에서 그녀가 다시 찾은 평화에 대해서 이야기했다.

한 번은, 그녀가 손바닥을 위로 한 채 손을 화병 받침 위에 올려놓고 있을 때, 라울은 몸을 굽히고서 손은 대지 않고 눈으로 그녀의 손금을 살펴보았다.

"내가 첫날부터 짐작했던 대로군요. 두 가지 운명이에요. 하나는 어둡고 비극적이고, 다른 하나는 행복하고 아주 평범하고. 그 두 개의 운명이 서로 얽혀서 뒤섞여 버리죠. 그리고 아직은 누가 이길지 알 수 없어요. 어느 것이 진짜입니까? 어느 것이 실제 당신의 본래 모습이죠?"

"행복한 쪽이죠."

그녀는 말했다.

"내 안에는 표면 위로 빠르게 떠오르는 무엇인가가 있어요. 그것은 여기서처럼 나를 생기발랄하게 만들어주고 어떤 위험이든지 다 잊게 해주죠."

그는 계속 손금을 보았다.

"물을 조심하세요."

그는 웃으며 말했다.

"물은 당신에게 해로울지도 몰라요. 난파나 홍수 같은…… 이렇게 위험이 많다니! 하지만 그 위험들이 멀어져가는군요. 그래요, 당신 인생에서 모든 것이 제자리를 찾아가요. 착한 요정이 나쁜 마녀를 이기는군요."

그는 그녀를 안심시키기 위해서 거짓말을 했다. 그리고 언제나 그랬듯, 그가 감히 쳐다보지도 못하는 그녀의 예쁜 입가에 미소가 번지길 바랐다. 뿐만 아니라 그 자신도 잊고 싶고 환상을 그대로 간직하고 싶었다.

그는 이렇게 기쁨에 젖어서 두 주를 보냈다. 하지만 그 기쁨을 감추려고 노력했다. 그 두 주 동안, 그는 현기증을 느꼈다. 사랑이 그의 정신을 몽롱하게 만들고, 여인을 바라보고 그녀의 이야기를 듣는 즐거움 이외의 모든 것에는 무감각하게 만들었던 것이다. 그는 마레스칼이나 기욤, 조도의 위협적인 모습을 떠올리려고 하지 않았다. 만약 그들 가운데 아무도 안 나타난다면, 그건 분명 그들이 여인의 흔적을 놓친 것이다. 그렇다면, 그가 여인 곁에서 느끼는 이 달콤한 마비상태에 그대로 빠져버리지 못할 이유가 없지 않은가?

꿈은 갑작스럽게 깨졌다. 어느 날 오후, 라울과 여인은, 협곡을 내려다보는 나뭇가지들 사이에서, 몸을 숙이고 그 밑에 있는 거울 같은 커다란 연못을 바라보고 있었다. 연못 중앙은 잔잔했지만, 가장자리는, 급류가 쏟아져 들어가는 좁은 통로 쪽으로 흘러드는 작은 물결로 술렁이고 있었다. 그때, 멀리 정원에서 소리치는 목소리가 들렸다.

"오렐리! 오렐리! 오렐리 어디 있어요?"

"세상에!"

여인은 걱정스런 얼굴로 말했다.

"왜 나를 부르는 거지?"

여인은 테라스 끝으로 뛰어갔다 보리수 길에 수녀 한 사람이 있었다.

"저 여기 있어요! 저 여기 있어요! 도대체 무슨 일이에요, 수녀님?"

"전보가 왔어요, 오렐리."

"전보요! 그냥 계세요. 제가 갈게요."

잠시 후에, 그녀가 손에 전보를 들고 테라스로 돌아왔을 때, 그녀는 흥분해 있었다.

"브레작입니까?"

"네."

"당신더러 돌아오라고 하나요?"

"곧 그가 올 거예요."

"왜요?"

"절 데려가려고요."

"말도 안 돼요."

"자, 보세요."

그는 두 줄로 된 보르도 발 전보 내용을 읽었다.

4시 도착. 곧바로 같이 떠날 것임.

_브레작

라울은 곰곰이 생각한 후 물었다.

"그럼 당신이 여기 있다고 그 사람에게 편지를 보냈습니까?"

"아니오. 하지만 전에, 방학 때 그가 여기에 오곤 했어요."

"당신 생각은 어때요?"

"제가 뭘 할 수 있겠어요?"
"그를 따라가지 않겠다고 하세요."
"수녀원장님이 제가 여기 있는 걸 승낙하지 않으실 거예요."
"그러면"
라울은 넌지시 말했다.
"지금 당장 여기를 떠나요."
"어떻게요?"
그는 테라스 끝, 숲을 가리켰다.
그녀는 반대했다.
"떠나다니요! 죄인처럼 이 수녀원에서 도망치라고요? 아니오, 아니오, 여기 계신 모든 분이 상심하실 거예요. 저를 딸처럼 사랑하시는 분들인데! 아니오, 그건 절대 안 돼요!"

그녀는 너무나 지쳐 있었다. 그녀는 난간 맞은편에 있는 돌로 된 벤치 위에 앉았다. 라울은 그녀 곁으로 다가가서 심각하게 말했다.

"내가 당신에게 느끼는 감정이나, 내가 이런 행동을 하는 이유를 당신에게 말하진 않겠습니다. 하지만 어쨌든, 한 남자가 자신의 전부인 여자에게 그렇듯, 내가 당신에게 헌신적이라는 것은 알아야 합니다. 그리고 이 헌신을 바탕으로 당신은 날 절대적으로 신뢰하고 무조건 내 말을 따라야 합니다. 제 말뜻을 아시겠습니까?"

"네."
여인은 완전히 압도되어 말했다.

"그러면, 당신이 할 일을 말해 드리죠. 내 명령입니다. 그래요, 내 명령이에요. 아무런 저항도 하지 말고 의붓아버지를 만나세요. 말다툼을 해서는 안 됩니다. 대화를 해서도 안 됩니다. 한마디도 안 됩니다. 그게 실수를 하지 않는 가장 좋은 방법입니다. 그를 따라가세요. 파리로 돌아가십시오. 당신이 도착하는 날 저녁에, 어떤 이유를 둘러대든 집에서 나오세요. 문에서 스무 걸음쯤 떨어진 곳에 흰머리의 나이 든 부인이 자동차에서 당신을 기다리고 있을 겁니다. 저는 당신을 지방에 있는 아무도 찾지 못할 은신처로 데려가겠습니다. 그리고 저는 바로 떠나겠습니다. 내 명예를 걸고 맹세하는데, 당신이 원할 때에만 그곳에 가겠습니다. 제 말에 동의하십니까?"

"네."

여인은 고개를 끄덕이며 말했다.

"그럼, 내일 저녁에 뵙지요. 제가 한 말을 기억하세요. 무슨 일이 있어도, 아시겠죠, 무슨 일이 있어도, 그 어떤 것도 당신을 보호하려는 내 의지와 내 계획을 막지는 못합니다. 만일 모든 일이 당신에게 불리하게 돌아간다고 생각되어도 낙담하지 마십시오. 걱정도 하지 마십시오. 믿음을 가지고 의연하게, 최악의 상황에서도 그 어떤 위험도 당신을 위협하지 못한다고 스스로에게 말하세요. 필요하면, 그 즉시 제가 갈 겁니다. 저는 항상 당신 곁에 있을 겁니다. 그럼, 안녕히."

그는 허리를 구부려서 밀짚모자의 리본에 가볍게 입을 맞쳤다. 그리고 낡은 철망을 헤치고 덤불로 뛰어내렸다. 그러고는 비밀문으로 이어진 눈에 잘 띄지 않는 오솔길로 접어들었다.

　오렐리는 돌로 된 벤치에 앉아서 움직이지 않고 있었다.

　30초 정도가 흘렀다.

　그때, 산길 쪽의 나뭇잎이 바스락거리는 소리를 듣고 여인은 고개를 들었다. 나무들이 움직이고 있었다. 누군가가 거기에 있었다. 그랬다, 의심할 여지가 없었다. 누군가가 거기에 숨어 있었던 것이다.

　여인은 소리를 질러서 도움을 청하고 싶었지만 그럴 수가 없었다. 목소리가 나오질 않았다.

　나뭇잎들이 더 심하게 흔들렸다. 과연 누가 나타날 것인가? 그녀는 그것이 기욤이나 조도이기를 간절히 빌었다. 그 두 강도들이 마레스칼보다는 덜 두려웠다.

　누군가의 머리가 나타났다. 마레스칼이었다. 아래쪽에서 비밀문을 닫는 묵직한 소리가 들려왔다.

지옥의 입

　　　정원 꼭대기의 테라스가 몇 주 동안 오렐리와 라울에게 안전한 은신처가 될 수 있었던 것은 커다란 나뭇잎들로 가려져 있고, 아무도 산책하러 오지 않는 곳이기 때문이었다. 따라서 마레스칼이 그곳에서 얼마 동안은 누구의 방해도 받지 않고 행동할 수 있고, 반대로 오렐리는 누구의 도움도 기대할 수 없다는 것은 너무도 당연했다. 결국, 상황은 마레스칼이 원하는 대로 전개될 것이고, 그 결말도 냉혹한 그의 의지대로 이루어질 것이다.

　그는 그것을 잘 알고 있었기 때문에 서둘지 않았다. 그는 천천히 앞으로 걸어나와서 멈춰 섰다. 승리에 대한 확신으로, 평소에는 반듯하고 무표정하던 그의 얼굴에 변화가 일었다. 입 왼쪽 끝을 비죽거리자 네모진 그의 수염의 반이 따라 움직였다. 치아가 번뜩이고 있었다. 눈은 잔인하고 냉혹해 보였다.

마레스칼이 비웃듯이 말했다.

"자, 아가씨, 상황이 내게 그리 불리하지는 않았던 모양이오! 보꾸르 역에서처럼 나한테서 도망칠 방법은 없소! 파리에서처럼 나를 쫓아낼 수도 없지! 자, 이제 강자의 법에 따라야 할 겁니다."

오렐리는 돌 벤치에 앉아서, 상체를 똑바로 세우고 팔에 힘을 주고 주먹을 꽉 쥐고서 극도로 불안한 표정으로 그를 바라보았다. 그러나 그녀는 신음소리조차 내지 않았다. 그녀는 기다렸다.

"이렇게 당신을 보니 좋군요, 예쁜 아가씨! 나처럼 좀 지나친 방식으로 사랑을 하는 경우에는 상대가 공포에 떨며 저항하는 모습을 보는 것도 그리 나쁘지는 않아요. 그만큼 더 먹이를 차지하겠다는 투지가 불타오르게 되지……, 특히 멋진 먹이일수록 더더욱……."

그는 낮은 목소리로 덧붙였다.

"왜냐하면, 당신은 정말 너무나 아름답거든!"

섭혀신 선보를 발견한 마레스칼은 비웃으며 말했다.

"그 대단한 브레작이 보낸 거로군요, 그렇죠? 자기가 곧 도착할 것이고, 당신도 같이 떠날 거라고 했겠죠? 알아요, 알아. 나는 보름 전부터 그를 감시해 왔어요, 존경하옵는 내 상사를요. 그리고 나는 그의 가장 비밀스런 계획까지도 다 알고 있어요.

내 충성스런 부하들이 그의 주변을 감시하고 있거든요. 그렇게 해서 당신의 피신처를 알아내고, 브레작보다 몇 시간 앞서서 올 수 있었어요. 주변과 숲, 골짜기를 탐색하고, 멀리서 당신을 감시하고, 그리고 당신이 이 테라스로 급히 달려오는 모습을 볼 시간을 번 거죠. 그리고 여기로 올라왔을 때, 멀어지는 한 사람의 모습을 봤소. 애인인가 보죠?"

그는 몇 걸음 앞으로 다가왔다. 여인은 움찔하여 뒷걸음쳤다. 그녀의 어깨가 벤치를 둘러싸고 있는 철망에 닿았다.

마레스칼은 화를 냈다.

"이봐요, 예쁜 아가씨! 조금 전에 당신 애인이 당신을 어루만질 때는 그렇게 뒷걸음질치지 않았을 텐데. 대체 그 행운아는 누구요? 결혼할 사람인가요? 아, 그보다는 정부겠군. 오라, 이제 보니, 내가 시간에 딱 맞춰 온 덕에, 내 목표물을 놓치지 않았을 뿐만 아니라 생뜨마리의 순진한 기숙학생이 어리석은 실수를 저지르는 것을 막은 거로군! 아! 내가 그걸 예상했어야 하는데……."

마레스칼은 계속 화를 내면서 여인 쪽으로 몸을 숙였다.

"어쨌든 더 잘된 일이오! 일이 단순해졌어. 유리한 조건은 모두 내 손아귀에 쥐고 있었기 때문에 이 일을 멋지게 처리할 수 있었지! 하지만 이런 행운이 찾아오다니! 오렐리 당신은 수줍고 정숙한 여인이 아니오! 그리고 도둑질과 살인을 저지르고서 도랑을 건너 도망칠 수도 있는 사람이지. 그리고 이제 당신은 장애물을 뛰어넘을 준비가 되어 있군요. 그럼, 나와 함께 가면 어때요? 지, 오렐리, 니도 그 사람 정도는 되지 않소? 그도 장점이 있겠지만, 내게도 당신이 마냥 무시할 수 없는 이유가 충분히 있소. 어떻게 생각하시오, 오렐리?"

여인은 고집스럽게 입을 다물고 있었다. 마레스칼의 분노가 그녀의 공포에 싸인 침묵으로 더욱 커졌다. 마레스칼은 한마디 한마디를 또박또박 말했다.

"난 어색하게 말을 꾸며서 얘기하는 걸 별로 좋아하지 않죠. 이야기를 대충대충 넘어가는 것도 안 좋아하고, 안 그래요, 오렐리? 오해가 없도록, 겁내지 말고 명확하게 얘기해야 해요. 그럼, 본론으로 바로 넘어갑시다. 과거 일이나 내가 받은 치욕은 그냥 덮어둡시다. 그런 건 더 이상 중요하지 않아요. 중요한 건 현재요. 더 이상 깊이 생각하지 맙시다. 그런데 그 현재란 것이 바로 특급열차에서 있었던 살인사건이고, 숲에서의 도주와 경찰의 체포 그리고 당신에게는 치명적인 수많은 증거요. 그리고 오늘, 내가 당신을 내 손아귀에 넣었소. 지금 내가 바라는 건 오직, 당신을 붙들고 당신 의붓아버지에게 끌고 가서, 증인들이 보는 가운데 그의 면전에 대고 이렇게 소리치는 거요. 여기 살인을 저지르고 수배중인 여자가 있소. 그리고 체포영장은 내 주머니에 있소. 모두들 경찰에 알리시오!"

마레스칼은 팔을 들어서 그가 말한 것처럼 여인을 붙들려고 했다.

그러다가 동작을 멈추고 은밀하게 말을 이었다.

"그러니, 한쪽에서는 공개적인 고발, 재판 그리고 무서운 형벌이 당신을 기다리고 있지. 그리고 다른 한쪽에는 또 다른 결말이 있지. 내가 당신에게 선택할 수 있는 기회를 주겠소. 이 자리에서 당장 계약을 하는 것이오. 조건은 당신도 짐작할 거요. 나는 약속 이상의 것을 원하오. 내가 요구하는 것은 당신이 무릎을 꿇고서, 일단 파리에 가면 나를 보러 혼자 내 집으로 온다고 맹세를 하는 것이오. 그리고 그 맹세와 함께, 계약을 충실히 이행하겠다는 증거로 지금 당장, 내 입술 위에 당신 입술로 서명을 하는 것이오. 증오나 혐오의 입맞춤이 아니라 자발적으로 하는 입맞춤, 당신만큼 아름답고 당신보다 더욱 까다로웠던 여인들이 내게 해준 것 같은 그런 입맞춤 말이오, 오렐리, 사랑하는 여인의 입맞춤 말이오. 젠장, 대답을 해!"

그는 분노가 폭발하여 소리를 질렀다.

"내 제안을 받아들인다고 대답해. 난 당신의 그 지옥에 떨어진 듯한 표정에 이젠 진절머리가 나! 대답해. 아니면 힘으로 해결하게 될 테니……. 그러면 어쨌든 입맞춤도 해야 할 거고, 결국 감옥에도 가게 될 거야!"

마레스칼은 한 손으로는 저항할 수 없게끔 거칠게 여인의 어깨를 잡고, 다른 한 손으로는 오렐리의 목을 쥐고서 그녀의 머리를 철망에 대고 움직이지 못하게 하고는 자신의 입술을 가까이 가져갔다. 그러나 마레스칼은 멈칫했다. 그는 여인의 몸에서 힘이 빠지는 것을 느꼈다. 그리고 여인은 기절했다.

마레스칼은 너무나 당황해서 어찌해야 할 바를 몰랐다. 그는 확실한 계획을 가지고 여기에 왔던 것이 아니었다. 그저 그녀와

이야기를 하면서, 브레작이 도착할 때까지, 1시간 안에 여인의 엄숙한 맹세를 받아내고, 자신의 힘을 인정받겠다는 생각뿐이었다. 그런데 우연이 무기력하고 아무런 힘도 없는 희생자를 그의 앞에 데려다놓은 것이다. 그는 잠시 여인에게 몸을 굽히고, 갈망하는 눈으로 여인을 바라보고 있었다. 그러고 나서 그는 주변을 둘러보았다. 그곳은 나뭇잎으로 둘러싸여 남의 눈에 띄지 않았다. 목격자도 없다. 누구도 방해하지 못한다.

그러나 마레스칼은 다른 생각이 들어 난간 쪽으로 갔다. 그리고 소관목들 가운데 나 있는 산길을 따라 인적 없는 골짜기와 검은 나무들로 뒤덮여 있는 어둡고 신비에 싸인 숲을 응시했다. 그는 그곳을 지나가면서 동굴들을 본 적이 있었다. 오렐리를 거기에 가두어두고, 경찰을 부른다고 위협을 하면? 이틀이고 사흘이고 일주일이고 간에, 필요한 만큼 오렐리를 잡아두면, 결국 예상치 못한 승리로 사건은 결말을 맺고 이렇게 이 모험은 종결되는 것이 아닌가?

그는 가볍게 휘파람을 불었다. 그의 앞쪽 연못 반대편, 숲 가장자리에 우거져 있는 덤불 위로 누군가 팔을 들어 높이 흔들었다. 약속된 신호였다. 마레스칼이 자신의 음모를 위해서 두 남자를 그곳에 배치해두고 망을 보게 한 것이다. 두 남자가 있는 쪽에 보트 한 척이 흔들거리고 있었다.

마레스칼은 더 이상 머뭇거리지 않았다. 그는 기회란 순간적인 것이어서, 그가 지금 이 기회를 잡지 않으면 결국 안개처럼 사라지고 말 것이라는 사실을 알고 있었다. 그는 테라스를 가로질러 여인에게로 돌아갔다. 그녀는 곧 깨어날 것 같았다.

"행동으로 옮기자."

그는 말했다.

"그렇지 않으면……."

그는 여인의 머리에 스카프를 두르고 양쪽 끝부분을 묶어 그녀의 입을 틀어막았다. 그런 후, 여인을 팔에 안고 걸어갔다.

여인은 몸이 가냘팠고 너무나 가벼웠다. 힘이 센 마레스칼로서는 지고 가는 짐이 더욱더 가볍게 느껴졌다. 그럼에도 불구하고, 산길에 도착해서 폭풍으로 협곡 기반 한가운데가 깊숙이 패어 경사가 거의 수직에 가까운 것을 보고는 고민을 하다가 주의하는 것이 좋겠다는 판단을 내렸다. 그래서 그는 오렐리를 산길 가장자리에 내려놓았다.

그녀는 마레스칼이 실수를 하기를 기다린 것일까? 아니면 갑작스럽게 떠오른 생각일까? 어쨌든, 부주의했던 마레스칼은 곧바로 벌을 받았다. 여인은 예상치 못한 행동으로, 마레스칼이 당황할 정도로 빨리 결단력 있게 스카프를 벗어버리고, 마치 아무것도 걱정하지 않는 듯이, 마치 먼지를 일으키며 무너져 내리는 조약돌과 모래 더미에서 떨어져나와서 굴러 떨어지는 돌처럼 위에서 아래로 미끄러져 내려갔다.

놀라움에서 벗어나 정신을 차린 마레스칼은 떨어질 위험을 무릅쓰고 절벽을 뛰어내려갔다. 아래쪽으로, 오렐리가 사냥꾼에게 쫓겨서 어디로 도망쳐야 할지 모르는 짐승처럼 지그재그로 절벽에서 벼랑으로 무작정 뛰어 내려가는 모습이 보였다.

"당신은 이제 끝이야, 이 불쌍한 아가씨야. 이제 무릎을 꿇고 비는 수밖에 없을 거다."

그는 금방 여인을 따라잡았다. 오렐리는 두려움으로 비틀거리며 달렸다. 그때, 마레스칼은 테라스에서 뭔가가 떨어져서, 부러진 나뭇가지처럼 자신에게 달려드는 느낌을 받았다. 마레스칼이 돌아섰다. 얼굴 아래쪽을 손수건으로 가린 한 남자가 보였다. 오렐리의 애인인 그 남자가 분명했다. 마레스칼은 권총을 잡았지만, 그것을 사용할 여유가 없었다. 남자의 발길질이 가슴에 정통으로 날아왔다. 강하게 얻어맞은 마레스칼은 연못 쪽으로 떠밀려, 질척거리는 수렁에 다리가 반쯤 빠졌다. 마레스칼은 화가 나서 어쩔 줄 몰라 하며 자신을 공격한 남자에게 권총을 들이댔다. 그때, 남자는 스물다섯 걸음쯤 떨어진 곳에서 여인을 보트에 눕히고 있었다.

"멈춰! 안 그러면 쏜다!"

마레스칼이 소리쳤다.

라울은 아무 대답도 하지 않았다. 그는, 오렐리와 자신을 보호하는 방패처럼, 반쯤 썩은 널빤지 하나를 들어 세워놓았다. 그러고는 보트를 연못으로 밀고 나갔다. 보트가 파도에 넘실거리기 시작했다.

마레스칼은 방아쇠를 당겼다. 그는 다섯 발을 쏘았다. 그는 분노해서 미친 듯이 총을 쏘았다. 그러나 다섯 발 가운데 하나도 발사되지 않았다. 총이 물에 젖은 것이 분명했다. 그러자 마레스칼은 아까처럼 휘파람을 불었다. 하지만 소리는 더 날카로

왔다. 건너편에 있던 두 남자가 봉인이 풀린 악마들처럼 홀연히 덤불에서 나타났다.

라울은 연못 한가운데, 반대편 기슭에서 30미터 정도 떨어진 지점에 있었다.

"쏘지 마."

마레스칼이 소리쳤다.

하지만 그럴 필요가 없었다. 급류로 빨려들어 가는 물줄기에 끌려가지 않기 위해서는, 똑바로 배를 저어서, 정확히 마레스칼의 두 부하들이 권총을 들고 대기하고 있는 장소에 배를 대는 수밖에 다른 도리가 없었다.

라울도 그것을 깨달은 듯했다. 그는 갑자기 배를 180도 회전시켜서, 무기가 없는 적 한 명만을 상대해도 되는 반대쪽 기슭으로 돌아왔다.

"쏴라, 쏴."

라울의 의도를 짐작한 마레스칼이 고래고래 소리를 질렀다.

"그가 이 쪽으로 돌아오니까, 지금 쏴야 해. 제기랄, 어서 쏴!"

부하들 중 한 명이 방아쇠를 당겼다.

배 안에서 비명이 들렸다. 라울이 노를 놓치고 쓰러졌고, 여인은 절망의 몸짓으로 그에게 달려들었다. 노는 물결을 따라 떠내려갔다. 배는 잠시 움직이지 않고 멈춰 서 있다가, 빙그르르 도는 듯하더니 뱃머리를 물줄기 쪽으로 향하고서, 처음에는 느리게 그리고 점점 빠르게 뒤쪽으로 떠내려갔다.

"젠장."

마레스칼은 중얼거렸다.

"저들은 이제 끝장이야."

하지만 그가 무엇을 할 수 있겠는가? 결말은 뻔했다. 보트는 연못 한가운데에서, 각 방향에서 흘러드는 급류에 휘말려 한 번 더 빙그르르 돌더니, 갑자기 앞쪽으로 향했다. 두 사람은 배 안에서 몸을 숙이고 있었다. 배는 입을 쫙 벌린 커다란 구멍으로 쏜살같이 빨려 들어갔다.

두 사람이 연못 기슭을 떠난 지 2분도 채 지나지 않아서 일어난 일이었다.

마레스칼은 전혀 움직이지 않았다. 발은 그대로 물속에 담근 채, 마치 지옥의 입을 보고 있는 듯, 공포에 사로잡힌 얼굴로 그 저주받은 장소를 바라보고 있었다. 그의 모자는 연못 위에 떠 있었고, 그의 수염과 머리카락은 헝클어져 있었다.

"말도 안 돼! 이건 말도 안 돼! 오렐리…… 오렐리……."

마레스칼은 그의 부하들이 부르는 소리에 정신을 차렸다. 부하들이 연못 가장자리를 빙 돌아서 마레스칼이 있는 곳에 도착했을 때, 마레스칼은 몸을 말리고 있었다. 그는 부하들에게 물었다.

"사실인가?"

"뭐가 말입니까?"

"배 말이야…… 깊은 구렁……."

마레스칼은 더 이상 생각나지 않았다. 악몽은 무서운 현실과 흡사한 소름끼치는 느낌을 남기곤 한다.

마레스칼과 부하들은 판판한 돌로 표시가 된 커다란 구멍 위에 도착했다. 돌 틈에 나 있는 풀들과 갈대들이 그 주위를 둘러싸고 있었다. 물줄기는 가느다란 폭포를 이루며 여기저기 반짝거리는 커다란 바위의 모서리를 깎고 있었다. 요란한 물결소리 외에는 아무 소리도 들리지 않았다. 하얀 가루처럼 흩날리는 물거품과 함께 올라오는 찬 기운만이 느껴질 뿐이었다.

마레스칼은 중얼거렸다.

"이건 지옥이야. 이건 지옥의 입이야."

그리고 그는 되뇌었다.

"그녀가 죽었어. 그녀가 물에 빠져 죽었어. 이런 바보 같은…… 이런 끔찍한 죽음이! 만약 그 바보 같은 녀석이 그녀를 놔줬더라면, 내가…… 내가……."

그들은 숲을 가로질러 걸어갔다. 마레스칼은 행렬을 뒤따라가는 사람처럼 묵묵히 길을 가고 있었다. 부하들이 여러 번 그에게 질문을 했지만, 마레스칼은 대답을 하지 않았다. 그 부하들은 별로 믿음직한 인물들이 아니었다. 그들은 마레스칼이 이번 일을 위해서 그의 부서 밖에서 끌어 모은 사람들이었고, 마레스칼은 그들에게 대략적인 정보만을 주었다. 그는 부하들에게 대답을 하지 않았다. 그는 오렐리를 생각하고 있었다. 너무나 우아하고 생기가 넘치는 그녀를 그는 열렬히 사랑하고 있었다. 그녀에 대한 기억들로 그는 마음이 어지럽게 동요되었다. 그 기억들은 회한과 두려움을 불러일으켰다.

게다가, 그는 떳떳한 상황이 아니었다. 즉각적인 조사가 실시

되면 그도 수사를 받게 될 수도 있고, 수사 결과, 그도 이 비극적인 사고에 일부 책임이 있다는 결론이 나올 수도 있다. 그럴 경우, 그것은 몰락이요, 스캔들이었다. 브레작은 가차없이 끝까지 복수를 할 것이다.

  그는 곧 가능한 한 남들 눈에 띄지 않고 이 지방을 떠날 궁리를 했다. 그는 자신의 부하들에게 깁을 주었다. 그는 부하들에게 위험한 상황이니, 사고 사실이 알려지고 사람들이 그들의 존재를 알아채기 전에 모두 흩어져서 각자가 안전에 주의하며 이곳을 떠나라고 말했다. 그는 부하들에게 약속된 금액의 두 배를 건네주었다. 그리고 그는 뤼의 집들을 피해 뻬에르피트-네스탈라로 가는 길을 따라갔다. 지나가는 차를 얻어 타고 역까지 가서 저녁 7시 기차를 탈 수 있기를 바랐다.

  뤼에서 3킬로미터쯤 떨어진 곳에 왔을 때, 작은 이륜마차가 그를 앞질러 갔다. 마차는 덮개로 덮여 있었고, 헐렁한 외투를 입고 머리에 베레모를 쓴 농부가 마차를 끌고 있었다.

  마레스칼은 양해도 구하지 않고 자기 마음대로 수레에 올라서서는 명령조로 말했다.

  "기차 시간에 맞춰 도착하면 5프랑을 주겠소."

  농부는 그 말에 아무런 반응도 보이지 않았고, 마차를 끄는 여윈 말에게 채찍질도 하지 않았다. 말을 매어 놓은 마구가 너무 커서, 말은 마구 안에서 흔들거리며 걷고 있었다. 갈 길은 멀었지만 마차 속도는 너무나 느렸다. 오히려 농부가 말을 붙잡아 두고 있다고 해야 할 판이었다.

완전히 자제력을 잃은 마레스칼은 화가 머리끝까지 치밀었다. 그는 탄식하며 말했다.

"결국은 도착하지 못할 거야. 당신 말은 정말 형편없소. 10프랑을 주겠소. 그럼 되겠소?"

그는 이 고장이 정말 지긋지긋했다. 유령들이 사는 곳 같고, 경찰관인 마레스칼을 쫓는 경찰들이 사방에 깔려 있었다. 그는, 자신이 죽음으로 몰고 간 여인의 시체가 누워 있는 이곳에서 밤을 보낸다는 생각이 들자 도저히 견딜 수가 없었다.

"20프랑 주겠소."

마레스칼은 말했다.

그러더니 갑자기 이성을 잃고는,

"50프랑! 자! 50프랑! 이제 2킬로미터밖에 안 남았소. 7분 안에 2킬로미터를 가면 돼요. 빌어먹을…… 갈 수 있어요. 자, 갑시다, 젠장, 이 쓸모 없는 말을 채찍으로 좀 치란 말이오! 50프랑!"

농부는, 이런 멋진 제안을 기다리고 있었다는 듯이 별안간 엄청난 힘을 내서 늙은 말에게 마구 채찍질을 해댔다. 그러자 말은 달리기 시작했다.

"이봐요! 조심해요. 그러다가 도랑에 빠지겠소."

농부는 그런 것은 아무래도 상관없었다. 50프랑이라! 농부는 팔을 휘둘러 끝이 구리로 되어 있는 몽둥이로 말을 때렸다. 겁에 질린 말은 두 배로 속력을 냈다. 수레가 길 위에서 요동을 쳤다. 마레스칼은 점점 더 걱정이 되었다.

"이건 바보짓이오! 이러다가 수레가 엎어질 거요. 젠장, 멈춰요! 이봐요, 이봐……. 당신 미쳤군! 넘어져요. 넘어지겠어요!"

'넘어져요'는 맞는 말이었다. 농부가 고삐를 잘못 당기는 바람에 수레가 그대로 도랑에 처박혔다. 수레는 완전히 뒤집어지고 두 남자는 엎어졌다. 마구에 옭매인 말은 공중에서 다리를 허우적대고 있었고, 수레 좌석 널빤지에 뒷발질을 하고 있었다.

마레스칼은 다행히 다친 곳이 없다는 것을 알았다. 그러나 농부가 온 무게를 실어 마레스칼을 짓누르고 있었다. 마레스칼은 빠져나가려고 했지만 그럴 수가 없었다. 그리고 그는 그의 귀에 속삭이는 친절한 목소리를 들었다.

"불 있나, 로돌프?"

마레스칼은 머리끝에서 발끝까지 온몸이 얼어붙는 것을 느꼈다. 아마도 죽음이 이런 소름끼치는 느낌일 것이다. 사지가 차갑게 얼어붙어서 다시는 움직일 수 없을 것 같은 그런 느낌. 마레스칼은 중얼거렸다.

"특급열차에서 본 남자……."

"특급열차에서 본 남자, 맞아."

마레스칼의 귀에 속삭이던 입이 그가 한 말을 되풀이했다.

"테라스에서 본 남자."

마레스칼은 신음하며 말했다.

"정확히 맞는 말이야. 특급열차에서 본 남자, 테라스에서 본 남자……. 그리고 몬테카를로에서 본 남자이기도 하고, 오스만 가에서 본 남자, 루보 형제를 살해한 살인자, 오렐리의 공범, 보트를 젓던 남자, 수레를 몰던 농부, 다 맞아. 자, 친애하는 마레스칼, 이렇게 말해도 될지 모르겠네만, 다들 당신이 상대해야 할 만만치 않은 사람들이네."

말은 소동을 끝내고 다시 일어섰다. 라울은 외투를 조금씩 벗어서, 그것으로 마레스칼을 묶어서 팔다리를 움직이지 못하게 만들었다. 라울은 수레를 밀어내고 마구의 가죽끈과 고삐를 잡아당겨서 마레스칼을 꽁꽁 묶은 후, 그를 고랑에서 끌어내, 높은 비탈의 무성한 덤불숲에 데려다 놓았다. 라울은 남아 있던 두 개의 가죽띠를 사용해서 마레스칼의 상체와 목을 자작나무 기둥에 묶었다.

"자네는 나하고 있을 때는 항상 운이 없군, 로돌프. 내가 자네를 꽁꽁 묶은 것도 벌써 이게 두 번째야. 자네 꼭 미라 같군. 아! 잊으면 안 되지. 재갈을 물리는 데는 오렐리의 스카프를 써야지! 소리 지르지 않기, 눈에 뜨이지 않기. 이게 훌륭한 포로의 규칙이야. 하지만 자네는 눈으로 무엇이든 볼 수 있고, 심지어 귀로 소리를 들을 수도 있어. 아, 기차 기적 소리가 들리나? 칙칙폭폭…… 칙칙폭폭…… 기차가 오렐리와 그녀의 의붓아버지를 싣고 멀어져 가는군. 나는 자네를 안심시켜야 하니까 이 말을 해줘야지. 오렐리는 자네와 나처럼 멀쩡하게 살아 있어. 그렇게 놀라고 나서 좀 지쳤을 거야! 하지만 푹 자고 나면 괜찮아질 거야."

라울은 말을 묶고는 수레를 다시 세우고 수레 안을 정리했다. 그리고 나서 마레스칼의 곁으로 돌아와 앉았다.

"재미있는 모험 아닌가, 그런 난파는? 하지만 자네가 생각하는 기적 같은 것은 없어. 우연도 절대 없고. 자네를 위해 참고삼아 말하는데, 나는 기적도 우연도 믿지 않아. 나는 나 자신만을 믿지. 그러니…… 그런데, 내 이런 이야기가 별로 방해가 되는 건 아니지? 혹시 자고 싶은 건 아닌가? 아니라고? 그럼 계속하지. 내가 테라스에서 오렐리를 막 떠나오는데, 왠지 걱정이 되더군. '그녀를 저렇게 놔두는 것이 신중한 행동일까' 하고 말이야. 어떤 악당이 주변을 어슬렁거리지 않는지, 말쑥하게 생긴 포마드를 바른 남자가 그 주변에서 두리번거리고 다니지는 않는지 어떻게 알겠나? 그런 직감이 내 행동방식의 일부지. 나는 항상 직감에 따라 행동한다네. 그래서 나는 되돌아갔어. 그리고 내가 뭘 봤을까? 로돌프, 파렴치한 유괴범, 비열한 경관인 로돌프 자네가 먹이를 쫓아서 골짜기로 뛰어드는 거야. 그래서 내가 하늘에서 뛰어내려 네 발을 진흙탕에 담가주고, 오렐리를 배에 실었지. 그러고는, 노를 저어라! 연못, 숲, 동굴, 이젠 자유였어! 그런데 자네가 휘파람을 불자, 키 크고 행동이 어설픈 두 남자가 나타나더군. 어떻게 해야 할까? 도저히 빠져나갈 구멍이 없어 보였지. 하지만 아니야. 기발한 생각이 떠올랐어. 급류에 휩쓸려 가면 어떨까? 마침 누군가가 내게 사동권총을 쏘더군. 나는 손에서 노를 놓았어. 그리고 보트 밑바닥에서 죽은 척하고 있었지. 나는 오렐리에게 상황을 설명해 주었어. 그리고 하수구로 곤두박질쳤지."

라울은 마레스칼의 넓적다리를 톡톡 두드렸다.

"아니야, 친구, 제발, 놀라지 말게. 전혀 위험하지 않았어. 석회질 토양에 만들어진 그 터널에 들어가서 200미터쯤 밑으로 내려가면 고운 모래가 깔려 있는 작은 모래사장에 닿게 된다는 걸 이 지역 사람들이라면 모두 알고 있지. 거기서 우리는 편안히 걸어 올라왔지. 그리고 나는 오렐리를 수녀원 정원으로 다시 데려갔어. 그녀의 의붓아버지가 기차를 타려고, 차를 가지고 그녀를 데리러 왔더군. 그 동안, 나는 내 짐을 찾으러 가서 마차와 농부의 옷을 샀어. 그리고 오렐리가 떠난다는 사실을 숨기려고 마차를 타고 그렇게 가고 있었지."

라울은 마레스칼의 어깨에 머리를 기대고 눈을 감았다.

"이 모든 일 때문에 내가 좀 피곤하다는 건 말 안 해도 알겠지. 지금 꼭 한숨 자야겠어. 내 머리맡을 잘 지켜주게, 로돌프. 그리고 걱정하지 말게나. 모든 일이 아주 순조롭게 진행되고 있으니까. 각자 자기능력에 맞는 자리를 차지하고, 바보들은 나 같은 약삭빠른 사람들의 베개 구실을 하지."

라울은 잠이 들었다.

밤이 찾아왔다. 연못 위로 어둠이 드리워졌다. 라울은 가끔 깨어나서, 빛나는 별을 보고, 혹은 푸른 달빛을 보고 몇 마디를 했다. 그러고는 다시 잠이 들었다.

자정쯤, 라울은 배가 고팠다. 그의 가방에는 먹을 것이 가득 차 있었다. 라울은 마레스칼에게 먹을 것을 주고, 그의 재갈을 풀어주었다.

"어서 먹게, 친구."

라울은 마레스칼의 입에 치즈를 넣어주며 이렇게 말했다.

그러나 마레스칼은 곧 화를 내며 치즈를 도로 뱉어내고는 알아들을 수 없는 말을 했다.

"이런 바보! 멍청이! 바보는 바로 당신이야! 당신이 무슨 짓을 했는지 알기나 해?"

"그럼! 나는 오렐리를 구했지. 그녀의 의붓아버지가 그녀를 파리로 데려가고 나면, 나는 파리에서 그녀와 합류할 거야."

"그녀의 의붓아버지라고! 그녀의 의붓아버지!"

마레스칼은 소리를 질렀다.

"정말 당신은 모르고 있단 말인가?"

"뭘 말이야?"

"그녀의 의붓아버지가 그녀를 사랑한다고."

라울은 흥분해서 마레스칼의 목을 움켜쥐었다.

"이런 바보! 멍청이! 내 바보 같은 얘기를 듣고 있는 대신 그걸 얘기해 줄 순 없었나? 브레작이 그녀를 사랑해? 아! 이런 파렴치한……. 결국 모두들 그녀를 사랑하는군! 짐승 같은 놈들이 많기도 하군! 당신들은 도대체 거울도 안 보는 거야? 특히, 자네 포마드를 바른 그 낯짝하고는!"

라울은 몸을 구부리고는 말했다.

"잘 들어, 마레스칼. 나는 그녀를 그 의붓아버지에게서 구해올 거야. 하지만 자넨 그녀를 그냥 내버려둬. 더 이상 우리 일에 상관하지 말게."

"그건 불가능해."

마레스칼은 묵묵히 말했다.

"왜지?"

"그녀는 사람을 죽였어."

"그래서, 자네 계획은?"

"그녀를 법정으로 보내는 거지. 난 반드시 그렇게 할 거야. 왜냐하면 나는 그녀를 증오하니까."

마레스칼은 강한 원한이 맺힌 말투로 말했다. 라울은, 지금 마레스칼의 마음속에는 증오가 사랑보다 더 크다는 것을 알 수 있었다.

"자네에게는 안 된 일이네, 로돌프. 나는 자네에게 승진을 제안하려고 했는데. 뭐, 경찰국장 같은 자리 말이야. 하지만 자네는 싸움을 더 좋아하는군. 자네 편한 대로 하게나. 총총한 별빛 아래서의 하룻밤으로 시작을 해봐. 건강에는 더할 나위 없이 좋지. 나는 말이야, 말을 타고 간선철도가 있는 루르드까지 갈 거야. 20킬로미터 정도 떨어져 있지. 내 말을 타고 4시간 정도 달리면 돼. 그러면 오늘 저녁에는 파리에 도착할 거야. 그러고 나서, 우선은 오렐리를 안전한 곳으로 데려가야지. 그럼, 잘 있게, 로돌프."

라울은 쉽게 말을 제압하고, 말 등자도 안장도 없이 말에 올라타더니, 사냥할 때 부르는 노래를 휘파람으로 흥얼거리며, 밤의 어둠 속으로 사라졌다.

그날 저녁, 파리 꾸르셀 가에 있는 브레작이 사는 작은 저택

앞에서, 라울의 유모 빅뜨와르 부인이 차 안에서 오렐리를 기다리고 있었다. 라울은 운전석에 앉아 있었다.

오렐리는 오지 않았다.

동이 트자마자, 라울은 다시 감시에 들어갔다. 길에서 한 넝마주이가 갈고리 끝으로 쓰레기통의 움푹한 곳에서 쓰레기를 주운 후 걸어가는 모습이 라울의 눈길을 끌었다. 걸음걸이나 다른 특징들로 사람들을 알아보는 그만의 특별한 감각으로, 라울은 넝마주이의 누더기 옷과 더러운 모자 속에 감춰진 인물을 알아보았다. 그는 바로 살인자 조도였다. 비록 파라도니 정원과 니스의 도로에서 잠깐 보았을 뿐이지만 바로 알아볼 수 있었다.

"젠장, 저 녀석이 벌써 일을 시작했나?"

8시쯤에 가정부 한 사람이 오렐리의 집에서 나와서 근처의 약국으로 달려갔다. 한 손에 지폐를 쥐고 라울은 그녀에게 말을 걸었다. 그리고 브레작이 전날 데려온 오렐리가 고열로 헛소리를 하며 앓고 있다는 사실을 알게 되었다.

정오쯤, 마레스칼이 집 주위를 서성대고 있었다.

싸움의 전략

　상황은 뜻하지 않게 마레스칼에게 유리한 방향으로 진행되었다. 오렐리가 방에 누워 있다는 것은 라울이 제안했던 계획의 실패를 의미하는 것이었다. 오렐리는 달아나는 것도 불가능하고 두려운 마음으로 고발만을 기다리게 된 것이다. 마레스칼은 즉시 조치를 취했다. 그는 수하 한 사람을 오렐리의 집 관리인으로 심어두었다. 그리고 라울이 확인한 바에 따르면, 그 부하는 마레스칼에게 병석에 있는 오렐리의 상태를 매일같이 보고하고 있었다. 병세가 호전되면, 그는 바로 행동을 취할 것이다.
　라울은 생각했다.

'그래, 맞아. 하지만 그가 아직 행동을 취하지 않는 건 오렐리를 공개적으로 고발하지 못할 만한 이유가 있기 때문이야. 아마도 그는 그녀의 병이 완전히 낫기를 기다리기로 한 것 같군. 마레스칼이 준비를 하고 있군. 나도 슬슬 준비를 시작해야지.'

비록 라울은 사실에 어긋나는 지나치게 논리적인 가정에는 반대하지만, 뜻하지 않게 이 상황에서 몇 가지 결론을 도출해낼 수 있었다. 이 세상 누구도 깊이 생각해 본 적이 없는 이상하면서도 단순한 현실 앞에서, 논리적으로가 아니라 정황에 따라, 결단력을 가지고 행동할 시점이 온 것을 느꼈다.

"탐험에서 가장 어려운 것은 첫발을 내딛는 거야."

라울은 자주 이렇게 말하곤 했다.

그런데 그는 일부 행동들을 정확히 파악하고 있었지만 그 행동들의 이유는 분명히 알 수가 없었다. 사건의 주인공들은 여전히, 태풍과 폭풍우에 미친 듯이 흔들거리는 꼭두각시의 모습이었다. 만약 라울이 승리를 바란다면, 이제는 하루하루 오렐리를 보호하는 것으로는 부족했다. 과거를 파고들어서, 그들이 행동을 결심하고, 사건이 일어난 밤에 그것을 실행에 옮기게 된 근본적인 이유를 밝혀내야 했다.

"우선 그녀 주위에 있는 사람들을 다시 한 번 정리해봐야겠어. 전면에 나서서 오렐리 주위에서 서성거리는 사람이 네 명이 있고, 그들 네 명 모두 그녀를 괴롭히고 있어. 바로 기욤, 조도, 마레스칼, 브레작이지. 그들 가운데는, 사랑 때문에 그녀에게 접근하는 사람도 있고, 그녀의 비밀을 캐내려고 접근하는 사람도 있지. 사랑과 탐욕이라는 이 두 가지 감정의 조합이 모든 사건의 발단이야. 그런데 기욤은 지금으로서는 별 문제가 안 되고, 브레작과 조도도 오렐리가 아픈 동안에는 별로 걱정할 건 없어. 그럼 남은 건 마레스칼이군. 그는 잘 감시해야 할 상대야."

라울은 중얼거렸다.

브레작의 집 앞에 빈집이 하나 있었다. 라울은 그곳을 거처로 정했다. 그리고 마레스칼이 관리인을 심어두었으므로, 라울은 하녀를 주의 깊게 살펴보고는 그녀에게 접근하여 돈으로 매수했다. 그녀는 세 번, 마레스칼의 부하가 없는 틈을 타서 라울을 오렐리가 있는 방으로 들여보냈다.

오렐리는 그를 알아보는 것 같지 않았다. 그녀는 아직도 열 때문에 너무나 쇠약해져서 두서없이 몇 마디를 하고는 다시 눈을 감았다. 그러나 그는 오렐리가 자신의 말을 듣고 있다는 것을 의심하지 않았다. 또한 그가 이렇게 최면을 걸듯 부드러운 목소리로 그녀의 긴장을 풀어주고 진정시켜 주며 그녀에게 이야기하고 있는 것을 알고 있다고 확신했다.

"나예요, 오렐리."

라울은 말했다.

"나는 반드시 약속을 지키는 사람이고 이젠 나를 믿어도 좋다는 것을 알겠죠. 당신의 적들은 내게 대항해서 싸울 능력이 없습니다. 맹세컨대, 내가 당신을 자유의 몸이 되게 해주겠습니다. 그게 당연하지 않습니까? 나는 당신만 생각합니다. 내가 당신의 인생을 바꾸어놓았고, 이제 당신 인생은 점점 평범하고 선량한 본연의 모습을 찾아가고 있습니다. 나는 당신이 결백하다는 것을 압니다. 심지어 당신을 비난할 때조차도, 나는 당신이 결백하다는 것을 알고 있었습니다. 부정할 수 없는 확실한 증거들도 내게는 거짓으로 보였습니다. 초록 눈의 여인은 살인자일 수 없습니다."

그는 두려움 없이 계속해서 자신의 마음을 고백했고, 그녀가 듣기를 두려워했던 더욱더 애정이 넘치는 말들을 주저하지 않고 쏟아놓으며 그녀에게 당부했다.

"당신은 내 인생의 전부입니다. 나는 당신보다 더 고상하고 더 매력적인 여인을 본 적이 없습니다. 오렐리, 내게 기대십시오. 내가 당신에게 원하는 것은 딱 하나, 당신의 신뢰뿐입니다. 만일 누군가 당신에게 편지를 쓰면, 답을 하지 마십시오. 만일 누군가 여기서 당신을 이곳에서 떠나게 하려고 하면 거절하세요. 견디기 어려운 마지막 순간까지 나를 믿으세요. 내가 여기 있습니다. 나는 항상 여기 있을 거예요. 왜냐하면 내가 사는 이유는 단지 당신을 위해서이고, 당신에 의해서만 살아가니까요."

오렐리의 얼굴은 평온한 표정을 지었다. 오렐리는 행복한 꿈을 꾸는 듯이 잠이 들었다.

그러고 나서, 라울은 브레직의 방으로 숨어들어 서류나 단서 등 도움이 될 만한 것을 찾아봤지만 허사였다.

라울은 리볼리 가에 있는 마레스칼의 아파트에도 들어가서 아주 세심하게 집 안을 수색했다.

그리고 그는 브레작과 마레스칼이 일하고 있는 내무부 사무실을 찾아가 치밀한 조사를 벌였다. 그들의 경쟁과 반목은 모두가 다 알고 있는 사실이었다. 각각 고위층을 등에 업고 있는 이 두 사람은 상대방을 지원하는 권력자들에 의해 내무부나 경찰청 내에서 공격을 당했다. 부서가 그것 때문에 어려움을 겪고 있을 정도였다. 두 남자는 심각한 사안을 두고 공개적으로 서로를 비난했다. 퇴직을 시키자는 이야기까지도 나왔다. 과연 누가 희생될 것인가?

어느 날, 벽걸이 천 뒤에 숨어 있던 라울은, 브레작이 오렐리의 머리맡에 있는 모습을 목격했다. 브레작은 까다롭게 생긴 마르고 노란 얼굴에 키가 좀 큰 남자였다. 그렇다고 품위가 없어 보이는 것은 아니었고, 어쨌든 천박한 마레스칼보다는 좀더 고상하고 기품이 있었다. 오렐리는 자신 쪽으로 몸을 구부린 브레작을 보고는 냉정한 목소리로 말했다.

"날 내버려둬요. 날 내버려둬요."

브레작은 중얼거렸다.

"네가 나를 이렇게 싫어하니, 네가 내게 해를 입힐 수 있다면 너는 정말 기뻐하겠구나!"

"나는 나의 어머니가 결혼한 사람에게 절대 해를 입히지 않을 거예요."

오렐리는 말했다.

브레작은 고통스런 모습으로 오렐리를 바라보았다.

"너는 정말 아름답구나, 가여운 것……. 하지만 안타깝구나! 너는 왜 항상 내 애정을 거부하는 거니? 그래, 나도 알아. 내가 잘못했어. 오랫동안 내가 네게 관심을 둔 이유는 네가 내게 숨겨온 그 비밀 때문이었지. 하지만 네가 그렇게 고집스레 침묵을 지키지 않았더라면, 나는 다른 것은 생각하지 않았을 거야. 그건 내게 가혹한 형벌이야. 왜냐하면 너는 절대 나를 사랑하지 않을 테니까……. 네가 나를 사랑하는 건 불가능하니까."

오렐리는 브레작의 말을 듣고 싶지 않아서 고개를 돌렸다. 그러나 그는 계속 말했다.

"너는 의식을 잃고 헛소리를 하면서, 자주 내게 뭔가를 고백하고 싶다고 했어. 그게 이 얘기였니? 아니면 분별없이 기욤과 도주한 것에 대한 거였니? 그 파렴치한 녀석이 너를 어디로 데려갔니? 네가 수녀원으로 피신하기 전에 너희 둘이 대체 무슨 짓을 한 거니?"

기진맥진한 오렐리는 대답을 하지 않았다. 어쩌면 경멸해서인지도 모른다.

그는 잠자코 있다가 자리를 떴다. 라울은 방을 빠져나오면서 오렐리가 우는 것을 보았다.

두 주 동안 조사를 한 결과 라울은 낙담했다. 그가 자신의 방식대로 판단한 몇 가지 큰 흐름들 외에 나머지 중요한 문제들은 여전히 해결되지 않았거나, 아니면 눈에 띄는 해결책을 찾을 수 없었다.

"하지만 시간낭비를 한 건 아니야. 사실, 그게 중요한 거야. 움직이지 않고 가만히 기다리는 것이 움직이는 것보다 나은 경우도 있으니까. 사람들과 사건이 점점 이해되고 있어. 점점 확

초록 눈의 아가씨 171

실해지는군. 만일 새로운 사실을 찾지 못한다면 나는 전장 한복판에 놓이게 되는 거야. 막강한 적들과의 격렬한 전투를 앞두고, 효과적인 무기를 구하고 싸움의 정당성을 찾기 위해, 예기치 못한 불꽃 튀는 충돌을 겪게 될 것이다."

그 불꽃은 라울이 생각했던 것보다 더 빨리 발생했다. 그리고 그것이 중요하다고 생각지 못했던 어둠의 한 면을 밝혀주었다. 어느 날 아침, 이마를 창문에 대고, 브레작의 창문에 시선을 고정시키고 있던 라울은 넝마주이의 이상한 옷차림을 한 조도를 다시 보았다. 조도는 이번에는 주운 물건들을 넣는, 천으로 된 자루를 어깨에 메고 있었다. 그는 그 자루를 브레작의 집 벽에 기대어 세워놓았다. 그 행동은 기계적이었지만 잠시 후, 라울은 조도가 구겨진 봉투나 찢어진 편지들만을 모으고 있다는 것을 쉽게 알아볼 수 있었다. 조도는 그 종이들을 건성으로 한 번 보더니 계속 주워 담았다. 그가 브레작의 편지에 관심이 있는 것이 분명했다.

15분 후에 자루를 채운 조도는 그 자리를 떠났다. 라울은 몽마르트르까지 그를 따라갔다. 조도는 거기서 고물상을 하고 있었다.

조도는 그 후 사흘 동안 연속으로 와서, 올 때마다 똑같은 일을 반복했다. 하지만 일요일이던 셋째 날에는 창문 뒤에서 엿보고 있는 브레작의 눈에 띄고 말았다. 조도가 일을 마치고 떠나자, 브레작은 아주 조심스럽게 그의 뒤를 미행했다. 라울은 멀리서 그들을 쫓아갔다. 과연 브레작과 조도의 관계를 알아낼 수 있을까?

그들은 몽소 구역을 가로질러, 성벽이 있던 자리를 지나, 비노 가 끝에 있는 세느 강가에 다다랐다. 초라한 빌라 몇 채와 공터가 뒤섞여 있었다. 조도는 그 빌라 중 하나에 자루를 기대놓고는, 그 옆에 앉아서 음식을 먹었다.

그는 4, 5시간 동안 거기에 있었다. 브레작은 그를 감시하며 30미터 떨어진 작은 식당 야외 테이블에서 점심을 먹었고, 그런 브레작을 라울이 높다란 둑 위에 누워서 담배를 피며 감시하고 있었다.

조도가 떠났을 때, 일이 흥미가 없어진 듯, 브레작도 떠났다. 라울은 식당에 들어가서 주인과 얘기를 나누었다. 그는 조도가 앉았던 빌라가 몇 주 전까지만 해도, 마르세이유행 특급열차에서 세 명의 강도에게 살해당한 루보 형제 소유였다는 사실을 알아냈다. 법원은 그곳의 출입을 통제하고, 한 이웃사람에게 경비를 맡겨서 일요일마다 그곳을 둘러보도록 했다.

라울은 루보 형제의 이름을 듣고는 전율했다. 조도의 음모가 드러나기 시작한 것이다.

그는 좀더 자세히 여러 가지 질문을 하여, 루보 형제가 사망할 당시, 그들은 그 빌라에 머무는 경우가 별로 없었고, 빌라는 주로 그들이 하는 샴페인 거래를 위한 창고로 사용해 왔다는 사실을 알게 되었다. 그리고 그들은 동업자와 결별하고 독립적으로 사업을 하고 있었다.

"동업자요?"

라울이 물었다.

"네. 그 사람의 이름이 아직도 문 옆에 붙어 있는 동판에 새겨져 있어요. 루보 형제와 조도라고."

라울은 놀라움을 감추었다.

"조도라고요?"

"네. 뚱뚱하고 얼굴이 불그스레하고 장터에서 볼 수 있는 거인처럼 덩치 큰 사람이에요. 지난 일 년간은 여기서 그 사람을 한 번도 본 적이 없어요."

'엄청나게 중요한 정보로군. 그러니까 조도가, 전에는 두 형제의 동업자였고, 그 다음에는 그들을 죽여야 했단 말이군. 경찰은 한 번도 조도라는 인물이 사건 속에 존재한다고 의심해본 적이 없으니까 그를 조사하지 않은 것은 전혀 놀랄 일도 아니지. 게다가 마레스칼은 내가 세 번째 공범이라고 확신하고 있으니까. 그렇다면 왜 살인자인 조도가 자신의 희생자가 살던 곳에 나타났을까? 그리고 왜 브레작은 그것을 감시하는 걸까?'

별일 없이 한 주가 흘렀다. 조도는 브레작의 집 앞에 더 이상 나타나지 않았다. 하지만 조도가 일요일 아침에 빌라로 다시 올 거라고 확신한 라울은, 토요일 저녁, 인접한 공터를 둘러싸고 있는 담을 넘어 빌라 2층 창문을 통해서 안으로 들어갔다.

2층에 있는 방 두 개에는 아직도 가구가 있었다. 누군가가 가구들을 뒤진 흔적이 있었다. 과연 누굴까? 경찰일까? 브레작? 조도? 도대체 왜?

라울은 다른 사람들이 찾으러 온 것, 혹은 여기에 없던 것, 혹은 이제는 여기에 없는 그 무엇을 찾아내려고 애쓰지 않았다. 대신 라울은 의자에 앉아서 밤을 보냈다. 그는 작은 손전등을 켜고 테이블 위에 있는 책을 집어들었다. 그리고 책을 읽기 시작하자 곧바로 잠이 들었다.

진실을 밝히려면 진실이 어둠 속에서 나오도록 만들어야 한다. 진실이 멀리 있다고 믿을 때, 그것을 밝히려는 노력을 하다 보면 예기치 않게 우연히 눈앞에 나타나는 경우가 있다. 그리고 그것은 얼마나 노력을 하느냐에 달렸다.

잠에서 깨자 라울은 그가 훑어보았던 책을 다시 보았다. 양장본인 책의 표지는, 사진사들이 사진기를 덮을 때 사용하는 정사각형 모양의 검은 천 조각에서 잘라낸 무명으로 덮여 있었다.

그는 집을 뒤졌다. 결국, 걸레와 종이들로 뒤죽박죽인 찬장에서 그 천을 찾았다. 그 천에는 접시 크기 정도의 동그란 구멍이 세 개 나 있었다.

"됐어."

라울은 흥분해서 중얼거렸다.

"나는 사건의 중심에 와 있는 거야. 특급열차 강도 세 명의 마스크는 이걸로 만든 거야. 이 천이 그 확실한 증거야. 바로 이 천이 모든 걸 설명해 주는군."

이제 그에게 진실은 너무나도 명백했고, 그의 직관과 완전히 일치했다. 이 단순한 사실에 너무나 즐거워진 라울은 집안의 깊은 정적 속에서 소리내어 웃기 시작했다

"완벽해, 완벽해. 부족한 부분들은 자연스럽게 채워질 거야.

이제부터 운명은 내 편이다. 그리고 사건의 모든 세부사항은 내가 부르기만 하면 알아서 스스로 나올 거야. 이젠 모든 게 다 밝혀질 거야."

8시에 빌라를 경비하는 이웃 남자가 순찰을 돌았다. 그는 1층을 돌아보고는 문을 잠갔다. 9시가 되자, 라울은 부엌으로 내려가서, 조도가 와서 앉아 있던 자리 위에 있는 창문을 열었다. 그러나 그는 덧문은 닫힌 채로 두었다.

조도는 정확했다. 빌라 앞에 도착한 그는 들고 온 가방을 벽 밑부분에 기대 세웠다. 그러고는 앉아서 음식을 먹었다. 그는 먹으면서 낮은 목소리로 중얼거렸다. 목소리가 너무 낮아서 라울은 아무것도 알아듣지 못했다. 조도는 햄과 치즈를 먹으면서 파이프 담배를 피웠다. 담배연기가 라울이 있는 곳까지 올라왔.

그리고 두 번째, 세 번째 담배를 피웠다. 그렇게 2시간을 보냈다. 라울은 조도가 이렇게 오래 머무는 이유를 이해하지 못했다. 덧창 틈새로, 누더기를 걸치고 뒤꿈치가 닳은 신발을 신고 있는 조도의 두 다리가 보였다. 그 너머로 강이 흐르고 있었다. 산책하는 사람들이 지나다니고 있었다. 브레작은 분명 식당 야외 테이블에 앉아서 감시하고 있을 것이다.

정오가 되기 몇 분 전, 드디어 조도가 하는 말을 알아들을 수 있었다.

"그래, 새로운 건 없고? 그 여자 고집도 만만찮군."

그는 혼잣말을 하는 게 아니라 옆에 있는 누군가에게 얘기하는 것 같았다. 그러나 아무도 조도 쪽으로 다가오지 않았고 가까이에는 아무도 없었다.

　그는 투덜거렸다.

　"젠장. 그게 거기 있다니까. 내 손으로 쥐고 직접 본 게 한두 번이 아니야. 내가 말한 대로 제대로 다 했니? 지난번 지하 술창고 왼쪽을 찾아본 것처럼 오른쪽도 봤어? 그러면, 그러면…… 찾았어야 하는데……."

　그는 오랫동안 입을 다물고 있다가 다시 말했다.

　"다른 곳을 찾아보는 게 좋겠어. 집 뒤 공터까지 말이야. 그들이 특급열차를 타기 전에 그곳에 갖다 놓았을지도 모르니까. 숨길 만한 다른 장소는 바깥뿐이야. 브레작이 지하 술창고를 뒤졌지만 밖은 생각하지 못했을 거야. 가서 찾아봐. 나는 여기서 기다릴게."

　라울은 더 이상은 듣지 못했다. 그는 곰곰이 생각하다가, 조도가 지하 술창고 얘기를 한 후부터 비로소 이해가 되기 시작했다. 그 술창고는 집의 한쪽 끝에서 다른 쪽 끝까지 이어져 있을 것이다. 그리고 길쪽 벽과 다른 쪽 벽에 환기창이 나 있을 것이다. 그 창을 통해서 쉽게 대화할 수 있었던 것이다.

　라울은 재빨리 2층으로 올라갔다. 거기에는 공터 쪽으로 난 방이 있었다. 곧바로 라울은 자신의 예상이 맞았다는 것을 확인할 수 있었다. 건물이 들어서지 않은 공터 중앙에는 '팝니다'라로 써 있는 벽보가 붙어 있었고, 7~8세쯤 되어 보이는 작은 꼬마 한 명이 다람쥐처럼 민첩하게 고철 더미와 부서진 통, 깨진 병들 사이를 요리조리 기어다니며 무언가를 찾고 있었다. 꼬마는 놀라울 정도로 마른 체형에, 몸에 붙는 회색 셔츠를 입고 있었다.

좁은 공간 안에서 여기저기 뒤지고 있는 꼬마의 목적은 단 하나, 병을 찾는 일인 듯했다. 만일 조도가 틀리지 않았다면, 일은 간단히 끝날 것이다. 역시 그랬다. 10분 후, 낡은 상자 몇 개를 뒤지던 꼬마가 일어서서, 입구가 깨지고 먼지로 뒤덮인 병 하나를 가지고 조금도 지체하지 않고 빌라 쪽으로 달리기 시작했다.

라울은 1층으로 뛰어내려갔다. 지하창고로 가서 아이가 찾은 물건을 빼앗을 생각이었다. 그러나 입구에서 봤던 지하로 가는 문은 열리지 않았다. 그래서 그는 다시 창문 앞으로 와서 밖을 보았다.

조도가 중얼거리고 있었다.

"됐니? 가지고 왔어? 아! 좋아, 그래! 드디어 '방어태세 완료'구나. 이제 브레작은 나를 귀찮게 하지 못할 거야. 빨리, 어서 들어가."

꼬마는 정말 '들어갔다'. 꼬마는 몸을 납작하게 해서 족제비처럼 환기창 창살 사이를 빠져나가더니 자루 안까지 기어 들어갔다. 그래도 자루는 전혀 움직이지 않았다.

조도는 곧바로 일어나서 자루를 어깨에 메고 떠났다.

라울은 주저 없이 경찰이 쳐놓은 출입금지 테이프를 뜯고, 빗장을 부수고는 빌라를 빠져나갔다.

300미터쯤 앞에 조도가 공범을 어깨에 메고서 걸어가고 있었다. 그 꼬마 공범이 조도를 위해, 처음에는 브레작의 집 지하, 그 다음에는 루보 형제의 빌라 지하를 뒤진 것이다.

조도의 100미터 뒤에는 브레작이 나무 뒤에 몸을 숨기고 있었다.

그리고 라울은, 세느 강 위에서 낚시꾼 한 명이 같은 방향으로 노를 젓고 있는 것을 보았다. 마레스칼이었다.

결국, 브레작은 조도를 미행하고 있었고, 마레스칼은 조도와 브레작 두 사람을, 그리고 라울은 그들 세 사람을 미행하는 상황이었다.

그리고 각자의 목적은 병 하나를 손에 넣는 것이었다.

"이거 가슴이 두근거리는군."

라울은 중얼거렸다.

"조도가 병을 가지고 있다……. 사실이야. 하지만 그는 다른 사람이 그걸 노린다는 것을 모르고 있어. 나머지 세 명의 도둑들 중 누가 가장 영리할까? 뤼팽이 없었다면 그건 마레스칼일 거야. 확실해. 하지만 안타깝게도 엄연히 뤼팽이 존재하는걸."

조도는 걸음을 멈췄다. 브레작도 멈추고, 마레스칼도 배를 멈췄다. 그리고 라울도 멈춰 섰다.

조도는 아이가 편히 있을 수 있도록 자루를 길게 눕혀놓고, 벤치에 앉아서 병을 살펴보더니 병을 흔들어보고 태양 빛에 비추어 보았다.

브레작은 지금이 나설 때라고 생각했다. 그는 아주 천천히 접근했다. 그는 파라솔을 펴서 방패처럼 잡고 얼굴을 가리고 있었다. 마레스칼은 배 위에서 커다란 밀짚모자로 얼굴을 감추고 있었다.

　브레작이 벤치에서 세 걸음쯤 떨어진 곳까지 왔을 때, 그는 산책하는 사람들은 신경도 쓰지 않고 조도에게 달려들어 병을 움켜잡더니 성벽 쪽으로 난 길로 도망쳤다. 이 일은 너무나 순식간에 정확하게 이루어졌다. 어리둥절해진 조도는 머뭇거리다가 소리를 지르며 자루를 잡았다. 그러나 그 짐을 지고서는 빨리 달릴 수 없다고 생각한 듯, 다시 자루를 내려놓았다. 결국, 이렇게 조도는 게임에서 제외되었다. 그러나 이 공격을 예상하고 이미 배에서 내렸던 마레스칼이 뛰어갔다. 라울도 뛰어갔다. 이제 남은 경쟁자는 세 사람이었다.

　일을 멋지게 성공한 브레작은 뒤도 돌아보지 않고 그저 뛰기만 했다. 마레스칼도 브레작만을 생각하며 뒤를 돌아보지 않았기 때문에 라울은 전혀 경계할 필요가 없었다.

　이 질주는 10분 동안 계속되었다. 이들 중 선두에서 달리고 있던 브레작이 떼른느 문에 다다랐다. 너무나 더워진 그는 외투를 벗었다. 정거장에 전차가 도착했다. 많은 승객이 파리로 돌아가기 위해 역에서 전차를 기다리고 있었다. 브레작은 그 인파 속에 섞였다. 마레스칼도 그 속에 끼어들었다.

　차장이 번호를 불렀다. 역은 너무나도 혼잡했다. 마레스칼은 그 틈을 타 별 어려움 없이, 브레작이 눈치채지 못하게 그의 주머니에서 병을 꺼냈다. 마레스칼은 즉시 정거장을 빠져나와 최대한 빨리 도망쳤다.

　"이제 둘만 남았군."

라울은 히죽거리며 말했다.

"여러분들이 알아서 서로서로를 탈락시켜 주다니, 모두들 나를 도와주는군."

라울은 정거장을 나오면서, 도둑을 쫓아가기 위해서 수많은 인파를 헤치고 전차에서 나오려고 필사적으로 애쓰는 브레작의 모습을 보았다.

마레스칼은 떼른느 가와 평행인 길을 택했다. 그 길은 더 좁고 구불구불했다. 그는 미친 사람처럼 뛰었다. 그가 바그람 가에서 멈췄을 때, 그는 숨이 턱에 닿았다. 얼굴은 땀으로 범벅이 되었고 눈은 충혈되고 혈관은 부풀어올랐다. 그는 잠시 땀을 닦았다. 그는 더 이상 뛸 수가 없었다.

그는 신문을 한 장 샀다. 그리고 병을 힐끗 보고는 신문으로 병을 쌌다. 그러고 나서 병을 팔에 끼고, 서 있기도 힘든 사람처럼, 비틀거리며 다시 길을 갔다. 마레스칼은 이젠 더 이상 몸을 똑바로 할 수가 없었다. 그의 옷깃은 젖은 헝겊처럼 비틀려 있었다. 그의 수염 양끝에서는 땀이 흘러내렸다.

에뚜왈 광장에 도착하기 직전, 커다란 검은 안경을 쓴 한 남자가 반대편에서 걸어오다가 그의 앞으로 왔다. 그는 불붙은 담배를 입에 물고 있었다. 그 남자는 마레스칼의 앞을 막고 섰다. 물론 그는 마레스칼에게 불을 빌려달라고 하지 않았다. 그는 한 마디 말도 없이 마레스칼의 얼굴에 담배연기를 내뿜었다. 그는 송곳니처럼 모두 뾰족한 이를 드러내며 웃었다.

마레스칼은 눈을 동그랗게 떴다.

"당신은 누구요? 나한테서 뭘 원하는 거요?"

그러나 그렇게 물은들 무슨 소용이겠는가? 그는 그 남자가 바로 속임수의 명수이며, 오렐리의 세 번째 공범이고, 그녀의 연인이며 그의 영원한 적수라는 걸 이미 알고 있었다. 그리고 마레스칼의 눈에 악마 그 자체로 보이는 남자는 병 쪽으로 손가락을 내밀고서 장난스런 말투로 다정하게 말했다.

"자, 이리 가져와. 아저씨 말 들어야지. 이리 줘. 자네 같은 높으신 경찰 나으리가 병을 들고 다닐 수야 있나? 자, 로돌프⋯⋯ 이리 주게."

마레스칼은 바로 기세가 꺾였다. 소리를 지르거나 도움을 청하든지 해서 산책하는 사람들의 힘을 빌려 이 살인자로부터 벗어나려는 행동들을 할 수가 없었다. 그는 이 악마에게 현혹되었다. 그가 마레스칼에게서 모든 힘을 빼앗아갔다. 그리고 바보처럼, 한순간도 저항할 생각을 못하고, 마치 훔친 물건을 돌려주는 것을 너무도 당연히 생각하는 도둑처럼, 남자가 병을 가져가게 놔두었다. 그의 팔은 더 이상 병을 붙잡고 있을 수가 없었다.

그때, 브레작이 숨을 헐떡이며 나타났다. 그도 역시, 세 번째 도둑에게 달려들 힘도, 마레스칼을 부를 힘도 없었다. 그리고 그들 두 사람 모두 인도 가장자리에 멍하니 서서, 둥근 안경을 쓴 남자가 차를 불러서 타고는 창문 밖으로 그들에게 모자를 크게 흔드는 것을 쳐다보고 있었다.

집에 돌아온 라울은 병을 싸고 있던 종이를 풀었다. 그 병은 생수를 담을 때 쓰는 1리터짜리 병으로, 오래되고 마개도 없었으며 검고 불투명한 유리로 되어 있었다. 병에 붙어 있는 라벨도 역시 더럽고 먼지가 묻었지만, 눈이나 비를 맞지 않은 것은 분명했다. 라벨에 큰 글씨로 인쇄된 글은 쉽게 알아볼 수 있었다.

〈청춘의 물〉

그 밑에 쓰여 있는 몇 줄의 글은 알아보기가 어려웠다. 이 물의 공식이 분명했다.

중탄산소다	1.349그램
중탄산가성칼륨	0.435그램
중탄산석회	1.000그램
등	

그러나 병은 비어 있었다. 안에서 무엇인가 움직였다. 가벼운 어떤 물체가 종이 같은 소리를 냈다. 라울은 병을 거꾸로 들고 흔들었지만 아무것도 나오지 않았다.

그래서 라울은 가는 줄 끝에 커다란 매듭을 지어서 병 안으로 집어넣었다. 그리고 침을성 있게 여러 번 시도한 끝에, 돌돌 감겨서 붉은 끈으로 묶여 있는 아주 얇은 종이를 꺼냈다. 그 종이를 펴본 라울은 그것이 일반적인 종이의 반쪽인 것을 알았다. 종이의 밑부분은 잘려졌다기보다는 울퉁불퉁하게 찢겨져 나가 있었다. 잉크로 쓴 글자들 중 많은 부분을 알아볼 수 없었지만 몇 개의 문장을 만드는 데는 충분했다.

> 고발은 진실이고 내 고백은 명확한 사실이다. 일어난 범죄에 대한 책임은 전적으로 내게 있고, 조도나 루보에게 책임을 물어서는 안 된다.
> _브레작

라울은 한눈에 브레작의 필체를 알아보았다. 그러나 오랜 시간이 흘러서 색이 바랜 잉크와 종이의 상태로 보건대, 15년에서 20년 전에 쓰여진 글임을 알 수 있었다. 그 범죄란 과연 무엇일까? 그리고 누구를 상대로 범죄를 저질렀을까?

그는 오랫동안 생각했다. 그런 후, 낮은 목소리로 결론을 내렸다.

"이번 사건이 모호한 이유는 여기에 두 가지 사건이 얽혀 있기 때문이야. 첫번째 사건이 두 번째 사건을 조종한 거지. 루보나 기욤, 조도, 오렐리 같은 인물들이 등장한 특급열차에서의 사건이 두 번째 사건이야. 그리고 그 전에 일어난 첫번째 사건의 두 주인공, 조도와 브레작이 오늘 맞부딪친 거지.

자물쇠의 비밀번호를 알지 못하는 사람에게는 상황이 점점 더 복잡해지겠지만, 내게는 점점 더 명확해지는군. 전투의 시간이 다가온다. 그리고 목표는 오렐리, 아니 그보다는, 그녀의 아름다운 초록 눈 깊은 곳에서 꿈틀거리는 비밀이다. 힘으로, 계략으로, 아니면 사랑으로, 그녀의 시선과 그녀의 생각을 차지하는 사람이 이미 많은 희생자를 낸 비밀의 주인이 될 것이다.

그리고 이 탐욕스런 증오와 복수의 소용돌이 속에서, 마레스칼은 열정과 야심, 원한을 가지고 법정이라는 무시무시한 기계를 들이대고 있다. 바로 내 앞에……."

그는 꼼꼼하게 준비를 했다. 상대가 모두 더욱 신중한 태도들을 취한 만큼, 그는 더 의욕적으로 일을 처리했다. 브레작은, 마레스칼에게 보고를 하는 관리인과 라울이 매수한 하녀를 그들이 수상하다는 명백한 증거도 없었지만 모두 해고시켰다. 집 앞으로 난 창문의 덧창이 닫혔다. 한편, 마레스칼의 부하 수사관들이 길에 모습을 드러내기 시작했다. 조도만이 더 이상 보이지 않았다. 브레작이 기록해 놓은 자백서를 잃음으로써 유일한 무기가 사라진 조도는 확실한 피신처로 숨은 모양이었다.

이런 상황이 15일 동안 계속되었다. 라울은 가명을 대고 공개적으로 마레스칼을 비호해주고 있는 장관의 부인을 만났다. 그리고 결국, 그녀와 친밀한 사이가 되는 데 성공했다. 이 여인은 약간 나이가 들었고, 질투심이 강했으며, 그녀의 남편은 그녀에게 비밀이 없었다. 라울의 친절은 그녀를 감동시켰다. 결국 그녀는, 시간이 지남에 따라서, 자신이 어떤 역할을 하는지 깨닫지 못한 채, 그리고 마레스칼의 오렐리에 대한 열정을 알지도 못한 채, 마레스칼의 의도가 무엇인지, 오렐리에 관해서 어떤 계획을 꾸미고 있는지, 장관의 도움을 받아서 브레작과 브레작을 지지하는 사람들을 몰아내기 위해 어떤 방법을 동원하는지를 라울에게 알려주게 되었다.

라울은 두려움을 느꼈다. 공격이 너무나도 체계적이었기 때문에, 그는 자신이 선수를 쳐서 오렐리를 피신시키고, 적의 계획을 무너뜨려야 하지 않을까 생각해 보았다.

'그러고 나서는? 그런 도주가 내게 무슨 이득이 되지? 전투는 결국 치러야 할 것이고, 모든 것은 다시 시작될 거야.'

그는 유혹을 뿌리쳤다.

오후가 끝나갈 무렵, 집으로 돌아왔을 때 라울은 속달우편이 와 있는 것을 발견했다. 장관 부인이 그에게 마지막 결정사항들을 알려준 것이다. 그중에는 오렐리의 체포가 다음 날인 7월 12일, 오후 3시라는 내용도 있었다.

'가여운 초록 눈의 여인! 그녀가, 내가 말했던 것처럼 무슨 일이 생기더라도 나를 믿을까? 그녀는 아직도 눈물과 극도의 불안에 잠겨 있는 것이 아닐까?'

그는 전투 전야의 명장처럼 편안히 잠을 잤다. 8시에 그는 일어났다. 결전의 날이 시작되었다.

그런데 정오쯤, 그의 옛 유모인 빅뜨와르가 마치 그의 하녀인 양 시장바구니를 들고 하인들이 다니는 문으로 들어왔다. 그때, 계단에서 감시를 하던 6명의 남자들이 강제로 부엌으로 밀고 들어왔다.

"당신 주인이 여기 있소?"

그들 중 하나가 거칠게 말했다.

"자, 어서 어서, 거짓말해도 소용없소. 나는 마레스칼 경관이오. 그리고 나는 당신 주인의 체포영장을 가지고 있소."

창백해진 빅뜨와르는 몸을 떨면서 중얼거렸다.

"서재에 계세요."

"앞장서시오."

마레스칼은 빅뜨와르가 주인에게 경고하지 못하도록 손으로 그녀의 입을 막은 채 복도를 따라 걷게 했다. 빅뜨와르는 복도 끝에 있는 방을 가리켰다.

적은 방어할 시간이 없었다. 그는 마치 소포 꾸러미처럼 붙잡혀서 땅바닥에 넘어지고 묶이고 끌려나갔다. 마레스칼은 그에게 간단하게 한마디 던졌다.

"당신은 특급열차 강도단의 두목이오. 이름은 라울 드 리메지고."

그리고 부하들에게 말했다.

"유치장으로 연행해. 여기 영장이 있다. 그리고 눈에 뜨이지 않도록 해. '손님'의 신상에 대해서는 한마디도 하지 않도록. 토니, 자네가 그를 책임지게, 알겠나? 라봉스 자네도 알겠지? 그를 데려가게. 그리고 3시에 브레작의 집 앞에서 다시 모여. 다음 차는 그 아가씨야. 그리고 그날이 그녀의 의붓아버지 인생의 마지막날이 될 거다."

네 명의 부하들이 손님을 데려갔다. 마레스칼은 다섯 번째 부하 소비노를 데리고 있었다.

곧바로 그는 서재를 둘러보고는 별로 중요하지 않은 물건들과 몇 장의 종이들을 챙겼다. 그러나 그도, 그의 부하 소비노도 그가 찾던 15일 전의 그 병은 발견하지 못했다. 그 당시, 마레스칼은 길에서 그 병에 '청춘의 물'이라고 쓰여져 있던 것을 본 적이 있었다.

그들은 근처 식당으로 점심을 먹으러 갔다. 그리고 다시 돌아왔다. 마레스칼은 악착스럽게 그 병을 찾았다.

결국 2시 15분에, 소비노가 벽난로의 대리석 밑에서 찾고 있던 병을 발견했다. 병에는 마개가 꽂혀 있었고, 붉은 밀랍으로 빈틈없이 밀봉되어 있었다.

마레스칼은 병을 흔들어 보고는 전구 앞에 놓았다. 병 안에는 돌돌 말린 얇은 종이가 있었다.

그는 망설였다. 이 종이를 읽을까?

"아니야. 아니야. 아직 아니야! 브레작 앞에서 읽어야지! 잘했네, 소비노. 아주 훌륭해."

마레스칼은 기쁨에 넘쳐서 방을 나가며 중얼거렸다.

"이제 우리는 목표에 근접했어. 브레작은 내 손아귀에 있다. 나는 나사를 조이기만 하면 돼. 이제 여자에게는 지켜줄 사람이 아무도 없어! 그녀의 연인은 어둠 속에 있어. 이제 우리 둘뿐이야, 아가씨!"

기다리는 자

　같은 날 2시쯤, 마레스칼이 '아가씨'라고 부르는 오 렐리는 옷을 입고 있었다. 집안에 유일하게 남은 늙은 하인 발 랑땡이 방으로 먹을 것을 가져다주며, 브레작이 그녀와 이야 기하고 싶어한다고 전해주었다.

　그녀는 막 병석에서 일어난 참이었다. 안색이 창백하고 너무 나 쇠약해진 그녀는 자신이 싫어하는 남자 앞에서 똑바로 서서 고개를 치켜들고 있어야 했다. 그녀는 입술에 루즈를 바르고 볼 에 분을 바르고는 아래층으로 내려갔다.

　브레작은 2층에 있는 자신의 넓은 서재에서 그녀를 기다리고 있었다. 서재의 덧창은 닫혀 있었고, 전구가 어둠을 밝히고 있었다.

"앉아."

"싫어요."

"앉으라니까. 지금 피곤하잖니."

"다시 방으로 올라가게 하실 말씀이 있으면 빨리 하세요."

브레작은 잠시 방 안을 걸어다녔다. 그는 불안하고 걱정스러운 얼굴을 하고 있었다. 그는 마치 꺾을 수 없는 의지에 가로막힌 남자처럼, 열정과 함께 그만큼의 적의를 가지고서 오렐리가 모르게 그녀를 훔쳐봤다. 그는 그녀가 불쌍하기도 했다. 그는 여인에게 다가가서 한 손을 그녀의 어깨에 얹고 힘으로 그녀를 의자에 앉혔다.

"네 말이 맞아."

브레작은 말했다.

"별로 오래 걸리지 않을 거야. 단 몇 마디면 될 거다. 그리고 나서 결정은 네가 하면 된다."

그들은 서로 가까이 있었지만, 그 둘 사이의 간격은 적들 사이의 간격보다도 더 컸다. 브레작도 그것을 느꼈다. 그가 하는 모든 말은 그들 사이의 간격을 더 넓힐 뿐일 것이다. 그는 주먹을 꽉 쥐고 분명하게 말했다.

"너는 아직도 우리가 적에게 둘러싸여 있다는 것도, 이 상황이 오래가지 못하리라는 것도 모른단 말이냐?"

그녀는 입안에서 중얼거리며 말했다.

"무슨 적들이오?"

"아! 너도 아는 사람이야. 마레스칼…… 너를 미워하고 복수를 하려고 이를 가는 그 마레스칼 말이다."

그리고 아주 낮은 목소리로 심각하게 말했다.

"잘 들어라, 오렐리, 얼마 전부터 우리는 감시당하고 있단다. 사무실에서는 누군가 내 서랍을 뒤졌어. 상사들과 부하직원들이 모두 똘똘 뭉쳐서 나와 대립하고 있어. 왜냐고? 그건 그들이 모두 마레스칼 편이기 때문이야. 모두들 마레스칼이 장관을 등에 업고 있다는 사실을 알고 있지. 그런데 너와 나는 서로 연결되어 있어. 그게 증오에 의해서라고 해도 말이야. 그리고 네가 원하던 원치 않던 간에, 우리는 우리의 과거, 즉 같은 과거로 연결되어 있어. 나는 너를 키웠다. 내가 너의 보호자야. 내 몰락은 곧 너의 몰락이다. 그리고 심지어, 나는 혹시, 이유는 알 수 없지만 그들이 노리는 것이 네가 아닐까 의심스럽기까지 하단다. 그래, 내 생각에는, 여러 조짐들을 볼 때, 혹시 나는 내버려두더라도 너는 직접적으로 위협을 받을 것 같다."

여인은 정신이 멍해진 것 같아 보였다.

"무슨 조짐이오?"

브레작이 대답했다.

"조짐 이상이지. 나는 내무부 종이에 쓰여진 익명의 편지를 받았다. 터무니없고 앞뒤가 맞지 않는 편지였는데, 그 편지에, 너에 대한 고발조치가 시작되었다고 쓰여 있더구나."

"고발이오? 말도 안 되는 소리예요! 그리고 익명의 편지 한 장 때문에 이런단 말이에요?"

"그래, 나도 안다."

브레작은 대답했다.

"말도 안 되는 소문을 들은 어떤 부하직원일 수도 있지. 하지만 마레스칼은 어떤 음모든 다 꾸밀 수 있는 사람이야."

"겁이 나면 도망가세요."

"내가 걱정하는 건 너야, 오렐리."

"나는 걱정할 게 전혀 없어요."

"아니야. 마레스칼은 너를 파멸시키겠다고 맹세했어."

"그럼, 날 떠나게 해주세요."

"그럴 힘이 있겠니?"

"다시는 당신을 보지 않기 위해서 당신이 나를 잡아두고 있는 이 감옥을 떠날 힘은 충분히 있어요."

브레작은 낙담한 듯한 몸짓을 했다.

"그만 해라. 그렇지 않으면 나는 살 수 없을 거야. 네가 없는 동안 나는 너무도 고통스러웠단다. 너와 헤어지지 않는다면 어떤 일이 닥쳐도 좋아. 내 생은 전적으로 너에게 달렸어. 너의 눈길, 너의 인생……."

오렐리는 벌떡 일어섰다. 그녀는 분개하여 몸을 파르르 떨며 말했다.

"나한테 그런 식으로 말하지 말아요. 내게 다시는 그런 가증스러운 말은 한마디도 하지 않겠다고 맹세했잖아요."

오렐리는 곧바로 기진맥진해서 다시 앉았고, 브레작은 그녀 곁에서 물러서서 의자에 털썩 주저앉더니 손으로 머리를 감싸

안고 어깨를 들썩이며 오열했다. 그는 마치 싸움에서 패하고, 존재하는 것 자체가 참을 수 없는 짐이 되어버린 사람 같았다.

긴 침묵 끝에 브레작은 조용히 말했다.

"우리는 네가 떠나기 전보다 더 적대적이 되었구나. 너는 완전히 변해서 돌아왔어. 생뜨마리에 가기 전, 처음 몇 주 동안 대체 무슨 일을 한 거니? 그때 나는 생뜨마리는 생각도 못하고 미친 듯이 너를 찾아 헤맸단다. 그 비열한 기욤은 너를 사랑한 게 아니야. 너도 그걸 알 거다. 하지만 너는 그를 따라갔어. 왜지? 그리고 너희들 둘에게 무슨 일이 일어난 거야? 기욤은 어떻게 된 거야? 나는 아주 심각한 사건이 일어났다는 걸 직감했다. 네가 헛소리를 할 때, 너는 끊임없이 도망치는 사람처럼 말했어. 그리고 피묻은 시체를 보는 사람처럼······."

오렐리는 몸서리쳤다.

"아니에요, 아니에요, 그건 사실이 아니에요. 당신이 잘못 들은 거예요."

브레작은 고개를 저으며 말했다.

"내가 잘못 들은 게 아니야. 봐라, 지금도 네 눈은 공포에 싸여 있어. 마치 아직도 악몽을 꾸는 사람처럼······."

그는 오렐리에게 다가가서 천천히 말했다.

"너는 충분한 휴식이 필요해, 불쌍한 것. 내가 네게 하려는 제안이 바로 그것이다. 나는 오늘 아침에 휴가를 신청했다. 자, 우리는 이젠 떠나는 기야. 너를 화나게 하는 말은 일체 하지 않겠다고 맹세하마. 그뿐 아니라, 네 비밀에 대해서도 한마디도 않겠다. 사실 너는 그 비밀을 내게 털어놨어야 했어. 왜냐하면 그 비밀은 내 것이기도 하니까. 네 눈 속에 감춰진 그 비밀을 알아내려고도 하지 않으마. 내가 너무도 자주 강제로 그 풀 수 없는 수수께끼를 풀어보려고 했지. 내 잘못이야, 인정한다. 네 눈을 그냥 내버려두마, 오렐리. 나는 더 이상 너를 바라보지 않겠어. 내 약속은 확실하다. 내게로 오너라, 불쌍한 것. 네가 참 가련하게 느껴지는구나. 너는 고통받고 있어. 너는 내가 모르는 뭔가를 기다리고 있지만, 네 부름에 답할 수 있는 것은 불행뿐이란다. 내게 와라."

오렐리는 고집스럽게 침묵을 지키고 있었다. 그 두 사람 사이에는 치유할 수 없는 불화가 자리하고 있었다. 그들은 서로에게 상처를 주거나 모욕을 주는 말밖에 할 수가 없었다. 과거의 수많은 일이나 그들을 항상 반목하게 했던 수많은 이유보다도 브레작의 추악한 열정이 더욱더 그들 두 사람을 갈라놓았다.

"대답을 해라."

브레작이 말했다.

오렐리는 단호하게 말했다.

"싫어요. 나는 당신과 같이 있는 것을 더 이상 참을 수 없어요. 더 이상은 당신과 같은 집에서 살 수 없어요. 기회가 닿는 대로 바로 떠날 거예요."

"물론 혼자는 아니겠지? 처음처럼 말이야."

브레작은 비웃으며 말했다.

"기욤과 같이 가려는 거군, 안 그래?"

"기욤은 쫓아버렸어요."

"그럼 다른 놈이로군. 네가 기다리는 그 사람, 확실해. 너는 눈으로 끊임없이 누군가를 찾고 있고, 귀를 쫑긋 세우고 온 신경을 집중하고 있지. 그래서, 지금⋯⋯."

정문이 열렸다가 다시 닫히는 소리가 들렸다.

"내가 뭐라고 했니?"

브레작은 악의 가득한 웃음을 띠며 소리쳤다.

"정말로 너는 그 사람을 기다리는구나. 널 보면 누군가가 정말 올 것만 같다. 아니야, 오렐리. 아무도 오지 않아. 기욤도 다른 누구도⋯⋯. 저건 발랑땡이야. 내가 사무실에 가서 우편물을 찾아오라고 보냈지. 나는 얼마간 사무실에 가지 않을 테니까⋯⋯."

2층 계단을 올라와 응접실을 지나오는 하인의 발걸음 소리가 들렸다. 그는 방으로 들어왔다.

"시킨 일은 다 했나, 발랑땡?"

"네, 주인님."

"편지나 서명할 서류가 있던가?"

"없었습니다."

"그래, 이상하군. 하지만 우편물은?"

"우편물은 마레스칼 씨에게 막 넘겨진 후였습니다."

"아니 마레스칼이 감히 무슨 권리로? 그가 사무실에 있던가?"

"아니오. 마레스칼 씨는 왔다가 바로 다시 떠났습니다."

"다시 떠나? 2시 반에⋯⋯. 사무실 일로?"

"네, 주인님."

"무슨 일인지 한 번 알아봤나?"
"네, 하지만 사무실에서는 아무도 무슨 일인지 몰랐습니다."
"그가 혼자 있던가?"
"아니오. 라봉스, 또니, 소비노와 같이 있었습니다."
"라봉스와 또니!"

브레작은 소리쳤다.

"그럼 그건 범인 체포에 관한 일이군! 어떻게 내게 보고가 안 됐지? 대체 무슨 일이 일어나고 있는 거야?"

발랑땡은 물러갔다. 브레작은 다시 방 안을 서성이기 시작했다. 그러다가 생각에 잠겨서 중얼거렸다.

"또니는 마레스칼의 지옥에 떨어진 영혼이지. 그리고 라봉스는 마레스칼이 아끼는 부하 중 한 명이고……. 그리고 그 모든 것이 내가 모르게 진행되고……."

5분이 흘렀다. 오렐리는 걱정스럽게 브레작을 바라보고 있다. 갑자기 브레작은 창문가로 가서 덧창을 반쯤 열었다. 그러더니 갑자기 자기도 모르게 비명을 지르고는 비틀거리며 되돌아왔다.

"그들이 길 끝에 와 있어. 지금 감시하고 있어."
"누가요?"
"둘 다……. 마레스칼의 부하들 말야. 또니와 라봉스."
"그래서요?"

오렐리가 물었다.

"그 둘은 마레스칼이 심각한 사건에 항상 투입하는 부하들이지. 오늘 아침에도 이 동네에서 그들과 함께 일을 처리했어."

"그들이 여기 있어요?"

오렐리가 물었다.

"여기에 있어. 내가 그들을 봤다."

"그러면 마레스칼이 올까요?"

"분명 오겠지. 발랑땡이 하는 말을 너도 들었잖니."

"그가 온다고……, 그가 온다고……."

오렐리는 중얼거렸다.

"무슨 일이냐?"

브레작은 그녀가 불안해하는걸 보며 놀라서 물었다.

"아무것도 아니에요."

오렐리는 감정을 억누르며 말했다.

"자기도 모르게 두려울 때가 있잖아요. 특별한 이유는 없어요."

브레작은 고민했다. 그도 역시 자제력을 되찾고서 말했다.

"그래, 이유 없이. 사람은 대개 별것 아닌 이유로 흥분을 하지. 내가 가서 그들에게 물어봐야겠다. 확실히 알 수 있겠지. 그래, 100퍼센트 확실해. 상황을 보아하니 아무래도 우리가 아니라 앞집을 감시하는 것 같다."

오렐리가 고개를 들었다.

"어떤 집이오?"

"내가 네게 말하던 사건 말이다. 어떤 사람이 오늘 아침 체포되었다. 아! 만약 네가 11시에 사무실을 나서는 마레스칼을 봤다면! 그는 만족감과 함께 불타는 증오심을 보이더구나. 그게 나를 불안하게 만들었어. 사람은 인생에서 단 한 사람에게만 그런 증오심을 품을 수 있어. 그리고 그가 그렇게 증오하는 것은 나야, 아니 우리라고 해야겠지. 그래서 나는 우리에게 위협이 닥치고 있다고 생각했다."

오렐리는 벌떡 일어났다. 안색은 더욱 창백해졌다.

"뭐라구요? 맞은편 집에서 체포를 했다고요?"

"그래. 드 리메지라는 사람인데 탐험가라고 하더라. 드 리메지 남작이라지. 막 유치장에 수감됐다."

오렐리는 라울의 이름을 몰랐지만 그것이 라울이라는 것을 의심하지 않았다. 그리고 떨리는 목소리로 물었다.

"그 사람이 무슨 짓을 했는데요? 그 드 리메지라는 사람이 누구예요?"

"마레스칼의 말에 따르면, 그 사람이 특급열차 사건의 살인자라고 하더구나. 경찰이 찾고 있는 세 번째 공범이라고."

오렐리는 거의 쓰러질 뻔했다. 그녀는 현기증이 나고 정신이 나간 듯 보였다. 그녀는 기댈 곳을 찾아서 허공을 더듬었다.

"왜 그러니, 오렐리? 이 일과 무슨 상관이지?"

"우린 이제 끝이에요."

그녀는 흐느꼈다.

"그게 무슨 소리냐?"

"당신은 이해 못해요."

"설명해봐. 네가 그 남자를 알고 있니?"

"그래요…… 그래요…… 그가 나를 구해줬어요. 그가 나를 마레스칼로부터, 기욤 그리고 이 집을 드나들던 조도로부터 날 구해줬다고요. 아마 오늘도 그가 우리를 구해줬을 거예요."

브레작은 아연실색하여 그녀를 바라보았다.

"네가 기다리던 사람이 그 남자였니?"

"그래요."

오렐리는 정신이 나간 듯 말했다.

"그는 내게 오겠다고 약속했어요. 나는 안심했죠. 나는 그가 그 모든 일을 해내는 걸 봤어요. 마레스칼을 우롱하는 것도요."

"그래서?"

브레작이 물었다.

"아무래도 우리는 안전한 곳으로 피신하는 게 좋겠어요. 당신과 나 둘 다요. 당신을 불리하게 몰고 갈 수 있는 얘기가 있어요. 옛날 얘기가……."

"말도 안 되는 소리!"

브레작은 흥분해서 말했다.

"아무런 일도 없었어. 나는 아무것도 두려운 것이 없어."

그는 부정을 하면서도 방에서 나와서 오렐리를 층계참으로 끌고 갔다. 하지만 결국 반내한 것은 오렐리였다.

"아니에요. 이럴 필요 없어요. 우리는 구출될 거예요. 그는 올 거예요. 그는 탈출할 거예요. 그를 기다리는 게 낫겠어요."

"유치장에서는 탈출할 수 없어."

"그래요? 오! 저런! 이런 끔찍한 일이!"

오렐리는 어떻게 해야 할지 알 수가 없었다. 정신을 차린 그녀의 머릿속에 여러 가지 무서운 생각들이 맴돌고 있었다. 마레스칼에 대한 공포 그리고 즉각적인 체포……. 경찰이 뛰어들어와서 손목을 비틀 것이다.

브레작이 공포에 떠는 모습을 본 오렐리는 결심했다. 오렐리는 쏜살같이 방으로 뛰어가서 곧바로 여행용 가방을 가지고 왔다. 브레작도 채비를 했다. 그들은, 정신없이 도망치는 길밖에는 다른 방도가 없는 두 명의 범죄자들 같았다. 그들은 층계를 내려가서 현관 쪽으로 갔다.

바로 그때, 초인종이 울렸다.

"너무 늦었어."

브레작은 한숨을 내쉬었다.

"아니에요."

오렐리는 희망에 차서 말했다.

"어쩌면 그 사람일지도 몰라요. 그 사람이 와서……."

오렐리는 수녀원 테라스의 그 남자를 생각하고 있었다. 그는 절대로 그녀를 포기하지 않겠다고 맹세했으며, 마지막 순간에 그녀를 구해낼 수 있을 거라고 생각했다. 그에게 장애물이라는 것이 과연 존재할까? 그가 모든 사건과 사람을 지배하지 않았던가?

초인종이 다시 울렸다.

늙은 하인이 부엌에서 나왔다.

"문을 열게."

브레작이 낮은 목소리로 말했다.

문 밖에서 속삭이는 목소리와 장화소리가 들렸다.

누군가 문을 두드렸다.

"문을 열라니까."

브레작이 다시 말했다.

하인은 그 말에 따랐다.

밖에는 마레스칼이 서 있었다. 옆에 있는 특이한 모습의 세 남자들은 오렐리도 잘 아는 사람들이었다. 오렐리는 계단 난간에 기대서서 브레작만이 들을 수 있는 낮은 소리로 탄식했다.

"아! 세상에, 그가 아니야."

부하직원들이 눈앞에 나타나자 브레작은 의연한 태도를 취했다.

"무슨 일이오? 내가 당신이 여기 오는 것을 금했을 텐데."

마레스칼은 웃으며 대답했다.

"공적인 일입니다, 국장님. 장관님의 명령이죠."

"나에 관한 명령이오?"

"국장님과 함께 따님에게도 해당하는 명령입니다."

"누가 이 세 사람도 데리고 오라고 시켰소?"

마레스칼은 웃기 시작했다.

"아닙니다! 우연이죠. 마침 이들은 이 근방을 지나가고 있었습니다. 우연히 만난 우리는 잡담을 했고요. 그런데 괜찮으시다면……."

마레스칼은 안으로 들어왔다. 그리고 가방 두 개를 보았다.

초록 눈의 아가씨 201

"아! 아! 어디 여행을 가시나요? 1분만 늦었어도…… 내 임무가 실패로 돌아갈 뻔했군요."

브레작은 단호하게 말했다.

"마레스칼. 당신이 끝내야 할 임무가 있으면, 만일 내게 전할 말이 있으면, 당장 여기서 끝내시오."

마레스칼은 몸을 구부리고 냉정하게 말했다.

"문제는 일으키지 맙시다, 브레작, 서툰 짓도 하지 말고. 누구도 아는 사람은 없소, 내 수하들까지도. 당신 서재에서 이야기를 나눕시다."

"누구도 아는 사람이 없다니…… 뭘 말이오?"

"지금 일어나고 있는 일 말이오. 꽤 심각한 일……. 만일 당신의 의붓딸이 당신에게 말하지 않은 거라면, 그녀도 아마 증인 없이 설명하는 것이 낫다는 걸 인정할 거요. 안 그렇습니까, 오렐리 양?"

난간 옆을 떠나지 않고 서 있던 오렐리는 죽은 사람처럼 안색이 창백했다. 그녀는 금방이라도 기절할 것 같았다.

브레작은 그녀를 부축하며 말했다.

"올라갑시다."

오렐리는 브레작이 이끄는 대로 따라갔다. 그 틈에 마레스칼은 부하들을 안으로 들어오게 했다.

"자네들 셋 모두 현관에서 움직이지 마. 그리고 아무도 들어오지도 나가지도 못하게 해. 어이! 당신, 하인 양반, 당신은 부엌에 들어가서 꼼짝 말고 있어요. 만일 위에서 말썽이 나면 호루라기를 불 테니까, 그때는 소비노가 도우러 올라와. 알겠나?"

"알겠습니다."

라봉스가 대답했다.

"실수가 있어서는 안 돼."

"절대 없을 겁니다. 저희가 초보들이 아니라는 걸 잘 아시지 않습니까. 그리고 경관님을 그림자처럼 따라다닐 거라는 것도요."

"브레작에 대항해서도?"

"그럼요!"

"아! 병…… 또니, 그 병을 내게 주게!"

그는 모든 조치를 취해 놓고서, 병을 들고, 아니 그 병이 들어 있는 상자를 들고 재빨리 계단을 올라가서, 6개월 전에 자신을 모욕적으로 내쫓았던 그 서재에 당당하게 들어섰다. 그에게는 얼마나 대단한 승리이겠는가! 그는 그런 거만함을 드러내며 구두굽 소리를 내면서 큰 걸음걸이로 서재를 거닐었다. 그리고 벽에 걸린 오렐리의 초상화들을 하나하나 감상했다. 그 초상화에는 아이 때의 오렐리, 소녀 시절의 오렐리, 어른이 된 오렐리가 있었다.

브레작은 저지하려고 했지만 곧바로 마레스칼은 그를 제자리로 돌아가게 했다.

"소용없소, 브레작. 보다시피 당신의 약점은, 내가 오렐리 양에 대해서, 결국 당신에 대해서 가지고 있는 무기가 무엇인지를 모른다는 것이오. 당신은 고개를 숙여야겠다는 생각이 들 거요."

서로 마주보고 선 적대관계의 두 사람은 서로를 노려보았다. 그들은 서로를 증오했다. 상반되는 야심과 반대되는 성격, 특히 여러 가지 사건들로 자극된 경쟁적인 열정으로 증오가 생겨난 것이다. 그들 가까이에서 오렐리는 의자에 똑바로 앉아 있었다.

마레스칼을 놀라게 한 사실은 오렐리가 다시 침착함을 되찾은 듯이 보였다는 것이다. 항상 지친 듯하고 경직된 표정이었던 오렐리가 더 이상은 사냥꾼에게 쫓기는 무기력한 작은 짐승의 모습이 아니었다. 그녀는 마레스칼이 생뜨마리에서 봤던 그 '강인한' 태도를 보이고 있었다. 그녀의 시선은 고정되어 있었다. 커다란 두 눈은 눈물에 젖어 있었고, 그 눈물이 창백한 그녀의 볼을 타고 흘러내리고 있었다. 그녀는 무슨 생각을 하고 있는 것일까? 가끔 깊은 수렁에서 사람들은 다시 일어선다. 그녀는 마레스칼이 동정심을 가질 수 있을 거라고 믿는 것일까? 그녀는 재판과 형벌을 피할 방어 계획을 가지고 있는 것일까?

마레스칼은 주먹으로 테이블을 쳤다.

"자, 어디 봅시다!"

그리고 오렐리는 옆에 내버려두고, 브레작에게 아주 가까이 다가갔기 때문에, 브레작은 뒤로 한 발 물러설 수밖에 없었다. 마레스칼이 말했다.

"아주 간단합니다. 확실한 사실들만 말하겠습니다. 그중 몇 가지는 당신도 알고 있는 것이오, 브레작. 다른 사람들도 모두 그 사실들을 알고 있지. 하지만 그중 대부분은 나밖에 증인이 없소. 아니, 나만 확인한 사실이라고 해야 하나. 부정하려고 애쓰지 마시오. 나는 있는 그대로 간단하게 말씀드리는 겁니다. 자, 여기 보고서가 있소. 그러면, 지난 4월 26일……."

브레작은 몸을 떨었다.

"4월 26일, 그날은 우리가 오스만 가에서 만난 날 아니오?"

"그렇습니다. 당신 의붓딸이 당신 집을 나온 날이죠."

그리고 마레스칼은 분명하게 덧붙였다.

"그리고 바로 그날이 마르세이유행 특급열차에서 세 사람이 살해된 날이오."

"뭐요? 지금 그게 무슨 상관이오?"

브레작이 어리둥절해하며 물었다.

마레스칼은 기다리라는 손짓을 했다.

"모든 것은 다 알맞은 때에, 시간 순서에 따라 설명할 거요."

그리고 그는 말을 이었다.

"4월 26일, 특급열차의 5번 차량에는 네 사람밖에 없었소. 제일 끝 칸에는 도둑인 베이크필드 양과 자신이 탐험가라고 자처하는 드 리메지 남작이 타고 있었소. 차량 맨 앞 칸에는 뇌이쉬르센에 사는 두 남자, 루보 형제가 타고 있었지.

그 옆 4번 차량에는 사건과 아무런 상관이 없는 몇몇 사람이 있었고, 그들은 아무것도 몰랐소. 그 사람들 외에도 국제수사부 경관과 젊은 남자, 젊은 여자가 타고 있었소. 남자와 여자는 자신들의 칸에서 불을 끄고, 창문에 커튼을 내리고는 마치 자고 있는 승객들처럼 가장해서 경관마저도 눈치채지 못했소. 그 경관이 바로 베이크필드 양을 미행하던 나였소. 젊은 남자는 기욤 앙시벨이었지. 그는 증권 중개인이면서 강도였고, 이 집에 자주 들락거렸지. 그리고 그 동행과 같이 몰래 도망치던 중이었소."

"거짓말이야, 거짓말!"

브레작은 분노해서 소리쳤다.

"오렐리는 그런 의심을 받을 이유가 없어."

"나는 그 동행이 오렐리 양이라고 말한 적이 없는데요."

마레스칼이 응수했다. 그리고 그는 차갑게 말을 이었다.

"라로슈까지는 아무 일도 없었소. 30분 정도가 지나서도 아무 일도 일어나지 않았지. 그러고는 잔인한 사건이 갑작스럽게 발생한 거요. 젊은 남자와 여자가 어둠 속에서 나와서, 4번 열차에서 5번 열차로 옮겨갔소. 그들은 변장을 하고 있었지. 긴 회색 작업복에 모자와 복면. 5번 열차 뒤쪽에서 드 리메지 남작이 그들을 기다리고 있었소. 그들 셋은 베이크필드 양을 죽이고 가방을 뒤졌소. 그리고 남작은 공범들에게 자신을 줄로 묶게 하고, 나머지 두 명은 반대쪽으로 뛰어가서 두 형제를 죽인 것이오. 그리고 돌아오는 길에 검표원과 맞부딪쳤지. 그리고 싸움이 나고. 그들은 도망쳤고, 검표원은 희생자처럼 묶여 있는 남작을 발견했소. 그는 자기도 돈을 빼앗겼다고 했지. 이게 바로 제1장이오. 제2장은 언덕과 숲에서의 도주요. 하지만 경보가 울렸지. 나는 사건을 조사하고 신속하게 필요한 조치를 취했소. 그 결과로 두 도망자를 포위했지. 한 사람은 도망치고 다른 한 사람은 잡혀서 감금되었소. 사람들이 내게 그 사실을 알렸소. 나는 그 사람을 보러 갔소. 그는 어둠 속에 몸을 숨기고 있었는데, 그건 바로 여자였소."

브레작은 점점 뒷걸음질을 쳤다. 그리고 술에 취한 사람처럼 비틀거렸다. 의자 등받이에 부딪힌 그는 더듬거리며 말했다.

"당신, 미쳤군! 당신은 말도 안 되는 얘기를 하고 있소! 당신은 정말 미쳤어!"

마레스칼은 굽히지 않고 계속했다.

"내 얘기를 마저 하지요. 그 가짜 남작 덕분에, 내가 그 사람을 의심하지 않은 것이 실수였지. 죄수는 도망쳤고 기욤 앙시벨과 합류했소. 나는 몬테카를로에서 그들의 흔적을 다시 찾아냈소. 그리고 시간을 허비해버렸지. 나는 찾아다녔지만 허사였소. 그러다 어느 날, 파리에 돌아가서 당신의 수사결과는 더 나은지, 그리고 당신이 당신 의붓딸의 은신처를 알아냈는지 알아보자는 생각이 들었죠. 그렇게 해서 내가 당신보다 몇 시간 앞서서 생뜨마리 수녀원에 도착해서 테라스에서 사랑을 속삭이는 오렐리 양을 찾을 수 있었던 것이오. 단지 연인이 바뀌었더군. 기욤 앙시벨 대신, 상대는 그 드 리메지 남작, 바로 세 번째 공범이었소."

브레작은 공포에 사로잡혀서 이 무시무시한 이야기를 듣고 있었다. 이 모든 것이 그에게는 거짓 없는 사실 같았다. 그것은 그가 직감했던 일들을 너무도 논리적으로 설명해주고 있었고, 오렐리가 사신을 구해준 사람에 대해서 조금 전에 한 고백과 너무나도 잘 맞아떨어졌기 때문에, 그는 더 이상 반박하려고 하지 않았다. 그는 이따금 오렐리를 쳐다보았다. 그녀는 움직이지 않고, 아무 말도 하지 않고 계속 꼿꼿한 자세로 앉아 있었다. 그녀는 이들의 말이 들리지 않는 듯했다. 그녀는 그 말들보다는 밖에서 나는 소리에 귀를 기울이고 있는 듯했다. 그녀는 아직도 올 수 없는 사람을 기다리는 것일까?

"그러고 나서?"

브레작이 물었다.

"그러고 나서, 그 남작 덕분에 오렐리는 다시 한 번 도망치는 데 성공했죠. 그리고 솔직히 말해서 나는 그게 정말 우습소, 왜냐하면……."

마레스칼은 목소리를 낮췄다.

"왜냐하면 나는 내 복수를 하게 됐거든. 그리고 보통 복수가 아니지, 브레작! 자, 당신 기억하시오? 6개월 전 일을? 당신은 나를 마치 하인처럼 쫓아냈소. 거의 발로 차다시피 해서……. 그리고…… 그리고…… 이제는 저 여자는 내 손아귀에 있소. 이제 끝이오."

그는 마치 자물쇠를 잠그는 것처럼 손을 돌렸다. 그 몸짓이 너무도 명확했고 너무도 분명하게, 오렐리에 대한 그의 무시무시한 의도를 드러냈기 때문에 브레작은 소리쳤다.

"아니야, 아니야. 사실이 아니야, 마레스칼…… 안 그렇소? 설마 당신이 정말로 이 아이를 고발하지는 않겠지?"

마레스칼은 차갑게 말했다.

"생뜨마리에서 나는 오렐리에게 화해를 제안했지만 그녀가 나를 거부했어. 그녀에게는 안된 일이지! 지금은 너무 늦었소."

브레작이 그에게 다가와서 애원하는 표정으로 손을 내밀자, 마레스칼은 단번에 밀어냈다.

"소용없는 짓이오! 그녀에게는 안된 일이야! 당신에게도 안된 일이지! 그녀는 나를 원치 않았어. 그녀 곁에는 아무도 없을 거요. 그리고 그게 정의요. 자신이 저지른 범죄의 대가를 치르는 것, 그녀가 내게 줬던 고통에 대한 대가를 치르는 것이오. 그녀는 처벌을 받아야 해, 그리고 나는 그녀를 벌해서 그녀에게 복수를 할 것이오. 그녀에겐 불행한 일이지!"

그는 발을 구르고 테이블을 주먹으로 내리치며 저주의 말을 퍼부었다. 거친 자신의 본성에 굴복하여 마레스칼은 오렐리를 향해서 욕설을 내뱉었다.

"저 여자를 보시오, 브레작! 지금 저 여자가 나에게 사과할 생각을 하고 있는 것 같소? 만일 당신이 머리를 조아린다면 저 여자가 겸손하게 행동할 것 같소? 그리고 당신은 저 여자가 왜 저렇게 말이 없고, 어디서 저 차분하고 고집스런 힘이 나오는 줄 아시오? 그건 바로 저 여자가 아직도 희망을 버리지 않고 있기 때문이오, 브레작! 그래요, 그녀는 희망을 버리지 않았소. 난 확신해요. 그녀를 내 손아귀에서 세 번씩이나 구해준 그 사람이 네 번째로 자신을 구해줄 거라고 믿고 있는 거요."

오렐리는 움직이지 않았다.

마레스칼은 갑작스럽게 전화 수화기를 들고는 교환에게 경찰국을 연결해 줄 것을 부탁했다.

"여보세요, 경찰국입니까? 필립 씨를 좀 바꿔 주십시오. 나는 마레스칼입니다."

그리고는 오렐리 쪽으로 돌아서 그녀의 귀에 다른 수화기를 갖다댔다.

오렐리는 움직이지 않았다.

전화 저쪽에서 어떤 목소리가 대답했다. 대화는 간단했다.

"자넨가, 필립?"

"마레스칼?"

"그래. 잘 듣게. 내 옆에 어떤 사람이 있는데, 나는 이 사람에게 확인시켜 주고 싶은 것이 있네. 내 질문에 솔직하게 대답해 주게."

"말해 보게."

"오늘 정오에 자네는 어디에 있었나?"

"자네가 부탁한 대로 유치장에 있었지. 자네가 보낸 라봉스와 또니가 데려온 남자를 받았지."

"우리가 그를 어디서 잡았지?"

"그 남자가 사는 꾸르셀 가의 아파트에서. 브레작 집 바로 맞은편이지."

"그자를 유치장에 수감했나?"

"자네가 보는 앞에서."

"이름이 뭐였지?"

"드 리메지 남작."

"혐의는?"

"특급열차 사건 강도단의 두목이라는 혐의지."

"오늘 아침 이후에 그를 다시 봤나?"

"그래, 방금 전에, 범죄인 신체측정과에서 봤어. 그 사람은 아직도 거기에 있네."

"고맙네, 필립. 이게 내가 알고 싶었던 전부네. 잘 있게."

마레스칼은 수화기를 내려놓고서 소리쳤다.

"자! 아름다운 오렐리, 그가 어디에 있는지 알겠소, 그 구원자가! 감옥에 있소! 유치장에 감금되어 있단 말이오!"

오렐리가 말했다.

"알고 있어요."

마레스칼은 웃음을 터뜨렸다.

"알고 있다는군! 그런데도 그를 기다린다고! 아! 정말 웃기는군! 그는 경찰에 둘러싸여 있어. 그는 누더기, 걸레, 지푸라기, 비누 거품만도 못한 사람이야. 그런데도 이 여자는 그를 기다린다는군! 그래, 감옥 벽이 무너질 거야! 간수들이 그에게 차를 내줄 거고! 자, 여기 왔군! 그는 굴뚝을 타고 천장을 통해서 올 거야."

마레스칼은 이성을 잃고서, 무표정한 얼굴로 딴 곳에 정신이 팔린 듯한 오렐리의 어깨를 거칠게 잡고 흔들었다.

"할 수 있는 일은 아무것도 없어요, 오렐리! 더 이상 희망도 없어! 그 구원자는 끝장났어. 그 남작은 꼼짝 못하게 갇혀버렸다고! 그리고 1시간 후면, 당신 차례가 될 거야, 예쁜 아가씨. 머리도 잘릴 거고! 생라자르! 중죄 재판소! 아, 이 아가씨야, 나는 이미 당신의 그 초록 눈 때문에 충분히 눈물을 흘렸어. 그리고 그 눈에……."

그는 말을 끝맺지 못했다. 그의 뒤에서 브레작이 일어서서, 몹시 흥분하여 두 손으로 마레스칼의 목을 움켜쥐었다. 충동적으로 발생한 일이었다. 마레스칼이 오렐리의 어깨를 건드린 바로 그때, 그 모욕에 격분한 브레작은 마레스칼 쪽으로 몰래 다가섰던 것이다. 마레스칼은 그 공격에 무릎을 꿇었다. 그리고 두 남자는 바닥을 뒹굴었다.

싸움은 격렬했다. 두 사람 모두 분노를 폭발시키고 있었다. 그 분노는 증오심으로 가득 찬 그들의 경쟁관계로 인해 더욱 깊어졌다. 마레스칼은 브레작보다 더 힘이 세고 강했지만, 브레작은 너무나 큰 분노로 흥분한 상태여서, 이 싸움의 결말은 예측하기 힘들었다.

오렐리는 공포에 질려서 이들의 싸움을 지켜보았다. 그러나 움직이지는 않았다. 그녀에게는 그들 둘 다 모두 저주스러운 적들이었다.

마레스칼은 상대방의 목을 조르던 손을 풀고는 주머니에 손을 가져가서 자동권총을 잡으려는 듯한 행동을 취했다. 그러나 브레작이 그의 팔을 비틀었다. 마레스칼은 겨우 시계 줄에 달려 있는 호루라기를 움켜쥐는 데 성공했다. 날카로운 소리가 울려 퍼졌다. 브레작은 힘을 내서 다시 마레스칼의 목을 잡으려고 했다. 그때, 문이 열렸다. 누군가 이들에게 달려들었다. 거의 동시에 마레스칼은 브레작의 손에서 벗어났고, 브레작은 자신의 코

앞에서 권총 한 자루가 자신을 겨냥하고 있는 것을 보았다.

"잘 했네, 소비노!"

마레스칼이 외쳤다.

"이번 일은 자네 평가에 좋게 반영될 거야."

너무나 분노한 마레스칼은 치사하게도 브레작의 얼굴에 침을 뱉었다.

"이런 파렴치한 인간! 악당 같으니! 당신은 그렇게 쉽게 끝낼 수 있을 줄 알았나? 당신은 우선 사직해야 해, 그런 다음…… 장관님이 그걸 요구하시지. 사직서는 내 주머니에 있어. 당신은 서명만 하면 돼."

마레스칼은 종이 한 장을 꺼냈다.

"당신의 사직서와 오렐리의 자술서, 내가 그것들을 미리 써왔지. 당신 서명이 필요해, 오렐리…… 자, 읽어봐. '본인은, 지난 4월 26일, 특급열차 살인사건에 가담했으며 루보 형제에게 총을 쐈음을 자백함…… 본인은……' 결국 당신이 한 모든 일을 요약해 놓은 거야. 읽을 필요도 없어. 서명해! 시간낭비는 하지 말자고!"

마레스칼은 자신의 펜대를 잉크에 담가서 억지로 오렐리의 손가락 사이에 펜대를 끼웠다. 오렐리는 천천히 마레스칼의 손을 치웠다. 그리고 펜대를 잡고서 마레스칼이 원하는 대로 내용을 읽지 않고 서명했다. 글씨도 반듯했고, 글씨를 쓰는 손도 떨리지 않았다.

"아!"

마레스칼은 기쁨의 한숨을 내쉬었다.

"드디어 됐군! 난 이렇게 빨리 될 줄은 몰랐어. 잘했어, 오렐리. 이제야 상황파악이 됐군. 당신 차례야. 자, 브레작?"

브레작은 고개를 저었다. 그는 거부했다.

"저런! 뭐야? 국장님께서 거부를 하셔? 국장님께서 자기 자리를 그대로 지킬 수 있다고 생각하신단 말이야? 어쩌면 승진을 할지도 모르지, 안 그래? 범죄자의 의붓아버지 자격으로 말이야. 아! 참 훌륭한 딸이군. 그리고 당신이 계속 내게 명령을 내릴 거란 말이지, 나 마레스칼에게? 아니, 우스운 생각이야. 당신은 이 스캔들이 당신을 면직시키는 데 충분치 않다고 생각하나? 내일, 사람들이 신문에서 당신 딸의 체포 소식을 읽게 되어도 당신이 사임하지 않을 수 있다고 생각해?"

브레작의 손가락은 마레스칼이 내민 펜대를 잡았다. 브레작은 사직서를 읽고는 머뭇거렸다.

오렐리가 그에게 말했다.

"서명하세요."

그는 서명했다.

"자, 됐소."

두 가지 서류를 주머니에 넣으며 마레스칼은 말했다.

"자술서와 사직서. 내 상사가 밀려났으니 그 자리가 비는군. 그리고 그 자리는 나에게 오게 되어 있어. 그리고 아가씨는 감옥으로 가고. 그러면 나도 나를 괴롭히던 사랑에서 조금씩 치유가 되겠지."

마레스칼은 자기 영혼의 깊은 내면을 드러내며 냉소적으로 말했다. 그리고 잔인한 웃음을 보이며 덧붙였다.

"그리고 그게 다가 아니오, 브레작. 왜냐하면 여기서 게임을 끝내지 않을 거니까. 나는 끝까지 가고 말 거야."

브레작은 씁쓸하게 웃었다.

"더 멀리 가고 싶다고? 그럴 필요가 있을까?"

"더 멀리, 브레작. 아가씨가 저지른 일, 그건 완벽하지. 하지만 그 정도에서 그쳐야 할까?"

마레스칼은 브레작의 눈을 뚫어지게 쳐다보았다. 브레작은 중얼거렸다.

"무슨 뜻이오?"

"내가 무슨 말을 하는지 잘 알 텐데. 만일 당신이 몰랐다면, 그리고 그게 사실이 아니었다면 당신은 서명을 하지 않았을 거야. 그리고 내가 당신에게 이런 투로 말하는 것을 용납하지 않았을 테지. 당신의 체념, 그건 자백이야. 내가 당신에게 반말을 할 수 있는 것은 당신이 겁을 내고 있기 때문이야."

브레작은 반박했다.

"나는 아무것도 겁날 게 없어. 나는 이 불쌍한 아이가 제정신이 아니던 순간에 한 일에 대한 책임은 감수할 거야."

"그리고 당신이 한 일에 대한 책임도, 브레작."

"그 외에는 아무것도 없어."

마레스칼은 조용히 말을 이었다,

"그 외에는 과거가 있지. 현재의 범죄는 더 이상 얘기하지 말자고. 하지만 과거의 범죄는 어떤가, 브레작?"

"과거의 범죄? 무슨 범죄? 무슨 뜻이지?"

마레스칼은 주먹을 휘둘렀다. 그 행동은 그의 주장을 가장 강하게 표현하는 수단이었고, 그렇게 자신의 분노가 폭발했음을 나타냈다.

"설명을 하라고? 그건 내가 하고 싶은 말이야. 얼마 전 일요일 아침에, 세느 강변에 갔던 건 왜지? 그리고 빈 빌라를 감시한 이유는 뭐야? 그리고 당신이 자루를 든 남자를 쫓던 이유는? 자! 내가 당신의 기억을 환기시켜줘야 하나, 그 빌라는 당신 의붓딸이 살해한 두 형제의 집이고, 자루를 든 남자는 조도라는 사람이라는 사실을? 조도는 내가 추적하라고 지시해두었지. 두 형제의 동업자였던 조도. 그가 바로, 전에 내가 이 집에서 만났던 그 조도란 말이야. 자! 어쩌면 이렇게 모든 것이 다 관련이 되어 있을까! 이 모든 음모 간의 관계가 제대로 파악이 되는군!"

브레작은 어깨를 으쓱하고는 중얼거렸다.

"터무니없는 소리……. 바보 같은 추측이야."

"추측이라고? 그래. 전에 여기에 올 때마다, 그리고 내가 사냥개처럼 냄새를 맡을 때, 나는, 당신의 말과 행동에 당황과 망설임, 두려움이 배어 있다는 인상을 항상 받았었지. 하지만 얼마 전부터 그 추측들이 사실이라는 것이 조금씩 확인되었어. 그리고 우리가 그걸 확신으로 바꿀 거야, 브레작. 그래, 당신과 내가…… 그리고 당신은 그걸 피할 수 없을 거야. 부정할 수 없는 증거가 있지. 당신의 자백 말이야, 브레작, 당신이 자신도 모르

는 사이에 하게 될…… 지금…… 당장…….″

브레작은 그가 가져온 종이상자를 벽난로 위에 놓고 끈을 풀었다. 그 상자에는 병을 보호하기 위해서 넣어놓은 밀짚상자들이 들어 있었다. 마레스칼은 그중 하나를 꺼내서 브레작 앞에 내놓았다.

"자, 당신 이걸 기억하겠지? 바로 당신이 조도에게서 훔친 물건이야. 그리고 다시 내가 가져가고, 그 다음에 당신이 보는 앞에서 또 다른 사람이 내게서 훔쳐간 그 물건이지. 또 다른 사람이 누구냐고? 그건 바로 드 리메지 남작이지. 오늘 오후에 그 사람 집에서 이걸 찾았어. 자! 당신은 이제 내 기쁨을 이해하겠나? 이 병은 진짜 보물이지. 여기 있네, 브레작. 라벨과 어떤 물의 공식도 같이 있어. 청춘의 물이라……. 자, 보게, 브레작! 드 리메지가 여기에 마개를 끼우고 붉은 밀랍으로 봉해놓았더군. 잘 보라고……. 안에 돌돌 말린 종이가 보이지. 이게 분명 당신이 조도에게서 되찾으려던 것일 테지. 틀림없이 당신의 자백이겠지. 당신을 위험에 빠뜨릴 당신 필체의 종잇조각……. 아! 불쌍한 브레작…….″

마레스칼의 승리였다. 마레스칼은 밀랍을 떼어내고 병마개를 뽑으며 입에서 나오는 대로 감탄사를 내뱉으며 말했다.

"마레스칼이 전 세계적으로 유명해지겠군! 특급열차 살인자 검거! 브레작의 과거! 경찰과 법정에서 얼마나 큰 소동이 벌어지겠어? 소비노, 그 아가씨에게 채울 수갑을 가지고 있나? 라봉스와 또니를 불러. 아, 승리다. 완전한 승리야!″

마레스칼은 병을 거꾸로 들었다. 종이가 병 밖으로 나왔다. 그는 종이를 폈다. 달리기 선수가 결승점 너머까지 급하게 돌진하는 것처럼, 정신없이 내뱉는 자신의 말에 흥분한 마레스칼은, 자기가 하는 말의 의미를 생각하지도 않고 종이에 써 있는 글을 읽었다.

"마레스칼은 얼간이다."

행동보다 강한 말

　이 엉뚱한 문장으로, 방 안에는 놀라움으로 인한 침묵이 흘렀다. 마레스칼은 명치에 펀치를 맞고 곧 쓰러질 듯한 권투선수처럼 어안이 벙벙했다. 여전히 소비노에게 권총의 위협을 받고 있던 브레작도 어리둥절했다.
　갑자기 웃음소리가 터져 나왔다. 얼떨결에 나온 웃음이었지만, 어쨌든 분위기가 가라앉은 방 안에 쾌활하게 울려 퍼졌다. 그 웃음의 주인공은 오렐리였다. 몹시 당황해하는 마레스칼의 얼굴이, 정말로 적절하지 못한 때에 큰 소리로 웃고 있는 오렐리 쪽으로 향했다. 특히 그 우스운 문장을 큰 소리로 읽은 장본인이 바로 그 놀림의 대상이라는 사실이 너무 우스워서 오렐리는 눈에서 눈물이 날 지경이었다.

'마레스칼은 얼간이다!'

마레스칼은 불안한 기색을 감추지 않고 그녀를 주시했다. 어떻게 저 여인이, 적의 손아귀에 붙들린 것처럼 공포에 질린 이 상황에서, 저렇게 별안간 흥분해서 기뻐할 수 있을까?

'상황이 달라진 건가? 대체 뭐가 변한 걸까?'

그리고 그는 이 뜻밖의 웃음과 이번 싸움 시작부터 이상스러울 만큼 침착했던 오렐리의 태도가 관련이 있다고 생각했다. 그녀는 대체 뭘 기대하는 걸까? 그녀를 무릎꿇게 만들 만한 사건 한복판에서, 흔들리지 않는 믿음을 간직한다는 것이 가능할까?

마레스칼은 이 모든 것이 정말로 불쾌했다. 그리고 교묘하게 파놓은 함정이 있음을 짐작할 수 있었다. 조금이라도 지체하면 위험했다. 그러나 어느 쪽에서 위협이 오는 걸까? 그가 아무런 대비도 하지 않은 이 상황에서 공격이 가해진다는 것은 상상도 하기 싫은 일이었다.

"만일 브레작이 움직이면, 그에게는 안된 일이지만, 미간을 쏴버리게."

마레스칼은 소비노에게 명령했다. 그는 문으로 걸어가서 문을 열었다.

"그 아래는 별일 없나?"

"경관님?"

그는 계단 난간 위로 몸을 굽혔다.

"토니? 라봉스? 들어온 사람은 없나?"

"없습니다, 경관님. 하지만 그 위에서 말썽이 일어났나요?"
"아니…… 아니야……."

점점 더 어찌할 바를 모르게 된 마레스칼은 재빨리 서재로 돌아갔다. 브레작, 소비노 그리고 오렐리는 움직이지 않고 있었다. 단지…… 단지…… 놀랍고, 도저히 믿을 수 없고, 상상도 할 수 없는 터무니없는 일이 일어났다. 마레스칼은 다리를 움직일 수가 없었고, 문지방 위에서 몸이 얼어붙었다. 소비노가 입술 사이에 불을 붙이지 않은 담배를 물고서 불을 빌리려는 사람처럼 그를 바라보고 있었던 것이다.

악몽의 장면, 현실과 너무나 동떨어진 장면에, 마레스칼은 그 장면의 의미를 절대로 인정하고 싶지 않았다. 소비노는 단지 실수로 이런 긴박한 상황에서 담배를 피고 싶어서 불을 빌려달라고 하는 것뿐이다. 그는 나중에 그 실수에 대한 벌을 받을 것이다. 단지 그것뿐이다. 일부러 멀리서 설명을 찾을 필요가 없질 않은가? 그러나 서서히 소비노의 얼굴이 빈정대는 웃음으로 환해지기 시작했다. 그 얼굴에는 너무나 많은 교활함과 건방진 친절함이 드러나 있어서, 마레스칼이 아무리 달리 생각하려 해도 헛수고였다. 그의 머릿속에서는, 느낄 수 없을 만큼 서서히, 부하직원인 소비노가 이제는 경찰관이 아니라, 반대로, 적진으로 옮겨간 새로운 인물로 바뀌었다. 소비노, 그는…….

그의 업무에서 흔히 있는 상황이라면, 마레스칼은 이렇게 기괴한 일에 대항해서 싸웠을 것이다. 그러니 그 특급열차의 남자와 관련해서는, 가장 비현실적인 일들도 그에게는 자연스러워 보였다. 마레스칼은, 마음속 깊은 곳에서조차도 인정하고 싶지 않았고, 너무나 끔찍스러운 현실에 굴복하고 싶지도 않았지만, 자명한 사실 앞에서 어떻게 도망칠 수 있단 말인가? 어떻게 소비노가, 장관이 8일 전, 그에게 추천해 준 유능한 수사관인 그가, 아침에 체포한 악마 같은 그 인물, 현재 유치장에, 범죄인 신체측정과에 있어야 할 그 인물일 수 있단 말인가?

"또니!"

마레스칼은 두 번째로 서재에서 나가면서 소리를 질렀다.

"또니! 라봉스! 제기랄, 빨리 올라와!"

그는 이렇게 부하들을 부르고, 고함을 지르고, 길길이 날뛰며 마치 꿀벌이 창문 유리에 부딪히는 것처럼 계단에 몸을 부딪쳤다. 또니와 라봉스가 급히 달려왔다. 마레스칼은 더듬거리며 말했다.

"소비노……. 자네들은 소비노가 누구인 줄 아나? 소비노가 오늘 아침의 그 남자야. 눈앞에 있다가 탈출해서 변장을 하고는……."

또니와 라봉스는 기가 막힌 듯했다.

그들의 상사가 이상한 소리를 하고 있었다. 마레스칼은 그들을 방으로 밀어 넣고는 권총을 들었다.

"손들어, 이 강도야! 손들어! 라봉스, 자네도 저놈을 겨냥해."

소비노는 태연하게 책상 위에 작은 손거울을 세워놓더니 조심스럽게 변장을 지우기 시작했다. 그는 몇 분 전까지 브레작을 위협하던 자동권총까지 옆에 내려놓았다.

마레스칼은 앞으로 뛰어나가서 총을 집어들고 재빨리 물러나서 두 팔을 폈고 말했다.

"손들어, 안 그러면 쏜다. 내 말 안 들려, 이 불한당아?"

'불한당'은 별로 개의치 않는 것 같았다. 자신을 향하고 있는 두 개의 자동권총을 3미터 앞에 두고, 그는 볼에 만든 구레나룻과 눈썹을 진하게 만든 털을 뽑고 있었다.

"쏜다! 쏜다! 내 말 안 들려, 이 악당아? 셋까지 세고 쏘겠다! 하나…… 둘…… 셋."

"그건 바보 같은 짓이야, 로돌프."

소비노가 중얼거렸다.

하지만 로돌프는 바보 같은 짓을 해버렸다. 그는 이성을 잃었다. 그는 양손에 든 총을 마구 쏘아댔다. 피냄새에 취해서 부르르 떨리는 시신에 계속해서 단검을 찌르는 살인자처럼, 벽난로, 그림 할 것 없이 마구 방아쇠를 당겼다. 브레작은 이 연속되는 사격에 몸을 숙였다. 오렐리는 움직이려고 하지 않았다. 왜냐하면 그녀의 구원자가 그녀를 보호하려고 하지 않고 그냥 내버려두었기 때문이다. 그건 걱정할 필요가 없다는 의미였던 것이다. 그녀의 신뢰가 이 정도로 절대적이었기 때문에 그녀는 얼굴에 미소를 띨 수 있었던 것이다. 소비노는 기름이 묻은 손수건으로 얼굴의 붉은 기를 지웠다. 서서히 라울이 모습을 드러냈다. 여섯 번의 총성이 울렸다. 연기가 피어올랐다. 깨진 유리창, 대리석 파편소낙들, 구멍난 그림들…… 방 안은 습격을 당한 모습이었다. 자신의 광기가 창피해진 마레스칼은 흥분을 가라앉히고서 두 명의 부하에게 말했다.

"층계에서 기다리게. 부르면 즉시 들어와."

"저, 경관님."

라봉스가 넌지시 말했다.

"소비노가 이제는 소비노가 아니니까, 그를 묶어놓는 것이 나을 것 같습니다. 저놈은 지난주에 경관님이 데려오셨을 때부터 제 마음에 안 들었어요. 괜찮으십니까? 우리 셋이서 저놈을 잡을까요?"

"내가 시키는 대로 해."

마레스칼이 명령했다. 그에게는 3 대 1이라는 비율도 충분하지 않았다.

마레스칼은 부하들을 밀어내고는 문을 닫았다.

소비노는 변신을 끝내고서 상의를 뒤집고는 넥타이 매듭을 손보고 나서 일어섰다. 그는 완전히 다른 사람이었다. 조금 전까지만 해도 작고 약해 보이던 경찰관이 이제는 건장하고 대담하며 좋은 옷을 입은 우아하고 젊은 남자로 변모한 것이다. 마레스칼은 그에게서 항상 자신을 귀찮게 괴롭히는 인물의 모습을 발견했다.

"안녕하십니까, 아가씨?"

라울은 말했다.

"제 소개를 해도 될까요? 저는 드 리메지 남작입니다. 탐험가지요. 그리고 일주일 전부터는 경찰관입니다. 당신은 저를 바로 알아보셨죠? 그래요, 그런 줄 알았습니다. 아래층 현관에서……

그대로 계십시오, 하지만 계속 웃으세요. 아! 방금 전의 당신의 웃음소리는 얼마나 듣기가 좋았는지! 그리고 나에게는 얼마나 좋은 보상이었는지 모릅니다."

라울은 브레작에게 인사했다.

"안녕하십니까, 국장님."

그리고 나서 라울은 마레스칼 쪽으로 몸을 돌려서 그에게 유쾌하게 말했다.

"잘 있었나, 친구. 아! 그런데 자네는 나를 못 알아봤군! 아직까지도 내가 어떻게 소비노의 자리에 있는지 궁금해하는군. 왜냐하면 자네는 소비노의 존재를 믿었으니까! 전지전능하신 경관 나리! 소비노의 존재를 믿는데도, 경찰계에서 알아주는 인물이라니! 하지만 로돌프, 소비노는 존재한 적이 없어. 소비노는 가공의 인물이야. 존재하지 않는 인물이야. 장관의 부인을 좀 이용했지. 소비노를 칭찬하며 장관을 부추겨 자네와 같이 일하도록 만든 거야. 그렇게 해서 내가 열흘 전부터 자네를 도와서 일을 하게 된 거야. 다시 말하자면 내가 너를 옳은 길로 인도한 거지. 그리고 내가 너에게 드 리메지 남작의 거처를 알려준 것이고, 그날 아침 내가 나에게 체포된 거야. 그리고 내가 그 문제의 병을 내가 미리 감춰뒀던 곳에서 찾아낸 거고. 그 병은 근본적인 사실을 공포했지. 마레스칼은 얼간이다!"

마레스칼이 달려가서 라울의 목을 조를 것만 같았다. 하지만 그는 자제했다. 그리고 라울은 오렐리에게는 안심이 되고, 마레스칼에게는 채찍으로 때리는 듯한 그 놀리는 말투로 다시 말을 이었다.

"자네, 어디가 불편한가 보군, 로돌프? 대체 뭐가 자네를 성가시게 하나? 내가 감옥에 있지 않고 여기 있는 게 마음에 안 드나? 자네는 어떻게 내가 동시에 드 리메지로 감옥에 갔다가 소비노로 자네를 따라왔을까 궁금해하고 있지? 정말 어린아이 같군! 이 엉터리 형사야! 이봐, 로돌프, 그건 아주 간단해. 내가 준비한 내 집의 습격 때는 거금을 주고 어떤 사람에게 대신 드 리메지 남작의 역할을 시킨 거야. 남작과 가장 흡사하게 생긴 인물을 골라서, 오늘 생길 수 있는 어떤 불상사도 다 받아들이라고 지시했지. 내 오래된 하인의 안내를 받아서 자네는 황소처럼 그 사람에게 달려들었지. 그리고 나, 소비노는 곧바로 그의 얼굴을 스카프로 덮어버렸지. 그리고 유치장으로 출발!

결국, 위험한 드 리메지를 처치하고서 완전히 마음을 놓은 자네는 오렐리 양을 체포하러 온 거야. 내가 자유로운 상태였다면 감히 꿈도 못 꿀 일이지. 그런데 자네가 그렇게 해줘야 했어. 알겠나, 로돌프? 그렇게 해야 했다고. 우리 네 사람에게 이런 시간이 필요했거든. 다시 처음으로 되돌아가지 않게 하기 위해서 모든 것이 제대로 정리되어야 했으니까. 그리고 이제는 정리가 되었지, 안 그런가? 이제는 편히 숨을 쉴 수 있군! 그 수많은 악몽에서 헤어난 느낌이야! 앞으로 10분 후면 오렐리 양과 내가 인사하고 물러갈 걸 생각하면 자네도 기분이 좋겠지."

울화통을 터뜨리는 이런 빈정거림에도 불구하고, 마레스칼은 냉정을 되찾고 있었다. 그는 자신도 상대방처럼 침착해 보이고

자 했다. 그리고 무시하는 듯한 태도로 수화기를 들었다.

"여보세요. 경찰국 부탁합니다. …… 여보세요! 경찰국이죠? 필립 씨 좀 바꿔주십시오. …… 여보세요. 필립, 자넨가? …… 그래? 아! 벌써! 잘못된 걸 알았나? …… 그래, 나도 알고 있어. 그리고 내가 도저히 믿을 수 없는 것도 알고 있지. 잘 듣게. 부하 두 명과 같이 오게. 당장 여기로 와, 브레작의 집으로. 초인종을 눌러. 내 말 알아듣겠나? 1분도 지체할 시간이 없어."

마레스칼은 전화를 끊고 라울을 쳐다보았다.

"네놈은 너무 일찍 신분을 밝혔어."

이번에는 마레스칼이 비웃으며 말했다. 자신의 변화된 태도를 만족스러워하는 표정이었다.

"네 공격은 실패했다. 그리고 너는 반격이 어떨지 잘 알 테지. 층계참에는 라봉스와 또니가 있어. 그리고 여기는 나 마레스칼과 브레작이 있지. 브레작은 실상, 자네 편에 서서 별로 득 볼 것이 없어. 자, 네가 오렐리를 풀어주려는 환상을 가지고 있었다면, 이게 첫번째 충격이 되겠군. 그리고 20분 후면, 세 명의 경찰국 전문가들이 들이닥칠 거야. 그만하면 충분하겠나?"

라울은 신중하게 테이블의 가느다란 홈에 성냥을 세워놓고 있었다.

라울은 성냥 7개를 일렬로 나란히 세우고 한 개만 멀찍이 떨어뜨려서 세웠다.

"빌어먹을……."

라울은 말했다.

초록 눈의 아가씨 227

"7 대 1이라. 이건 좀 약하군. 너희들이 대체 어떻게 될까?"

라울은 조심스럽게 전화기 쪽으로 손을 내밀었다.

"전화를 써도 될까?"

마레스칼은 그를 주시하며 내버려두었다. 이번에는 라울이 수화기를 들었다.

"여보세요. 엘리제 22.23 부탁합니다. …… 여보세요. 대통령 각하십니까? 대통령 각하, 마레스칼에게 보병 1개 대대를 급히 보내주십시오."

불같이 화가 난 마레스칼은 그에게서 전화를 빼앗았다.

"장난은 이제 그만 쳐, 알겠나? 장난하려고 여기에 온 건 아닐 테지. 네 목적이 뭐야? 뭘 원하는 거야?"

라울은 유감이라는 몸짓을 해 보였다.

"자네는 농담을 이해 못하는군. 좀 웃자고 하는 거야. 지금 아니면 다시는 이렇게 웃고 즐길 기회가 없을 거야."

"어서 말해봐."

마레스칼이 다그쳤다. 오렐리가 애원했다.

"제발……."

라울은 웃으며 말했다.

"아가씨, 아가씨는 경찰국의 '부하들'이 겁이 나는군요. 그래서 당신은 우리가 인사도 없이 가버렸으면 하는군요. 당신이 맞아요. 그렇지만 얘기를 합시다."

그의 목소리가 더 진지해졌다.

"그래, 얘기를 하자고……. 자네가 그러길 바라니까, 마레스칼. 말하는 것만큼 중요한 게 바로 행동하는 거야. 그리고 어떤 것도 분명한 현실만한 가치가 없지. 내가 이 상황을 장악하고 있는 건, 그건 아직도 자네가 모르는 비밀에 싸인 이유 때문이야. 그러나 나의 승리를 확고히 하려면 그 이유들을 밝혀야겠지. 자네를 납득시키기 위해서도 그렇고……."

"납득시키다니, 뭘?"

"오렐리 양의 결백을 말이야."

라울이 분명하게 말했다.

"오! 오!"

마레스칼은 빈정거렸다.

"그녀가 살인을 하지 않았다?"

"그래."

"그럼, 너도, 안 죽였겠군?"

"나도 안 죽였지."

"그럼 대체 누가 죽인 거지?"

"우리 말고 다른 사람들이."

"거짓말!"

"사실이야. 마레스칼, 자네는 이 사건의 처음부터 끝까지 다 틀렸어. 내가 몬테카를로에서 자네에게 했던 말을 다시 반복하지. 나는 오렐리 양을 잘 몰라. 내가 보꾸르 역에서 그녀를 구했을 때, 나는, 그녀를 한 번, 그날 오후에 오스만 가의 카페에서 슬쩍 본 적이 있었을 뿐이야. 나와 그녀가 약간의 대화를 나누게 된 것도 생뜨마리에 가서야. 그런데 그 대화 중에 그녀는 항상 특급열차에서 있었던 살인사건에 대한 얘기는 피했지. 그리고 나는 한 번도 그 일에 대해서 물어보지 않았어. 진실은 그녀의 개입 없이 밝혀졌어. 그건 내가 부단히 노력한 결과이고, 특히 그런 순수한 얼굴을 한 사람은 범인이 아니라는 본능적이지만 논리만큼 탄탄한 나의 확신 덕분이지."

마레스칼은 어깨를 으쓱했지만 아무런 반박도 하지 않았다. 마레스칼은 이 묘한 인물이 사건을 어떻게 해석하는지 알고 싶은 호기심이 생겼다.

그는 시계를 보고 빙그레 웃었다. 필립과 경찰국의 '부하들'이 점점 다가오고 있었다.

브레작은 아무것도 이해하지 못한 채 이야기를 들으며 라울을 보고 있었다. 오렐리는 갑자기 불안해져서 그에게서 눈을 떼지 않았다.

라울은 무의식중에 마레스칼이 썼던 용어들을 사용해 가면서 말을 시작했다.

"그러니까, 4월 26일, 마르세이유행 특급열차의 5번 객차에는 4명의 승객밖에 없었소. 영국인인 베이크필드 양……."

그러나 그는 갑자기 말을 멈췄다. 그리고 몇 초 동안 고심을 하다가 결심한 듯 다시 말했다.

"아니, 이런 순서로 이야기를 진행하면 안 되지. 더 위로, 사건의 원천으로 거슬러 올라가서 이야기를 전개해야지. 이야기는 두 시대를 배경으로 하지. 나는 몇 가지 상세한 사항은 몰라. 하지만 내가 아는 것, 그리고 확실하게 짐작할 수 있는 것만으로도 모든 것을 명확히 설명하고 연결고리를 찾는 데 충분해."

그리고 라울은 천천히 이야기를 시작했다.

"약 18년 전에, 숫자를 다시 말해주지, 마레스칼. 18년, 다시 말하자면 이야기의 첫번째 시대야. 그래, 18년 전, 셰르부르에서 네 명의 젊은이가 정기적으로 카페에서 만나곤 했지. 그들은 자끄 앙시벨, 루보, 조도 그리고 해양 사무국 사무관인 브레작이라는 사람이었어. 그들의 관계는 형식적이어서 오래가지 못했어. 그리고 브레작 이외의 세 사람은 정의와는 동떨어진 사람이었지. 브레작은 자신의 직업적인 위치 때문에 그런 사람들과 어울릴 수 없었어. 게다가 그는 결혼해서 파리에서 살게 됐지.

그는 한 미망인과 결혼했는데, 그 여인은 오렐리 다스또라는 어린 딸이 있었어. 그 여인의 아버지는 에띠엔느 다스또라는 사람으로, 지방 출신의 발명가이자 항상 비밀스럽게 뭔가를 찾아다니는 사람이었지. 그는 여러 번 큰 재산을 손에 넣을 뻔도 했어. 아니면 큰 재산을 갖게 해줄 수 있는 커다란 비밀을 발견할 뻔도 했지. 마침내 그 딸이 브레작과 결혼하기 얼마 전에 그 기적 같은 비밀을 찾았어. 적어도 그는 브레작 모르게 자신의 딸에게 보내는 편지에서 그렇게 주장했지. 그리고 그것을 증명하기 위해서 그는 딸을 어린 오렐리와 함께 집으로 불렀어. 몰래 한 여행이었지만 불행하게도 브레작이 알아버렸지. 하지만 오렐리가 생각하는 것처럼 나중에야 안 것이 아니라 바로 알아챘던 거야. 그래서 브레작은 아내에게 물었지만, 그녀는 아버지에게 맹세했던 것처럼 중요한 내용에 대해서는 입을 다물었어. 그녀는 그녀가 갔던 장소를 말하기를 거부하고, 브레작에게는 자기 아버지가 어떤 장소에 보물을 묻어둔 것으로 믿도록 몇 가지 고백만을 했던 거지. 어디에? 그리고 왜 그때 바로 그 보물을 찾아서 부를 누리려고 하지 않지? 부부 사이가 점점 힘들어졌어. 브레작은 에띠엔느 다스또를 괴롭히고, 대답을 하지 않는 아이에게 묻고, 아내를 학대하고 협박하고, 결국 그는 점점 더 흥분했어. 그런데 두 가지 사건이 차례로 일어나서 그의 분노가 극에 달했지. 바로 그의 아내가 늑막염으로 죽은 거야. 그리고 그는 장인이 심각한 병에 걸려서 곧 죽을 거라는 걸 알았지. 브레작에게 그건 엄청난 공포였어. 에띠엔느 다스또가 말을 하지 않는다면 그 비밀은 어떻게 될까? 에띠엔느 다스또가 그것을 자기 손녀인 오렐리에게 '성년 선물'(이 표현은 편지들 가운데 하나에 나와 있지)로 물려주지 않는다면, 보물은 어떻게 될까? 그럼, 뭐야, 브레작은 아무것도 얻지 못하는 건가? 그가 추측했던 엄청난 부가 그의 곁을 스쳐서 그냥 사라져버린단 말인가? 그는 어떤 대가를 치르고서라도 반드시 알아내야 했어. 어떤 방법을 사용해서라도…….

그 방법이라는 것이 불행한 우연으로 그에게 왔지. 브레작은 사건을 하나 맡아서 절도를 저지른 범인을 추적하고 있었는데, 예전에 셰르부르에서 친구였던 조도, 루보, 앙시벨, 이 세 사람을 붙잡게 된 거야. 브레작에게는 대단한 유혹이었지. 그는 유혹에 굴복해서 그들에게 보물이야기를 했어. 곧 계약은 성립되었지. 그 세 건달에게 그건 즉각적인 자유를 의미했지. 그들은 죽어 가는 에띠엔느 다스또가 머무르던 지방의 마을로 가서 온갖 방법을 다 동원해서 필요한 단서들을 알아내려고 했지. 그런데 그 계획이 실패로 돌아가고 말았어. 한밤중에 세 명의 악당들에게 습격을 당한 다스또가 대답을 강요당하고 학대를 당하다가 아무 말도 없이 죽어버린 거야. 세 사람의 살인자는 도망쳤지. 브레작은 아무런 이득도 얻지 못한 이 범죄가 양심에 가책으로 남았어."

라울은 잠시 말을 멈추고 브레작을 쳐다보았다. 브레작은 아무 말도 하지 않고 있었다. 그는 말도 안 되는 이 고발에 대해 반박하기를 거부하는 것일까? 아니면 시인하는 것일까? 그는 이 모든 것에 무관심한 듯이 보였다. 그리고 그렇게 끔찍한 과거를 들춰내는데도 그의 현재 괴로움을 가중시키지는 못하는 것 같았다.

오렐리도 얼굴을 두 손으로 감싸고 아무런 표정을 보이지 않은 채 듣고 있었다. 그러나 마레스칼은 점점 침착함을 되찾고 있었다. 그는 라울이 자신 앞에서 이렇게 중대한 사안들을 밝히고, 그의 오랜 적수인 브레작의 손발을 포박해서 자신에게 넘겨주는 것에 놀라고 있었다. 그는 다시 한 번 시계를 보았다.

라울은 말을 이었다.

"결국 그 범죄는 아무 소득이 없었지만, 그 결과는 심각하게 드러나게 되었지. 비록 경찰에서는 이 사실을 전혀 몰랐지만. 우선, 공범들 가운데 한 명인 자끄 앙시벨은 두려운 나머지 미국으로 건너갔어. 떠나기 전에 그는 그 사실을 자기 아내에게 고백했지. 그의 아내는 브레작에게 가서 자신을 소개하고 즉각 신고하겠다고 협박하면서, 에띠엔느 다스또에 대한 범죄의 모든 책임이 브레작에게 있으며 세 사람은 결백하다는 내용을 종이에 써서 서명할 것을 강요했어. 브레작은 겁이 나서 바보처럼 사인을 하고 말았지. 그 종이를 건네받은 조도는 루보와 함께, 에띠엔느 다스또의 베개 밑에서 발견한 병에 종이를 넣어서 봉했지. 그리고 혹시나 하고 그것을 간직해온 거야. 그때부터 그들은 브레작을 손아귀에 넣은 것이고 그들이 원하는 대로 조종했지.

그를 손아귀에 넣었지만 그들은 똑똑한 악당이었어. 그들은 협박을 해서 그를 지쳐버리게 하기보다는 그가 행정부에서 승진을 하도록 내버려두었어. 결국, 그들은 한 가지 생각밖에는 없었어. 브레작이 경솔하게 그들에게 말해버린 그 보물을 발견하는 거였지. 그런데 브레작은 아직 아무것도 모르는 거야. 그 누구도 몰랐지, 그 누구도……. 단지 그 주위 풍경을 본 어린 딸을 제외하고는 말이야. 그 아이는 영혼의 신비 속에서 고집스럽게 침묵을 지키고 있었어. 그래서 기다리면서 감시를 해야 했지. 그녀가, 브레작이 그녀를 가둬두었던 수녀원에서 나오면, 그때 행동을 개시하리라.

그리고 2년 전, 그녀가 수녀원에서 돌아온 다음 날, 브레작은 조도와 루보에게서, 보물을 수색하기 위해서 그들이 전적으로 그의 지시에 따를 준비가 되어 있다는 짤막한 전갈을 받았다네. 그는 아이에게 말을 해야 했지. 아이에게 그 사실을 알려야 했어. 그렇지 않으면…….

　브레작에게 그것은 청천벽력과도 같았어. 12년이 지난 그때, 그는 과거의 그 사건이 완전히 묻혀지길 바랐던 거지. 그는 더 이상은 보물에 관심이 없었어. 그 사건은 그에게 그가 공포스러운 범죄를 떠올리게 했고, 오직 두려움으로만 기억되는 시기를 떠올리게 했기 때문이지. 그런데 이제 그 모든 공포가 어둠 속에서 기어 나오는 거야! 예전의 동지들이 다시 나타난 거지! 조도는 그때까지 그를 귀찮게 하고 그를 집요하게 괴롭혔지. 어떻게 해야 하나?

　그 질문은 생각하고 말고 할 게 없었어. 그가 원하던 원하지 않던 간에 복종해야 했으니까. 다시 말하면, 자기의 의붓딸을 괴롭혀서 그녀가 말하도록 만들어야 했던 거야. 게다가 그 자신도 부자가 되고 싶은 욕심에 다시 사로잡혀서 그렇게 하기로 결심했지. 하루도 빠짐없이 질문과 언쟁, 협박이 계속됐지. 그 불쌍한 딸은 자신의 생각과 기억 속에서 쫓겨다닌 거야. 너무도 어린 그녀는 몇 가지 희미한 모습과 인상들을 자신의 내면 깊은 곳에 가두고 문을 닫아버렸지. 그들은 계속해서 문을 두드렸어. 그녀는 살고 싶었지만 그들이 그걸 허락하지 않았어. 그녀는 즐겁게 지내고 싶었어. 가끔은 즐겁게 지내기도 했지. 친구들도 만나고, 연극도 하고, 노래도 하고……. 하지만 집으로 돌아오면 매 시간이 학대의 연속이었어.

　그 학대에 더해서 더욱 추악한 것이 있었지. 그건 언급하기조차 싫군. 그건 바로 브레작의 사랑이었어. 거기에 대해서는 애기하지 말지. 그 점에 대해서는 자네도 나만큼 잘 알고 있으니까, 마레스칼. 자네가 오렐리 다스또를 보자마자 브레작과 자네 사이에는 경쟁자 간의 무자비한 증오가 생겨났지 않은가.

그렇게 해서 조금씩 불쌍한 피해자인 오렐리에게는 도주만이 유일한 탈출구 같았어. 그녀는 브레작이 내키지 않지만 용인하고 있는 기욤이라는 인물에게서 용기를 얻었지. 기욤은 셰르부르의 옛 동지의 아들이었어. 앙시벨 부인이 그를 따로 데리고 있었지. 그는 그때까지, 아주 교묘하게 의심을 사지 않으면서 어둠 속에서 자신의 일을 했던 거야. 어머니가 시키는 대로 행동하면서 그는, 오렐리가 사랑을 하게 되는 날, 그녀가 자유롭게 자신의 비밀을 약혼자에게 말할 것이라는 걸 알고, 그녀가 자신을 사랑하게 되기를 꿈꿨지. 그는 오렐리에게 도와주겠다고 제안했어. 그는 그녀를 남부지방으로 데려갔지. 바로 거기서 그는 할 일이 있었던 거야.

그리고 4월 26일에 도착했어.

새겨듣게, 마레스칼. 이날 사건의 범인들이 어떤 상황에 있었고 일이 어떻게 벌어졌는지. 우선, 오렐리 양은 감옥 같던 집에서 도망쳐 나왔어. 앞으로의 자유에 행복해진 오렐리는 마지막 날, 오스만 가의 카페에서 의붓아버지와 차를 마시는 것을 승낙했어. 그녀는 거기서 자네를 우연히 만난 거야. 소동이 빚어지고 브레작은 그녀를 집으로 데려왔어. 그리고 그녀는 집에서 도망쳐 나와서 역에서 기욤 앙시벨을 만났지.

기욤은 이 기회에 두 가지 일을 추진했어. 우선 오렐리를 유혹하는 거지. 그리고 동시에 니스에서 그가 속해 있는 강도단의 그 유명한 베이크필드 양의 지휘 아래 절도를 저지르는 거야. 그리고 결국, 불행한 베이크필드 양은 그렇게 자신은 아무런 역할도 하지 않은 사건에서 희생되었던 거야.

이제 조도와 루보 형제가 남았군. 그 세 사람은 너무나 능수능란하게 행동했기 때문에 기욤과 그의 어머니는 그들이 다시 나타나서 자신들과 경쟁을 하고 있다는 사실을 몰랐어. 그러나 그 세 사람은 기욤의 모든 술책을 지켜보고 있었고 그들은 집에서 일어나고 계획되는 모든 일을 다 알고 있었어. 그들은 4월 26일에 거기에 있었어. 그리고 이미 계획은 준비되어 있었지. 오렐리를 납치해서 무슨 수를 써서라도 그녀가 입을 열게 만든다는 게 그들의 계획이었어. 이해하겠지?

그럼 이제 열차 안의 자리 배치를 한 번 보도록 하자고……. 우선 5번 객차. 객차 끝부분에 베이크필드 양과 드 리메지 남작이 있고, 앞쪽에 오렐리와 기욤 앙시벨이 있어. 이해되나, 마레스칼? 객차 앞쪽에는 이제까지 생각했던 것처럼 루보 형제가 있었던 것이 아니라 오렐리와 기욤이 있었어. 루보 형제와 조도는 다른 곳에 있었어. 그들은 마레스칼 자네가 타고 있던 4번 객차에 있었던 거야. 커튼 뒤에 숨어서……. 이해하겠나?"

"그래."

마레스칼은 낮은 목소리로 말했다.

"아직 희생자는 없었어. 그리고 기차는 달렸지. 2시간이 지났어. 라로슈 역에 도착했지. 그리고 다시 출발. 바로 그때였어. 4

번 객차에 타고 있던 세 남자, 즉 조도와 루보 형제가 그들의 어두운 열차 칸에서 나왔어. 그들은 복면을 하고 회색 작업복을 입고 모자를 썼지. 그들은 5번 객차로 들어갔어. 들어가자마자 왼쪽에 잠들어 있는 두 사람의 모습이 보였지. 한 남자와 금발인 듯한 한 여자. 루보 형제 중 형과 조도는 일을 서둘렀고 나머지 하나는 망을 봤지. 남작은 얻어맞고 몸을 묶였어. 여자는 저항을 했지. 조도는 그녀의 목을 잡고 나서야 실수를 한 것을 알았던 거야. 그녀는 오렐리가 아니었어. 똑같은 금발머리의 여자였던 거야. 그때 루보 형제 중 동생이 돌아와서 두 공범을 복도 끝, 진짜 기욤과 오렐리가 있는 곳으로 데려갔지. 그러나 거기서 모든 것이 바뀌었어. 기욤이 소리를 들은 거지. 그는 방어를 했어. 그는 총을 가지고 있었고 싸움은 즉각 끝이 났지. 두 발의 총성이 울리고 루보 형제는 쓰러졌고 조도는 도망쳤지.

동의하는 거지, 마레스칼? 자네의 실수이고 처음의 내 실수이며, 검찰의 실수이기도 하고, 결국 모두의 실수인 셈이지. 모두 외양만을 보고 판단했던 거야. 또한 범죄가 일어났을 때, 죽은 사람들은 피해자들이고 도망친 사람들은 범인들이라는 아주 논리적인 규칙에 따라서 판단한 거야. 우리는 그 반대의 일도 일어날 가능성을 고려하지 않은 거지. 즉 습격한 사람들이 죽었을 수도 있고, 습격을 받은 사람들이 무사히 도망칠 수 있다고는 생각하지 못한 거야. 게다가 기욤은 바로 도망칠 수밖에 없었지. 그렇지 않으면 결국 모든 것이 허사가 되고 마니까 말이지.

기욤은 경찰이 자신의 계획에 개입하는 것을 용납하지 않았어. 수사가 조금만 진행되어도 수상한 그의 존재가 완전히 드러날 테니까. 그가 체념할까? 해결책이 자기 손이 닿는 곳에 있는데 포기한다는 건 너무 바보 같은 짓이야. 그는 주저하지 않고 자신의 동행을 혼란에 빠뜨리고, 그녀에게 사건이 얼마나 큰 파장을 불러일으킬지를 말해줬지. 그녀와 브레작에게는 스캔들이었지. 무기력해지고 머릿속이 뒤죽박죽이 된 그녀는 자신이 목격한 사건과 두 구의 시체 때문에 공포에 질려서 시키는 대로 했지. 기욤은 그녀에게 강제로 루보 형제 중 동생의 복면과 작업복을 입게 했어. 그리고 자신도 옷을 입고, 뒤에 아무것도 남겨놓지 않기 위해서 가방을 가지고 그녀를 끌고 갔지. 그리고 그들은 둘 다 복도를 따라서 뛰었어. 그러다가 검표원을 만났고 기차에서 뛰어내린 거야. 1시간 후에, 숲에서의 공포스러운 추격전 끝에 오렐리는 체포되었고 감금되어 앙심이 깊은 집요하고 냉혹한 마레스칼의 면전에 내던져졌던 거야. 그리고 어찌할 바를 몰랐지.

다만, 그때 돌발사태가 생겼어. 내가 무대에 등장한 거지……."

라울은 상황의 심각성도, 그 저주받을 밤에 대한 기억으로 눈물 흘리는 오렐리의 고통스러워하는 모습도 아랑곳하지 않고, 관객들의 열렬한 반응을 확신하며 무대에 등장하는 배우처럼, 당당하게 자리에서 일어나서 문까지 갔다기 당당히게 돌아와서 자리에 앉았다.

"내가 무대에 등장했지."

라울은 만족한 웃음을 지으며 되풀이하여 말했다.

"나설 때가 되었으니까. 나는 자네도, 악당의 무리들과 바보들의 한가운데서 한 선량한 남자가 아무것도 모르는 상태에서 단지 여자가 초록 눈을 가졌다는 이유만으로 고통당하는 결백한 여인의 수호자의 역할을 한 것을 보고 기뻤을 거라고 확신하네. 결국 확고한 의지, 예리한 시각, 기꺼이 도움을 주는 손, 자비로운 마음을 가진 사람이 나타난 것이지! 그게 바로 드 리메지 남작이야. 그가 나타난 그 순간부터 모든 것이 제자리를 찾아갔지. 상황은 마치 착한 어린아이들처럼 뜻하는 대로 풀려나갔고 사건은 웃음과 유쾌한 기분으로 매듭지어졌어."

두 번째로 라울은 방을 거닐었다. 그러고는 오렐리에게 몸을 숙이고서 말했다.

"왜 울고 있습니까, 오렐리? 이 모든 추한 일은 이제 다 끝났어요. 그리고 마레스칼도 당신의 결백을 인정하고 그 앞에서 무릎을 꿇는데, 왜 우십니까? 울지 마십시오, 오렐리. 나는 항상 결정적인 순간에 등장합니다. 그건 일종의 습관이죠. 나는 절대로 내가 등장할 순서를 놓치지 않습니다. 그날 밤에도 보셨죠. 마레스칼이 당신을 감금했지만 제가 당신을 구해냈습니다. 이틀 후에, 니스에서는 조도가 그랬지만 내가 당신을 구했죠. 몬테카를로와 생뜨마리에서 마레스칼이 다시 나타났지만 나는 당신을 구했습니다. 그리고 방금 전에도 제가 있지 않았나요? 그런데도 걱정을 하고 계십니까? 모든 것이 끝났습니다. 우리는,

경찰 두 명이 도착하고 보병들이 집을 포위하기 전에 조용히 떠나기만 하면 되는 겁니다. 안 그런가, 로돌프? 자네가 가로막지는 않을 거고. 오렐리 양은 자유의 몸이지? 자네, 정의감과 예의범절을 만족시키는 결말이 마음에 들지, 안 그래? 자, 갈까요, 오렐리?"

그녀는 조심스럽게 다가왔다. 하지만 완전히 이긴 것이 아니라는 것을 느끼고 있었다. 문 앞에 마레스칼이 냉혹한 모습으로 서 있었다. 브레작도 그 옆에 섰다. 공통의 이해를 위해, 두 남자가 손을 잡은 것이다.

피

　　라울은 문으로 다가가서 브레작은 거들떠보지도 않은 채 차분한 목소리로 마레스칼에게 말했다.
"인생은 참 복잡한 것 같아. 왜냐하면 우리는 인생을 단편적으로도, 예기치 않게 떠오르는 번득이는 생각으로도 보지 않으니까. 그 특급열차 사건도 마찬가지야. 마치 신문연재소설 내용처럼 복잡하게 얽혀 있지. 사건들은 마치 계획된 순서대로 터지지 않는 폭죽처럼 되는 대로 발생하지. 하지만 명석한 사람은 그것들을 다 제자리에 가져다 놓는다네. 그러면 마치 역사의 한 페이지처럼, 모든 것이 논리 정연하고 간단하면서 조화롭고 자연스러워지는 거야. 내가 방금 자네에게 읽어준 것이 바로 그

역사의 페이지야, 마레스칼. 이제 자네는 사건의 진상을 알고 오렐리 다스또가 결백하다는 것도 알지 않나. 그녀를 그냥 가게 내버려두게."

마레스칼은 어깨를 으쓱했다.

"아니."

"고집 부리지 말게, 마레스칼. 나는 지금 농담하는 게 아니야. 빈정거리는 것도 아니고. 자네도 알겠지. 나는 단지 자네에게 자네의 실수를 인정하라는 거야."

"내 실수?"

"그럼. 그녀는 살인을 하지 않았고, 그녀는 절대 공범이 아니고, 오히려 피해자니까."

마레스칼은 비웃었다.

"만약 그녀가 살인을 하지 않았다면, 왜 도망을 쳤겠나? 기욤의 경우엔, 도주하는 것이 가능하다고 인정해. 하지만 그녀는? 그래서 그녀가 뭘 얻는데? 그리고 왜 그 후로 그녀는 아무런 말도 하지 않은 거지? 처음에 그녀가 경찰들에게 '나는 예심판사와 이야기하고 싶어요, 나는 예심판사에게 말하고 싶어요.'라며 하소연했던 것 말고는 말이야. 그 말 외에는 침묵하고 있었어."

"좋은 지적이야, 마레스칼."

라울은 인정했다.

"거기에 대해서 이의를 제기할 만도 해. 나 역시도 그 침묵으로 인해서 당황했네. 그녀가 심지어 나에게까지 굽히지 않은 그 완강한 침묵이 그녀를 위태롭게 했어. 내게 고백을 했더라면 내 조사에 대단히 도움이 되었을 텐데 말이야. 하지만 그녀의 입은 굳게 다물어져 있었지. 그리고 여기, 이 집에서 와서야 나는 그 문제를 풀었네. 내가 당신이 아픈 동안 당신의 서랍을 뒤진 걸 용서해주길. 그럴 수밖에 없었거든. 마레스칼, 이 글을 읽어보게. 브레작에 대해서 제대로 파악했던 그녀의 어머니가 죽어가면서 그녀에게 남긴 지시사항들 가운데에 이런 말이 있어. '오렐리, 무슨 일이 생기든, 네 의붓아버지가 어떤 행동을 하든 간에, 그를 비난하지 말아라. 네가 그 대신에 고통을 받아야 한다고 해도, 그가 죄를 지었다고 해도, 그를 옹호해라. 그는 이 엄마의 남편이니까.'"

마레스칼은 반박했다.

"하지만 그녀는 브레작의 범죄를 몰랐어! 그리고 알았더라도 그 범죄가 특급열차의 습격과는 아무런 상관이 없다고 생각했을 거야. 그러니 브레작이 거기에 연루될 수 없지."

"있어."

"누구에 의해서?"

"조도에 의해서……."

"어떻게 그걸 증명하지?"

"기욤의 어머니인 앙시벨 부인이 내게 한 고백이지. 내가 파리에서 그녀가 살고 있는 곳을 찾아내서, 큰돈을 주고 그녀가 알고 있는 과거와 현재의 모든 것에 대한 고백을 받아냈지. 그런데 그 아들의 말이, 특급열차에서 오렐리의 눈앞에서 죽은 형제들 옆에 있던 조도가 복면이 벗겨져서 정체가 탄로 나자 주먹을 휘두르며 '오렐리, 만일 네가 이 사건에 대해서 한마디라도 한다거나 네가 나에 대해서 이야기해서 내가 체포되면, 나는 예전 범죄에 대해서 불어버릴 거다. 다스또의 네 할아버지를 죽인 사람은 바로 브레작이야.'라고 했다는 거야. 니스에서부터 계속된 이 협박이 오렐리 다스또를 동요하게 만들었고 그녀를 침묵하게 했던 거지. 제 말이 사실입니까, 오렐리 양?"

오렐리는 중얼거렸다.

"정확한 사실이에요."

"이렇게 되면, 자네도 보다시피 자네의 이의는 기각이네, 마레스칼. 피해자의 침묵이 자네에게는 의심을 불러일으켰지만, 오히려 그게 그녀에게 유리한 증거야. 두 번째로 말하는데, 그녀를 그냥 가게 두게."

"아니."

마레스칼은 발을 구르며 말했다.

"왜지?"

마레스칼의 분노가 일시에 폭발했다.

"왜냐하면 나는 복수를 원하니까! 나는 스캔들을 원해! 나는 사람들이 모든 것을 다 알게 되기를 바라, 기욤과의 도주, 체포, 브레작의 범죄! 나는 그녀의 명예가 실주되기를 바라고 그녀가 수치당하기를 바라. 그녀는 나를 거부했어. 그녀는 그 대가를 치러야 해. 그리고 브레작도 대가를 치러야 해! 자네는 멍청하게도 내게 부족했던 상세한 부분들을 알려줬어. 나는 브레작을 손에 넣었어. 그리고 여자도 마찬가지고. 내가 생각했던 것보다 더 나은 결과야. 그리고 조도, 앙시벨 가족! 범죄 집단 전체를 잡았어. 누구도 도망치지 못할 거야. 그리고 오렐리도 마찬가지야!"

그는 분노로 흥분하여 이성을 잃고는 문 앞에 서서 문을 가로막았다. 층계참에서는 라봉스와 또니의 소리가 들렸다.

라울은 테이블 위에 놓여 있는 병에서 꺼낸 종잇조각을 집어 들고는 거기에 써 있는 글을 읽었다.

"마레스칼은 얼간이다."

그는 대강 그 종이를 접어서 마레스칼에게 내밀었다.

"자, 친구, 이걸 액자에 넣어 자네 침대 머리맡에 걸어두게."

"그래, 그래, 웃어라."

마레스칼은 말했다.

"웃고 싶은 만큼 웃어. 하지만 너도 내 손아귀에 있어, 너도! 아! 처음부터 너는 나를 골탕먹였어. 그래, 담배를 가지고 말이야! '불 좀 빌려주시죠.' 그래, 불을 빌려주지! 감옥에서 평생 그 불로 담배를 피우게 해주마! 그래, 네가 나왔다가 곧 다시 들어갈 그 감옥에서 말이야. 감옥 말이야 감옥. 내가 너와 싸우느라고 네 변장을 꿰뚫어보지 못할 거라고 생각했다니! 네가 누구이고 네 정체를 밝히는 데 필요한 증거를 가졌을 리가 없다고 생각했나? 오렐리, 이 남자를 봐. 당신 애인을 보라고. 당신이 만일 이 사람이 누구인지 알고 싶다면 사기꾼들의 왕을 생각해봐. 강도들 가운데 가장 신사다우면서 전문가 중의 전문가. 결국 드리메지 남작이라는 가짜 귀족에 가짜 탐험가에 다름 아닌……."

그는 말을 멈췄다. 아래서 초인종이 울렸다. 필립과 그의 부하들이었다. 그들이 틀림없었다. 마레스칼은 두 손을 비비며 길게 숨을 들이쉬었다.

"아무래도 이제 네놈도 끝장인 것 같군, 뤼팽, 어떻게 생각하나?"

라울은 오렐리를 주시했다. 뤼팽이라는 이름을 듣고 그녀가 놀란 것 같지는 않았다. 그녀는 걱정스럽게 밖에서 나는 소리를 듣고 있었다.

라울이 말했다.

"불쌍한 초록 눈의 아가씨. 당신의 믿음은 아직도 완전하지 못해요. 대체 그 필립이라는 사람이 무슨 구실로 당신을 괴롭히겠어요?"

라울은 창문을 반쯤 열고는 아래 인도에 있는 사람들 중 한 사람에게 말을 걸었다.

"경찰국에서 온 필립이라는 사람 맞죠? 그러면…… 당신의 부하 세 명(이럴 수가, 그들은 셋이었다!)은 제쳐두고, 당신, 당신은 나를 못 알아보겠소? 드 리메지 남작이오. 서둘러요! 마레스칼이 당신을 기다리고 있소!"

그는 창문을 다시 닫았다.

"마레스칼, 계산은 이렇군. 한쪽에는 네 명이 있고……. 그리고 다른 셋이 더 있고……. 왜냐하면 나는, 브레작은 계산에 넣지 않으니까……. 브레작은 사건에 별 관심이 없는 것 같아. 그러니 다 합쳐서 담대한 남자 일곱이니 나 정도는 간단히 해치우겠군. 떨리는데! 그리고 초록 눈의 아가씨도 떨리기는 마찬가지일 거야."

오렐리는 억지로 웃으려고 했지만 몇 마디 말을 알아들을 수 없을 정도로 빠르게 중얼거렸을 뿐이다.

마레스칼은 층계참에서 기다렸다. 현관문이 열렸다. 황급히 계단을 올라오는 발소리가 들렸다. 이윽고 마레스칼은 줄만 풀어주면 사냥감에 달려드는 사냥개들처럼 당장에 덮칠 준비가 되어 있는 남자 여섯 명을 수하에 거느리게 되었다. 마레스칼은 그들에게 낮은 목소리로 명령을 내리고는 흡족한 얼굴로 다시 서재로 들어왔다.

"불필요한 싸움은 하지 않겠지, 안 그런가, 남작?"

"싸움은 필요 없지, 후작. 푸른 수염(17세기 작가 페로의 작품에 나오는 주인공. 6명의 아내를 죽이고 일곱 번째 아내를 살해하려다 오히려 피살되었다)의 아내들처럼 당신들 일곱을 다 죽인다는 건 생각만 해도 끔찍해."

"그럼, 나를 따라오겠나?"

"세상 끝까지라도."

"물론, 조건 없이?"

"있지, 한 가지 조건이 있지. 내게 간식거리를 줘."

"좋아. 마른 빵하고 개들이 먹는 비스킷, 그리고 물을 주지."

마레스칼은 농담을 했다.

"아니."

라울은 말했다.

"그럼, 뭐가 먹고 싶나?"

"자네가 먹는 것, 로돌프. 샹티이 크림과자와 럼주에 적신 건포도를 넣은 카스텔라, 그리고 알리칸테 포도주."

"무슨 소리를 하는 거야?"

마레스칼은 놀라고 불안한 목소리로 물었다.

"아주 간단한 거야. 자네가 나에게 차 대접을 하는 거야. 나도 격식 차리지 않고 승낙하지. 자네 5시에 약속이 있지 않나?"

"약속……?"

마레스칼이 점점 더 당황해하며 말했다.

"물론 있지. 기억 안 나나? 자네 집에서…… 아니, 자네의 독신자용 아파트라고 해야겠군. 뒤뺄랑 가의 자그마한 곳이지. 길가에 면해 있고. 거기가 바로 자네가 매일 오후에 가서 배가 터지도록 크림과자를 먹는 곳이 아닌가? 그리고 거기서 그 여자, 자네의……."

"조용히 해!"

마레스칼은 얼굴이 창백해져서 소곤거렸다.

그의 침착함이 완전히 사라져버렸다. 그는 더 이상 농담을 할 기분이 아니었다.

"자네는 왜 내가 조용히 하기를 바라는 거지?"

라울은 순진한 얼굴로 물었다.

"뭐야, 자네 나를 초대하지 않는 거야? 자네는 내 소개를 그……."

"조용히 해, 제기랄!"

초록 눈의 아가씨 249

마레스칼이 다시 한 번 말했다. 그는 다시 부하들에게로 가서 필립을 따로 불렀다.

"잠시만 기다려주게, 필립. 끝내기 전에 해결해야 할 일이 몇 가지 있네. 자네 부하들이 듣지 못하도록 멀찌감치 보내게."

그는 다시 문을 닫고 라울 쪽으로 다가왔다. 그리고 라울의 눈을 똑바로 쳐다보고 조용한 목소리로 브레작과 오렐리를 경계하면서 라울에게 말했다.

"그게 무슨 뜻이지? 대체 뭘 하려는 거야?"

"아무것도."

"근데 왜 그런 암시를 하지? 대체 그런 걸 어떻게 알았지?"

"자네 아파트 주소와 네 여자친구 이름? 간단한 일이네. 자네의 은밀한 사생활을 눈에 띄지 않게 조사한 거지. 브레작이나 조도 그리고 그 일당들에게도 했던 그대로 말일세. 그 덕분에, 자네가 편안하게 개조해 놓고서 아름다운 여인들을 맞이하는 비밀스런 1층에 대해서까지 알게 됐지. 숨겨진 곳에 향수와 꽃, 달콤한 포도주, 무덤처럼 깊은 소파……. 마레스칼의 호화 별장이지 뭐야?"

"그래서? 그건 내 권리 아닌가? 그것과 자네의 체포와 무슨 관련이 있지?"

"만일 자네가 그 여인들의 편지를 숨길 장소로 하필 그 작은 큐피드의 신전을 선택하는 실수만 저지르지 않았다면 아무 관련도 없었을 거야."

"거짓말! 거짓말이야!"

"만일 내가 거짓말을 하고 있는 거라면, 자네가 그렇게 백짓장처럼 하얗게 질리지는 않겠지."

"정확히 말해봐!"

"벽장 안에 비밀금고가 하나 있지. 그 금고 안에 작은 상자가 있어. 그 상자 안에 여자가 쓴 예쁜 편지들이 있지, 색색 리본으로 묶인, 24명의 상류사회 여인들과 배우들의 명예를 더럽힐 수 있는 편지들이지. 잘생긴 마레스칼에 대한 열정이 숨김없이 다 표현되어 있더군. 예를 들어볼까? B……검사의 아내, 꼬메디-프랑세즈 극단의 X……양, 그리고 특히, 고상한 부인, 약간 원숙하기는 하지만 그래도 어디 내놔도 나쁘지 않은……."

"그만해, 이 파렴치한 같으니."

라울이 차분하게 말했다.

"파렴치한은 바로 자기의 신체적인 장점을 이용해서 비호를 받고 직업적인 성공을 얻어내는 사람이야."

모호한 태도로 머리를 숙인 마레스칼은 방 안을 두세 바퀴 돌았다. 그러고는 라울의 곁으로 와서 그에게 말했다.

"얼마야?"

"뭐가 얼마야?"

"그 편지들 값으로 얼마를 원하냐고?"

"예수를 판 유다처럼 은화 30냥."

"장난 그만 쳐. 얼마를 원해?"

"3,000만 프랑."

마레스칼은 분노와 인내심의 한계로 몸을 부르르 떨었다. 라울은 웃으며 그에게 말했다.

"화내지 말게, 로돌프. 나는 착한 사람이야. 그리고 자네는 내게 호의적이잖아. 나는 자네에게 그 '코믹 애정 문학'에 대한 돈을 요구하지 않아. 그것들이 너무나 내 마음에 들거든. 앞으로 몇 달 동안은 재미있게 즐길 수 있을 거야. 하지만 내가 요구하는 것은……."

"뭐야?"

"자네가 항복하는 거야, 마레스칼. 오렐리와 브레작에게 완전한 평화를 주는 거야. 심지어 조도와 앙시벨 가족도 말이야. 그들은 내가 알아서 처리할 테니까. 자네는 이 사건을 포기해. 경찰이 봤을 때는 이 사건 자체가 자네가 혼자서 들춰내서 조사한 거고, 실제적인 증거도 없고 결정적인 단서도 없으니까 자네가 손을 떼면 그냥 덮어질 거야."

"그러면 내 편지들을 돌려줄 건가?"

"아니, 그건 담보물이야. 내가 보관하고 있겠네. 만일 자네가 똑바로 처신을 하지 않으면, 나는 그중 몇 통의 내용을 정확히 있는 그대로 신문에 낼 거야. 그럼 자네에게는 안된 일이고, 자네의 아름다운 여자친구들에게도 안된 일이지."

마레스칼의 이마에서 땀방울이 흘러내렸다. 그는 말했다.

"난 배신을 당한 거야."

"어쩌면 잘된 일이지."

"그래, 그래, '그녀'에게서 배신을 당한 거야. 얼마 전부터 그녀가 나를 감시한다는 느낌을 받았어. 네가 바로 그녀를 통해서 사건을 원하는 방향으로 끌고 가고, 그녀 남편을 통해서 내게 추천된 거야."

라울은 쾌활하게 말했다.

"사는 게 다 그런 걸 어쩌겠나? 그건 전쟁이야. 자네가 싸우기 위해서 치사한 방법을 쓴다면, 나라고 달리 방도가 있겠나? 자네의 가증스러운 증오로부터 오렐리를 보호하는 일이라면 말이야! 그리고 자네는 너무 순진했어, 로돌프. 나 같은 종류의 인간이 한 달 동안 잠을 자며 사건이 일어나고 자네가 즐거워하기를 기다릴 거라고 생각했나? 하지만 자네는 내가 보꾸르나 몬테카를로, 생뜨마리에서 행동하는 걸 봤잖아. 그리고 내가 병과 종이를 어떻게 손에 넣는지도 말이야. 그런데 왜 자네는 만일을 위한 대비를 하지 않았지?"

라울은 마레스칼의 어깨를 흔들었다.

"자, 마레스칼, 폭풍에 꺾이지 말게. 자네는 게임에서 진 것뿐이야. 하지만 자네는 브레작의 사직서를 주머니 속에 가지고 있어. 자네는 총애를 받고 있으니 그 자리는 자네에게 돌아올 거야. 그건 대단한 진전이야. 좋은 날이 다시 올 거야, 마레스칼. 그렇게 확실히 믿게나. 하지만 한 가지 충고할 것이 있어. 여자를 조심하게. 자네의 직업적인 성공을 위해서 여자들을 이용하지 말게. 그리고 여자들을 얻기 위해서 자네 직업을 이용하지 말게. 사랑이 좋으면 사랑을 해. 경찰이 좋으면 경찰 일을 하고. 하지만 경찰 일을 하는 애인이 되지 말고, 사랑을 하는 경찰이 되지도 말아. 그리고 마지막으로, 좋은 생각을 말해주지. 자네가 혹시 살면서 아르센 뤼팽을 만나게 되면 그저 몰래 도망치게. 경찰에게 그건 첫번째로 터득해야 할 삶의 지혜지. 내 할 말은 다 했어. 이제 자네가 명령을 내리게. 잘 있게나."

마레스칼은 초조함을 간신히 억누르고 있었다. 그는 등을 돌리고서, 한 손으로 수염 끝을 꼬고 있었다. 과연 굴복해야 할 것인가? 적에게 달려들고서 부하들을 부를 것인가?

'머릿속에서 폭풍우가 불고 있군.' 라울은 생각했다. '불쌍한 로돌프, 그렇게 발버둥쳐 봤자 무슨 소용이람?'

로돌프는 오랫동안 발버둥치지 않았다. 그는 통찰력이 뛰어난 사람이었기 때문에 어떠한 저항을 해도 상황만 악화시키게 될 것이라는 사실을 잘 이해하고 있었다. 그래서 그는 복종하지 않을 수 없다는 사실을 인정하고 순순히 복종했다. 그는 필립을 다시 불러서 그와 얘기를 했다. 그러고 나서 필립은 떠났고 모든 부하, 라봉스와 또니까지도 다 데려갔다. 현관문이 열렸다가 다시 닫혔다. 마레스칼은 싸움에서 패한 것이다. 라울은 오렐리의 곁으로 다가갔다.

"모든 것이 다 해결됐습니다. 우리는 이제 떠나는 일만 남았습니다. 당신 가방은 아래에 있죠?"

악몽에서 깨어난 듯 오렐리는 중얼거렸다.

"이건 불가능해요! 감옥에 안 간다고? 당신은 어떻게 이 모든 걸 해냈죠?"

라울이 유쾌하게 말했다.

"오! 부드럽고 논리적으로만 하면 마레스칼에게서는 뭐든 다

얻을 수 있어요. 마레스칼은 아주 멋진 남자예요. 그에게 악수를 하시죠."

오렐리는 손을 내밀지 않았다. 그녀는 똑바로 지나갔다.

한편 마레스칼은 등을 돌리고서 팔꿈치를 벽난로에 기댄 채 두 손으로 머리를 감싸고 있었다.

오렐리는 브레작에게 다가가면서 약간 주저했다. 그러나 브레작은 무관심해 보였고 이상한 표정을 하고 있었다. 라울은 왠지 그 표정을 계속 기억하게 될 것 같았다.

"한마디 더 하죠."

라울은 문턱에 멈춰 서서 말했다.

"마레스칼과 당신의 의붓아버지 앞에서 약속하겠소. 나는 당신을 평화롭고 조용한 은신처로 데려갈 것이오. 그리고 한 달 동안 저는 나타나지 않겠습니다. 그리고 한 달 후, 내가 당신에게 찾아가서 앞으로 인생을 어떻게 살고자 하는지 당신 생각을 듣겠소. 동의합니까?"

"네."

오렐리가 대답했다.

"그럼, 갑시다."

그들은 떠났다. 계단에서 라울은 오렐리를 부축해야 했다.

"내 차가 이 근처에 있습니다. 밤새 여행할 수 있겠습니까?"

"네."

오렐리는 단호하게 말했다.

"자유의 몸이 된다는 것이 제게는 얼마나 큰 기쁨인지 몰라요! 그리고 큰 두려움이기도 하고……!"

그녀는 낮은 목소리로 덧붙였다.

그들이 집에서 나오는 순간, 라울은 소스라치게 놀랐다. 위층에서 총성이 울린 것이다. 그는 총소리를 듣지 못한 오렐리에게 말했다.

"자동차는 오른쪽에 있어요. 자, 여기서 보이죠. 그 안에 어떤 부인이 계세요. 제가 전에 말한 적이 있죠. 제 유모예요. 그녀에게 가세요. 저는 저기에 다시 올라가봐야 합니다. 몇 마디만 하고 곧 가겠습니다."

라울은 급하게 위층으로 올라갔고 오렐리는 멀어져 갔다.

서재 안에는 브레작이 소파 위에 쓰러져서 죽어가고 있었다. 그의 하인과 마레스칼이 그를 돌보고 있었다. 그의 입에서 피가 넘쳐흘렀다. 마지막 경련이 일어나고 그는 더 이상 움직이지 않았다.

"예상했어야 했는데……."

라울은 안타깝게 말했다.

"그의 인생은 추락하고, 오렐리는 그의 곁을 떠나고……. 불쌍한 인물이야! 그는 이렇게 자기 죄의 대가를 받는군."

그는 마레스칼에게 말했다.

"자네가 하인과 같이 알아서 처리하게. 그리고 의사를 보내도록 전화해. 사인은 출혈이지, 안 그런가? 무엇보다도 이건 자살이 아니야. 무슨 일이 있어도 말이야. 오렐리는 지금은 아무것도 몰라. 그녀는 지방에 갔다고 얘기해. 아파서 친구 집에 가 있다고……."

마레스칼이 라울의 손목을 잡았다.

"대답해. 당신 누구야? 뤼팽이지, 안 그래?"

"때가 되면 알게 될 거야."

라울은 말했다.

"드디어 직업적인 호기심이 다시 발동하는가 보군."

그는 마레스칼의 정면에 서서 자신의 앞모습과 양옆, 뒷모습을 보여주고는 빈정거렸다.

"바로 맞혔어, 친구."

그는 급히 계단을 내려와서 오렐리에게 돌아왔다. 유모가 오렐리를 리무진 뒷자리에 편안하게 앉혔다. 라울은 여느 때처럼 만일에 대비해서 길을 한 번 훑어보고는 유모에게 물었다.

"자동차 부근을 어슬렁거리는 사람이 없었나요?"

"없었어요."

부인은 자신 있게 말했다.

"확실해요? 약간 살이 찌고, 팔에 붕대를 감은 사람과 그 옆에 같이 있는 남자를 못 봤어요?"

"봤어요! 세상에, 맞아요! 그 사람들이 인도를 왔다 갔다 하고 있었어요. 하지만 훨씬 더 밑에 있었어요."

그는 민첩하게 두 남자가 간 길을 따라가서 생 립뒤를 성당을 끼고 도는 샛길에서 그들을 따라잡았다. 한 남자는 팔에 붕대를 감고 있다. 라울은 그들 두 사람의 어깨를 두드리고는 그들에게 쾌활하게 말했다.

"이런, 이런, 그럼, 두 사람이 서로 아는 사이였단 말인가? 어떻게 지내나, 조도? 그리고 자네, 기욤 앙시벨?"

두 남자는 돌아섰다. 조도는 평복 차림에 커다란 상의를 입고 있었고, 얼굴에는 털이 많이 나 있었으며 성미가 고약한 불독 같은 인상이었다. 그는 전혀 놀라는 기색이 없었다.

"아! 당신이었군, 니스에서 본 그 남자! 방금 그 여자와 같이 가는 사람이 당신일 줄 알았어."

"그리고 툴루즈에서 본 남자이기도 하지."

라울은 기욤에게 말했다.

그는 곧바로 말을 이었다.

"자네들, 여기서 뭘 하고 있나? 브레작의 집을 감시하나, 응?"

"2시간 전부터."

조도가 거만하게 말했다.

"마레스칼의 도착, 경찰들 일, 오렐리가 떠나는 것, 모두 다 봤지."

"그래서?"

"아마 당신은 모든 이야기를 다 알고 있을 거라고 생각해. 그리고 당신은 혼란한 틈을 타서 어부지리를 얻고, 그리고 오렐리는 당신과 함께 떠나고. 그 동안 브레작은 마레스칼과 싸우고 말이야. 아마도 사직서나 체포 같은……."

"브레작은 지금 막 자살했어."

라울이 말했다.

"뭐? 브레작이…… 브레작이 죽어?"

라울은 그들을 성당 벽으로 끌고 갔다.

"당신들 둘 다 잘 들어. 난 당신들이 이 일에 연루되지 않도록 막아줬어. 조도, 다스또의 할아버지와 베이크필드 양을 죽이고 루보 형제를 죽게 만든 건 당신이야. 당신 친구이자 동업자고 공범인 루보 형제 말이야. 내가 당신을 마레스칼에게 데려가야겠나? 그리고 기욤, 자네 어머니가 나에게 비싼 돈을 받고 모든 비밀을 다 팔아 넘긴 건 알고 있겠지? 그 조건은 자네가 곤경에 빠지지 않도록 한다는 거였어. 나는 과거 일에 대해서 약속했어. 하지만 자네가 다시 시작하면, 내 약속은 더 이상 효력이 없어지는 거야. 내가 자네의 나머지 팔까지 부러뜨리고 자네를 마레스칼에게 넘겨야겠나?"

당황한 기욤은 길을 되돌아가려고 했다. 그러나 조도는 반발했다.

"간단히 말해서, 보물은 당신 것이다, 이거로군?"

라울은 어깨를 으쓱했다.

"그럼, 당신은 보물이 있다고 믿나?"

"당신처럼 나도 보물이 있다고 믿지. 그 보물을 찾아다닌 것이 벌써 20년이야. 그리고 내게서 그 보물을 가로채려는 당신의 모든 술책에 이제는 진절머리가 나."

"당신에게서 보물을 가로챈다! 그럼, 우선 당신은 그 보물이 어디에 있고, 그게 무엇인지를 알아야겠군."

"서기에 대해서는 아는 바가 없어. 그리고 당신두 마찬가지고, 브레작도 몰라. 하지만 그 여자는 알지. 그러니……."

"당신은 보물을 같이 나누길 바라나?"

라울이 웃으며 물었다.

"그럴 필요 없어. 나는 혼자서도 내 몫을 챙길 수 있으니까. 상당한 몫을 말이야. 나를 방해하는 사람은, 안됐지만 어쩔 수 없지. 나는 당신이 생각하는 것보다 더 좋은 패를 손에 쥐고 있어. 잘 가게. 나는 이미 경고한 거야."

라울은 두 사람이 떠나는 것을 쳐다보았다. 이 일이 마음에 쓰였다. 저 불길한 녀석이 대체 뭘 하러 여기에 온 거지?

"어림없지! 만일 저자가 차 뒤를 따라서 400킬로미터를 뛰고 싶다면, 내가 장난감 열차를 갖다주지."

그 다음 날 정오, 오렐리는 환한 방에서 눈을 떴다. 그 방에서는 정원과 과수원 너머에 있는 어둡고 웅장한 끌레르몽페랑 성당을 볼 수 있었다. 오렐리가 머무는 휴양소는 예전에는 기숙학교였다. 높은 곳에 위치한 이 휴양소는 오렐리가 건강을 완전하게 회복하는 데에 가장 알맞은 은밀한 피신처였다.

오렐리는 여기서 평온한 몇 주를 보냈다. 라울의 유모 외에는 아무와도 말하지 않았고, 공원에서 산책을 하고, 몇 시간 동안 생각에 잠기고, 루와이야 언덕을 첫번째 버팀 벽으로 우뚝 서 있는 드돔의 산이나 그곳의 마을을 뚫어지게 바라보았다. 라울은 단 한 번도 그녀를 보러 오지 않았다. 그녀의 방에는 유모가 가져다 놓은 꽃과 과일, 책, 잡지 들이 있었다. 한편 라울은 가까이 있는 언덕에 펼쳐진 포도밭 사이로 구불구불 나 있는 작은 길에 몸을 감추고 있었다. 그는 그녀를 바라보고 있었고 그녀에게 이야기를 했다. 그 속엔 매일같이 커져 가는 그의 열정이 묻어났다.

라울은 그녀의 몸짓과 유연한 걸음걸이에서, 마치 거의 말라 버린 샘에 신선한 물이 다시 흘러드는 것처럼 그녀 안에서 생명이 다시 움트고 있음을 알았다. 그것은 공포스러운 시간들과 걱정스러운 얼굴, 시체, 범죄들을 덮어버렸다. 그리고 그 위에 망각이 자리했다. 그것은 과거에서, 심지어 미래에서 벗어나서 조용하고 엄숙하게, 모르는 사이에 서서히 피어나는 행복의 시작이었다.

"당신은 행복하군요, 초록 눈의 아가씨."

라울이 혼자 중얼거렸다.

"행복은 현재를 살아갈 수 있게 해주지요. 고통은 헛된 희망과 힘든 기억을 먹으면서 크고, 행복은 일상생활의 작은 일들을 기쁨과 평화로 바꾸어 놓는답니다. 당신은 행복해요, 오렐리. 당신이 꽃을 꺾거나 긴 의자 위에 누울 때, 당신은 행복한 표정이에요."

20일째 되는 날, 라울의 편지가 도착했다. 편지에서 라울은 그 다음 주 중 아침 무렵에 드라이브를 하자고 제안했다. 그는 오렐리에게 해야 할 중요한 이야기가 있었다. 주저 없이 오렐리는 그 제안을 받아들인다는 답을 보냈다.

약속한 날 아침, 오렐리는 돌투성이의 도로를 따라 라울이 기다리고 있는 큰길에 다다랐다. 라울을 보자 오렐리는 멈춰 섰다. 갑자기 혼란스럽고 근심 어린 모습으로, 엄숙한 이 순간이 지나면 그녀가 어디로 갈지, 이 상황이 그녀를 어디로 끌고 갈지를 생각하는 사람 같았다. 그러나 라울은 그녀에게 다가가서 아무 말 하지 말라는 손짓을 했다. 그녀에게 말을 해야 할 사람은 바로 그였다.

"당신이 올 줄 알았습니다. 당신은 우리가 만나야 한다는 것을 알고 있었죠. 왜냐하면 비극적인 사건이 아직은 끝난 것이 아니고, 아직 해결이 안 된 일들이 남아 있으니까요. 그게 뭐냐고요? 그게 뭔지는 당신에게는 별로 중요하지 않아요, 안 그래요? 당신은 내게 모든 일을 다 처리하고, 정리하고, 해결할 임무를 주었습니다. 당신은 그저 내가 하자는 대로 하면 됩니다. 당신은 내가 이끄는 대로 따라오세요. 그리고 무슨 일이 있어도 이제는 두려워하지 마십시오. 혼란스럽고 끔찍한 두려움은 이제 끝이에요. 안 그렇습니까? 무슨 일이 생기더라도 일단 웃고, 그냥 다 친구처럼 받아들이세요."

라울은 그녀에게 손을 내밀었다. 그녀는 그가 자신의 손을 꽉 잡도록 가만히 있었다. 그녀는 이야기를 하고 싶었을 것이다. 틀림없이 그에게 감사의 인사를 하고, 그를 믿는다고 말하고 싶었을 것이다. 그러나 그녀는 그 말들의 덧없음을 이해했음에 틀림없다. 그녀는 아무 말도 하지 않았다. 그들은 차를 출발하여 온천장과 오래된 루와이야 마을을 지나갔다.

성당의 시계가 8시 30분을 알리고 있었다. 그날은 토요일이었고, 날짜는 8월 15일이었다. 산들이 눈부신 하늘 아래 솟아 있었다.

그들은 서로 한마디 대화도 주고받지 않았다. 불쑥 라울이 다정하게 그녀에게 말을 걸었다.

"자, 이제 더 이상 나를 싫어하지 않는 거죠, 초록 눈의 아가씨? 처음 만났을 때의 그 무례함은 잊은 거죠? 그리고 나 자신도 당신을 존중하기 때문에, 그 일을 기억하고 싶지 않아요. 자, 좀 웃어보세요. 당신도 이제는 나를 당신에게 좋은 영향을 주는 사람으로 생각하게 됐잖아요."

그녀는 웃지 않았다. 그러나 그는, 그녀가 정답고 아주 가깝게 느껴졌다.

차는 1시간 정도 달렸다. 그들은 드돔을 돌아서 남쪽으로 가는 조금 좁은 도로로 접어들었다. 푸른 계곡 혹은 어두운 숲 한가운데에 나 있는, 오르막과 내리막이 구불구불하게 계속되는 길이었다. 그리고 도로는 다시 좁아져서 황량하고 메마른 지역 한가운데까지 이어지더니 갑자기 가파르게 변했다. 도로는 엄청나게 큰 용암들로 여기저기 불규칙하게 포장되어 있었다.

"고대 로마시대 도로예요."

라울이 말했다.

"프랑스 저 구석 오래된 마을로 가야만 카이사르가 닦아놓은 길 같은 이런 유적들을 볼 수 있는 건 아닙니다."

오렐리는 아무 대답도 없었다. 그러다 갑자기 그녀는 생각에 잠기더니 다른 생각을 하는 듯 보였다.

고대 로마시대 도로는 이제 염소들이 다니는 오솔길로 변해 있었다. 오르막길이 대단히 가팔랐다. 오르막을 오르자 넓은 평지가 나타났다. 거기에는 거의 버려지다시피 한 마을이 있었는데, 오렐리가 푯말에서 이름을 보니 쥐뱅이었다. 그 뒤로 숲이 나타났고, 그곳을 지나자 갑자기 푸른 빛의 멋진 초원이 펼쳐졌다. 그리고 로마시대 도로가 풀이 무성하게 나 있는 비탈길 꼭대기까지 똑바로 뻗어 있었다. 그들은 이 오르막길 밑에서 멈췄다. 오렐리는 점점 생각에 잠긴 얼굴이 되었다. 라울은 계속 그녀를 유심히 지켜보고 있었다.

그들은 차례로 놓인 포석을 올라가서, 커다란 띠 모양의 원형 땅에 다다랐다. 그곳은 풀과 잔디의 신선함이 매혹적이었고, 악천후에도 시멘트가 풍화되지 않은 높은 돌담에 둘러싸여 있었다. 그 돌담은 오른쪽과 왼쪽으로 더 멀리 이어져 있었고 커다란 문이 하나 뚫려 있었다. 라울은 그 문의 열쇠를 가지고 있었다. 그는 문을 열었다. 여전히 오르막이 계속되었다. 그들이 꼭대기에 다다랐을 때, 그들 눈앞에는 얼어붙은 듯 잔잔한 호수가 보였다. 고리 형태를 이룬 바위산들이 호수를 내려다보며 빙 둘러싸고 있었다.

오렐리는 처음으로 그녀가 계속 머릿속으로 고심하던 것이 무엇이었는지를 알게 해주는 질문을 던졌다.

"저를 특별히 이리로 데려온 이유가 있는지 물어봐도 될까요? 그냥 우연인가요?"

"사실 경치가 좀 음침하긴 합니다."

라울은 직접적으로 대답하지는 않았다.

"하지만 어쨌든 여기에는 특이한 거칢과 야생적인 고독이 있어요. 관광객들은 절대 여기로 소풍을 오지 않는다고 하더군요. 하지만 보다시피 여기서는 보트를 타기도 한답니다."

그는 오렐리를 말뚝 사슬에 매여 있는 낡은 보트 쪽으로 데려갔다. 그녀는 아무 말도 없이 보트 안에 자리를 잡고 앉았다. 그는 노를 잡았다. 배가 천천히 움직였다.

청회색 물은 하늘의 푸른빛을 비추지 않고 오히려 보이지 않는 구름의 어두운 색조를 비추고 있었다. 노 끝에 맺힌 수은처럼 무거워 보이는 물방울들이 반짝거렸고, 그들이 탄 배가 금속 같은 물결을 뚫고 나아가는 것 같아 놀라울 정도였다. 오렐리는 호수에 손을 담갔다. 하지만 물이 너무 차고 썩 기분 좋은 느낌이 아니었기 때문에 곧바로 손을 뺐다.

"오!"

오렐리는 한숨을 쉬었다.

"왜 그래요? 무슨 일입니까?"

라울이 물었다.

"아무것도 아니에요. 아니, 글쎄, 나도 잘 모르겠어요."

"걱정이 있군요. 게다가 흥분했고……."

"흥분, 맞아요. 내 안에서 어떤 놀라운 느낌들이 느껴져요. 그것들 때문에 당황스러워요. 니에게는 마치……."

"마치?"

"말로는 표현을 못하겠어요. 마치 내가 다른 사람인 것 같아요. 그리고 여기 있는 당신도 당신이 아닌 것 같고. 이해하시겠어요?"

"이해합니다."

라울은 웃으며 대답했다. 그녀는 중얼거렸다.

"저한테 설명하지 마세요. 제가 느끼는 것은 저를 고통스럽게 해요. 하지만 무슨 일이 있어도 그 느낌을 놓치고 싶지 않아요."

500~600미터 반경에 펼쳐져 있는 절벽 꼭대기에는 커다란 성벽이 위치가 바뀔 때마다 나타났다. 절벽의 둥그런 골짜기 안쪽에는 안으로 굽은 해안선이 형성되어 있었다. 거기서부터 좁은 수로가 시작되고, 높은 성벽이 좁은 수로에 비치는 태양 광선을 차단하고 있었다. 그들은 수로로 들어갔다. 바위들이 더 검고 음울한 분위기를 띠고 있었다. 오렐리는 놀라서 돌들을 바라보았다. 그리고 눈을 들어서 바위들이 만들어내는 기묘한 모습들을 보았다. 웅크린 사자, 커다란 굴뚝, 엄청나게 큰 조각상들, 거대한 석류조들…….

그리고 갑자기, 그들이 이 환상적인 수로 중앙에 다다랐을 때, 1시간 남짓 전에 떠나왔던 지역에서 들려오는 소리를 들었다. 그 소리들은 마치 그들이 지나온 길을 따라온 듯 멀리서 희미하게 들려왔다.

그것들은 성당 종들의 울림, 작은 종의 땡그랑 소리, 낭랑한 노랫소리, 경쾌하고 즐거운 노랫가락, 대성당의 큰 종이 떨면서 울리는 천상의 음악의 떨림이었다.

오렐리는 힘이 빠졌다. 그녀는 자신의 불안감의 의미를 깨닫고 있었다. 과거의 목소리, 그녀가 잊지 않으려고 안간힘을 썼던 그 신비로운 과거의 목소리가 그녀 내부와 주변에서 울려 퍼지고 있었다. 그 소리는 화강암과 옛 화산 용암으로 쌓은 성벽에 부딪치고 있었다. 그 소리는 이 바위에서 저 바위로 전해졌고, 석루조 조각을 거쳐 물의 단단한 표면을 미끄러져서 협곡 사이로 보이는 파란 하늘까지 올라갔다가 거품 가루처럼 심연 밑바닥으로 떨어졌다. 그러고는 다시 튀어오르는 메아리가 되어 한낮의 빛에 반짝이는 협로의 다른 출구 쪽으로 사라졌다.

옛 기억으로 심장이 고동치고 정신이 산란해진 오렐리는 그 수많은 감정에 무너지지 않기 위해 노력했다. 그러나 그녀는 더 이상 힘이 없었다. 과거의 기억으로 휘어진 나뭇가지처럼 몸을 구부리고 흐느끼면서 중얼거렸다.

"세상에! 세상에, 당신은 대체 누구세요?"

그녀는 생각지도 못한 경이로움에 깜짝 놀랐다. 그녀는 한 번도 자신에게 남겨진 비밀을 밝힌 적이 없었고, 어려서부터 자신의 머릿속에 보물에 대한 기억을 경건하게 지켜왔다. 어머니의 명령에 따라, 그녀는 그 비밀을 그녀가 사랑하는 사람에게만 말을 해야 했다. 그랬기 때문에, 그녀 마음속 깊은 곳을 꿰뚫어 보며 자신을 당황스럽게 하는 이 남자 앞에서 그녀는 자신이 너무나 약해지는 것을 느꼈다.

"그럼 내가 틀린 게 아닌 거죠? 여기가 맞죠, 그렇죠?"

라울은 말했다. 그는 오렐리의 매력적인 꾸밈없는 태도에 한없이 감동받았다.

"여기가 맞아요."

오렐리는 속삭였다.

"여기까지 오는 길에 많은 것이 이미 본 적이 있는 것처럼 기억이 났어요. 길, 나무들, 두 비탈 사이의 포장된 오르막길도……. 그리고 이 호수, 이 바위들, 이 물의 색깔과 차가움 그리고 특히 이 종소리……. 오! 예전하고 똑같아요. 이 모든 것이 어머니와 할아버지, 어릴 때의 내가 만났던 같은 장소에 우리를 만나러 왔어요. 그리고 오늘처럼 우리는 그늘에서 벗어나서 같은 태양 아래 호수의 이쪽 다른 부분으로 들어왔어요."

오렐리는 다시 고개를 들고 쳐다보고 있었다. 실제로, 더 작지만 더 웅장한 또 다른 호수가 더욱더 가파른 절벽과 함께 더 거친 정적에 젖어 고독한 모습으로 그들 앞에 펼쳐졌다.

기억들이 하나하나 되살아났다. 그녀는 라울은 아랑곳하지 않고, 마치 친구에게 하는 비밀얘기처럼 그것들을 조용하게 이야기하고 있었다. 그의 앞에서 그녀는, 걱정 없고 여러 가지 형태와 색깔이 자아내는 멋진 광경을 보며 즐거워하는 행복한 어린 소녀를 떠올렸다. 그 광경을 그녀는 지금 눈물이 고인 눈으로 바라보고 있었다.

"마치 당신이 나를 당신 인생으로의 여행에 데리고 온 것 같군요."

라울은 감정에 복받쳐서 말했다.

"나는 당신 인생이 어땠는지를 볼 수 있고, 또 당신이 자신의 인생을 되찾는 것을 봐서 너무나 기쁩니다."

오렐리는 말을 이었다.

"우리 어머니는 지금 당신이 있는 그 자리에 앉아 있었어요.

그리고 할아버지는 당신 앞, 정면에 앉아 계셨죠. 나는 엄마의 손에 입을 맞췄어요. 저기 바위틈에 혼자 서 있는 저 나무도 있었어요. 그리고 저 바위 위로 흐르는 태양의 커다란 흑점들도 있었어요. 그리고 아까처럼 모두 다시 한곳으로 모여요. 하지만 나갈 곳이 없어요. 이게 호수의 맨 끝이에요. 이 호수는 길게 늘어져서 초승달처럼 구부러져요. 그 끝에서 작은 호숫가 모래사장을 발견하게 될 거예요. 자, 여기예요. 왼쪽으로 절벽에서 떨어지는 폭포가 있고……, 오른쪽에 두 번째 폭포가 있어요. 모래가 보일 거예요. 모래가 돌비늘처럼 반짝거려요. 그리고 바로 동굴이 하나 있어요. 맞아요, 확실해요. 그리고 그 동굴의 입구에……."

"그 동굴의 입구에?"

"우리를 기다리는 한 남자가 있었어요. 긴 회색 수염에 밤색 양모 작업복을 입은 이상한 남자가……. 여기서 그가 보였어요, 키가 아주 크고 서 있었어요. 그를 볼 수 없을까요?"

라울은 분명하게 말했다.

"나는 그를 볼 수 있을 거라고 생각하고 있어요. 그래서 지금 아주 놀라고 있습니다. 우리 약속이 정오로 잡혀 있는데, 지금이 거의 정오거든요."

차오르는 물

　그들은 작은 모래사장에 도착했다. 모래알들이 태양 빛을 받아서 돌비늘처럼 반짝이고 있었다. 오른쪽의 절벽과 왼쪽의 절벽은 서로 만나면서 날카로운 각을 이루고 있었으며, 밑부분은 구불구불하게 동굴처럼 안으로 깊이 패여 있었고, 그 위에 튀어나온 바위가 지붕 역할을 하고 있었다.
　이 지붕 밑에 냅킨과 접시, 유제품, 과일이 차려진 작은 테이블이 놓여 있었다.
　그 접시들 중 하나에 명함이 놓여 있었고 거기에는 다음과 같은 글이 쓰여 있었다.

당신 할아버지의 친구인 딸랑세 후작이 당신에게 인사를 전합니다, 오렐리. 저는 곧 도착할 겁니다. 그리고 오후가 되어서야 당신에게 인사를 하게 된 점을 사과드립니다.

"그럼, 그분은 내가 오기를 기다리고 있었나요?"
오렐리가 물었다.
"네. 그분과 나는 나흘 전에 만나서 오랫동안 이야기를 나누었습니다. 그리고 나는 오늘 정오에 당신을 데려오기로 했죠."
그녀는 주변을 둘러보았다. 이젤 하나가 암벽에 기대어 놓여 있었고, 그 위에 도화지 끼우개, 석고상, 화구상자 등이 가득 놓인 커다란 선반이 있었다. 그리고 거기에는 낡은 옷가지들도 같이 놓여 있었다. 구석 모퉁이에는 그물침대가 걸려 있었다. 안에 커다란 돌 두 개로 화로가 만들어져 있었다. 거기서 불을 피우는 모양이었다. 벽이 검게 그을려 있고 도관이 굴뚝처럼 바위 틈새로 밖으로 연결되어 있었다.
"그분이 여기서 사시나요?"
오렐리가 물었다.
"여기서 자주 지내시죠. 특히 이 계절에는요. 나머지 시간에는 쥐뺑의 마을에서 지내십니다. 그분을 거기서 찾았죠. 하지만 그래도 그분은 매일 여기에 오십니다. 돌아가신 당신 할아버지처럼 그분도 독창적이고, 아주 교양 있고, 예술가답죠. 비록 형편없는 그림을 그리기는 하지만. 그분은 혼자서 사는데, 은자들이 사는 식으로 살죠. 사냥하고, 나무를 베서 다듬고, 자신의 양

떼를 지키는 목동들을 지켜보고, 자신의 영지인 사방 20리에 있는 그 일대의 모든 불쌍한 동물에게 먹이를 줍니다. 그렇게 15년 동안 그는 당신을 기다려왔어요, 오렐리."

"아니면 내가 성인이 되기를 기다렸겠죠."

"네, 그게 친구 다스또와의 약속이었죠. 나는 그분에게 그 부분에 관해서 물어보았어요. 하지만 그는 당신에게만 대답해주고 싶어했죠. 나는 그에게 당신이 살아온 인생과 최근 몇 달 간에 일어난 모든 일을 얘기했어요. 그리고 내가 당신을 데리고 오겠다는 약속을 한 후에 소유지의 열쇠를 건네받았습니다. 당신을 다시 본다는 사실에 그는 너무도 기뻐하더군요."

"그런데 그는 왜 여기에 없죠?"

라울도 딸랑세 후작이 오지 않는 것이 점점 더 이상하다는 생각이 들었다. 그러나 그것을 심각하게 생각할 만한 이유가 전혀 없었다. 어쨌든 라울은 오렐리를 걱정시키고 싶지 않았기 때문에, 이렇게 묘한 상황과 독특한 분위기에서 그들이 처음 함께 하는 식사에 자신의 모든 열의와 정신을 쏟았다.

라울은 자신이 너무 지나치게 친절하게 행동해서 오렐리가 불편해하지 않도록 끊임없이 주의를 기울였다. 그는 그녀가 자신의 곁에서 아주 안전하다고 느꼈다. 그녀 자신도 라울이 이제는 그녀가 피해야만 하는 적이 아니라, 그녀가 잘되기만을 바라는 친구라는 것을 깨달았음이 분명했다. 그가 이미 얼마나 여러 번 그녀를 구했던가! 오렐리는 자신이 오직 그에게만 희망을 걸고, 자신의 인생을 이 모르는 사람에게 의존한다는 사실과 자신의 행복이 이 남자의 의지에 따라 만들어진다는 사실에 얼마나 여러 번 놀랐는지 모른다.

그녀는 중얼거렸다.

"저는 당신에게 감사하고 싶어요. 하지만 어떻게 해야 할지를 모르겠어요. 당신에게 너무나 많은 빚을 져서 평생 갚지 못할 것 같아요."

그는 오렐리에게 말했다.

"웃으세요, 초록 눈의 아가씨, 그리고 나를 보세요."

그녀는 웃으며 그를 쳐다봤다.

라울이 말했다.

"이제 빚을 다 갚았군요."

2시 45분에 종소리가 다시 울리고 대성당의 큰 종소리가 절벽의 모퉁이에 부딪쳤다.

"아주 논리적으로 설명을 하자면, 이 현상은 이 지역 전체에서 일어납니다. 북동쪽, 즉 끌레르몽페랑에서 바람이 불어올 때 이 지역의 소리를 전달하는 배치로 인해, 즉 산의 성벽들 사이로 구불구불하게 이어져서 호수의 표면에 다다르는 길을 따라서 거대한 기류가 모든 소리를 실어 나릅니다. 그것은 필연적이고 과학적인 현상입니다. 따라서 끌레르몽페랑의 모든 성당의 종과 대성당의 큰 종은 이곳에 와서야 비로소 소리가 날 수밖에 없습니다. 지금처럼 말이죠."

오렐리는 고개를 저었다.

"아니요. 그게 아니에요. 당신 설명으로는 충분하지 않아요."

"당신에게 다른 설명이 있나요?"

"진짜 설명이오."

"그게 뭐죠?"

"내게 어린 시절의 모든 인상을 돌려주기 위해서 종소리를 여기 내게로 가져온 것이 당신이라고 굳게 믿는 거죠."

"그럼 나는 뭐든지 할 수 있다는 건가요?"

"당신은 뭐든지 할 수 있어요."

오렐리는 확신을 가지고서 말했다.

"그리고 나는 뭐든지 볼 수 있고요."

라울은 농담을 했다.

"여기서 15년 전 같은 시각에 당신은 잠을 잤어요."

"그게 무슨 말이죠?"

"당신 눈꺼풀이 잠에 취해서 무겁다는 거죠. 15년 전 당신의 생활이 다시 시작되니까요."

그녀는 그를 실망시키고 싶지 않았다. 그녀는 그물침대에 누웠다.

라울은 한동안 동굴 입구에서 지키고 있었다. 그러나 시계를 보고는 안절부절못했다. 3시 45분. 딸랑세 후작은 아직도 오지 않고 있었다.

"그래서!"

라울은 신경질이 나서 혼자 중얼거렸다.

"그래서! 그건 전혀 중요하지 않아."

하지만 그건 중요했다. 그도 그 사실을 알고 있었다. 모든 것이 다 중요한 경우도 있다.

그는 동굴로 다시 들어가서 자신의 보호를 받으며 잠들어 있는 오렐리를 바라보았다. 그는 다시 한 번 그녀에게 말을 건네고 싶었고 그녀가 자신을 신뢰해주는 것에 감사하고 싶었다. 그러나 그는 그렇게 하지 못했다. 점점 커져 가는 근심이 그의 머릿속을 꽉 채우고 있었기 때문이다.

그는 작은 모래사장을 가로질러갔다. 그리고 그가 모래 위에 뱃머리를 대놓았던 보트가 절벽 경사면에서 2, 3미터 떨어진 곳에 떠 있는 것을 발견했다. 그는 막대기로 배를 잡아야 했다. 그리고 그가 두 번째로 발견한 것은, 강을 건너오는 동안 몇 센티미터의 물이 차 있었던 배에 지금은 30~40센티미터의 물이 차 있는 것이었다.

그는 배를 다시 경사면으로 끌고 왔다.

'빌어먹을. 배를 타고 오다가 침몰하지 않은 게 기적이군!'

쉽게 막을 수 있는 구멍에서 물이 새어들어 온 것이 아니었다. 완전히 썩은 나무판이 문제였다. 게다가 그 썩은 나무판은 최근에 붙여놓은 것 같았고, 못 4개로 겨우 지탱되고 있었다.

누가 이런 짓을 했을까? 라울은 우선 딸랑세 후작을 생각했다. 그러나 무슨 목적으로 그 노인이 그런 짓을 하셨겠는가? 다스또의 친구인 그가 참사를 만들어내려고 했다고 생각할 만한 이유는 어디에도 없지 않은가? 그것도 오렐리가 그의 곁으로 오는 이 시점에.

그러나 한 가지 의문이 생겼다. 배를 쓰지 못할 때, 딸랑세는 어디를 통해서 왔을까? 어디를 통해서 오려고 했을까? 그러면 이 모래사장에서 시작해서 절벽의 돌출로 끊긴 육로가 있다는 말인가?

라울은 주위를 찾아보았다. 왼쪽에는 가능한 출구는 전혀 보이지 않았고, 물이 솟아나는 두 개의 샘이 화강암과 더불어 또 하나의 장애물이 되고 있었다. 그러나 오른쪽으로는 모래사장이 끝나고 절벽이 호수와 만나는 지점 바로 앞에 있는 바위에, 약 스무 개의 계단이 만들어져 있었다. 그리고 거기서 성벽 측면까지 오솔길이 나 있었다. 그 길은 경사면의 단층에 의해서 자연적으로 생겨난 것으로 선반처럼 돌출되어 있는데 그 폭이 너무 좁아서 울퉁불퉁한 경사면에 꼭 달라붙어서 지나가야 할 것 같았다.

라울은 그 길을 올라갔다. 허공으로 떨어지지 않도록 이동하면서 갈고리쇠를 고정시킨 듯했다. 그렇게 해서 그는 어렵게 상층 고원에 다다랐고, 오솔길이 호수를 끼고 돌아서 협로로 이어진다는 사실을 확인할 수 있었다. 바위들로 울퉁불퉁하게 솟아 있는 초목의 풍경이 주위에 펼쳐져 있었다. 두 명의 목동이 양 떼들을 넓은 영지를 둘러싼 높은 성벽 쪽으로 몰고 가며 멀어지고 있었다. 키가 큰 딸랑세 후작의 모습은 어디에도 보이지 않았다.

라울은 1시간 동안 탐사를 한 후에 돌아왔다. 그런데 불길하게도 그가 절벽 아래로 다시 왔을 때, 그 동안 물이 올라와서 맨 아래 계단 몇 개가 잠긴 것을 발견했다. 그는 깜짝 놀랐다.

"이상하군."

그는 걱정스러운 표정으로 중얼거렸다.

오렐리가 그의 말을 들은 모양이었다. 그녀는 그를 마중하러 달려나왔다가 놀라서 멈춰 섰다.

"왜 그러십니까?"

라울은 물었다.

"물이……."

오렐리가 말했다.

"물이 많이 높아졌네요! 조금 전에는 훨씬 더 낮지 않았나요? 틀림없어요."

"사실입니다."

"왜 이런 거죠?"

"자연스런 현상이지요, 종처럼."

그리고 농담을 하려고 애쓰면서 말했다.

"호수는 조수의 법을 따르지요. 조수의 법은 아시다시피 밀물과 썰물의 번갈아 들고나게 만들죠."

"하지만 언제 밀물이 멈출까요?"

"1, 2시간 후에 멈춰요."

"그럼 물이 동굴의 빈까지 찰 기리는 말인가요?"

"네. 가끔은 동굴이 다 차기도 하죠. 이 화강암 위의 검은 자국이 그 증거예요. 이건 분명 가장 높은 수위 표시일 거예요."

라울의 목소리는 조금 작아졌다. 이 자국 위에 다른 자국이 있었던 것이다. 그것은 동굴의 천장 높이는 됨직했다. 그것은 무엇을 의미하는 것일까? 어떤 때는 물이 동굴 천장까지 닿을 수도 있다는 사실을 인정해야 한다는 것인가? 그러나 어떤 예외적인 현상이나 비정상적인 대홍수에 의해서 그런 일이 일어날까?

라울은 몸이 굳어졌다.

'아니야, 그럴 리가 없어. 이런 종류의 가정은 모두 앞뒤가 맞지 않아. 대홍수? 천년마다 한 번씩은 있어! 밀물과 썰물의 변화? 터무니없는 생각이지. 그건 믿을 수 없어. 이건 우연일 뿐이야. 일시적인 일일 뿐이야.'

그럴 수도 있다. 그러나 그 일시적인 일, 그것이 무엇으로 인해서 발생한 것일까?

라울은 자기도 모르는 사이, 머릿속에서 추리를 계속하고 있었다. 그는 딸랑세에 대해서 생각했다. 그가 나타나지 않는 이유를 설명할 수 없었다. 그는 딸랑세의 묘연한 행방과 아직은 이해할 수 없는 어렴풋한 위험 간의 관계에 대해서 생각했다. 그리고 부서진 보트에 대해서 생각했다.

"무슨 일이에요?"

오렐리가 물었다.

"당신은 다른 생각을 하고 있군요."

"물론이에요."

라울이 대답했다.

"우리가 여기서 시간을 허비하고 있다는 생각이 들기 시작했어요. 딸랑세 후작은 여기 오지 않을 테니, 우리가 그를 마중하러 갑시다. 쥐뱅에 있는 그의 집에서 만나는 것도 괜찮을 것 같군요."

"하지만 어떻게 떠나죠? 보트는 못 쓰게 된 것 같은데."

"오른쪽에 길이 있어요. 여성에게는 대단히 어려운 길이지만 갈 수는 있을 겁니다. 다만 내 도움을 받아 내가 당신을 안고 가야만 할 겁니다."

"왜 나도 걸으면 안 되죠?"

"당신까지 물에 젖을 필요가 뭐가 있나요? 나 혼자서 물에 들어가는 것이 낫죠."

그는 딴 생각 없이 이 제안을 했다. 그러나 그는 오렐리가 얼굴을 붉히는 것을 보았다. 그녀는 보꾸르의 길에서처럼 그에게 안겨서 간다는 것은 받아들일 수 없는 듯했다.

그들은 서로 당황해서 아무 말도 하지 않고 있었다.

이윽고 호수 가장자리에 있던 오렐리는 손을 물에 담그더니 중얼거렸다.

"아니, 안 되겠어요. 저는 이렇게 얼음같이 차가운 물은 견디지 못할 거예요, 안 될 거예요."

오렐리는 다시 동굴로 들어갔고 라울이 그 뒤를 따라 들어갔다. 그리고 15분이 흘렀다. 그 시간이 라울에게는 아주 길게 느껴졌다.

"제발 부탁입니다."

그는 말했다.

"갑시다. 상황이 위험해지고 있어요."

그녀는 그의 말에 따랐다. 그들은 동굴을 떠났다. 그러나 그녀가 라울의 목에 매달리는 순간, 그들 가까이에서 뭔가 바람을 가르는 소리 같은 것이 들렸다. 그리고 돌 조각이 튀었다. 멀리서 총성이 울렸다.

라울은 재빨리 오렐리를 바닥에 엎드리게 했다. 두 번째 총알이 소리를 내며 바위 한 귀퉁이를 날려버렸다. 라울은 오렐리를 잡아끌어 동굴 안으로 밀어넣었다. 그리고 그는 반격을 하려는 듯이 뛰어나갔다.

"라울! 라울! 안 돼요. 그러다가 죽을 거예요."

그는 그녀를 붙잡아서 강제로 안으로 들여보냈다. 그러나 이번에는 그녀가 그를 놓지 않고 꽉 붙들고는 그를 저지했다.

"제발 부탁이에요. 그냥 여기 계세요."

"아니에요, 틀렸어요."

라울이 반박했다.

"당신이 틀렸어요, 행동을 해야 해요."

"안 돼요. 안 돼요."

오렐리는 떨리는 손으로 그를 붙들었다. 그리고 조금 전까지는 그에게 안겨서 길을 가게 될까봐 그렇게 겁을 냈던 그녀가 지금은 도저히 막을 수 없는 힘으로 그를 끌어안고 있었다.

"아무것도 걱정하지 마세요."

그는 부드럽게 말했다.

"저는 아무것도 걱정하지 않아요."

그녀는 아주 낮은 목소리로 말했다.

"하지만 우리는 같이 있어야 해요. 우리는 똑같은 위협을 받고 있어요. 우리 서로 떨어지지 말아요."

"예, 당신 곁을 떠나지 않을게요. 당신이 옳아요."

라울이 약속했다.

그는 단지 지평선을 보기 위해서 고개를 돌렸다. 세 번째 총알이 지붕 위의 판암을 뚫었다.

그들은 꼼짝 못하게 포위당한 것이다. 장거리용 소총으로 무장한 두 명의 사격수가 그들이 동굴에서 나오려는 모든 시도를 막고 있었다. 라울은 멀리서 두 개의 작은 연기구름이 빙글빙글 돌며 올라오는 것을 보고 그들의 위치를 파악할 수 있었다. 두 사람은 서로 가까이 있었고, 강 오른쪽 협로 위에 자리를 잡고 있었다. 즉 250미터 정도 떨어져 있는 셈이었다. 그곳에 자리를 잡은 그들은 정면에서 호수 전체를 내려다보며 동굴 거의 전체를 사격권 안에 넣을 수가 있었고, 아직 물에 잠기지 않고 모래사장에 남아 있는 작은 동굴에 총을 쏘고 있었던 것이다. 실제로 라울과 오렐리가 웅크리고 있는 동굴 오른쪽 움푹 패인 공간과 아래쪽으로 늘어진 지붕이 가려주는 동굴 안쪽의 아궁이 위를 제외하고는 동굴 전체가 전부 노출되어 있었다.

라울은 갑자기 껄껄 웃었다.

"이거 정말 우습군."

그의 웃음이 너무 갑작스러워서 오렐리는 감정을 자제했다. 라울이 다시 말했다.

"이제 우리는 갇힌 신세로군요. 조금만 움직여도 총알이 날아

올 겁니다. 그리고 총을 쏘는 위치가 저러니 우리는 쥐구멍 속에 숨어야 해요. 이건 대단히 잘 세운 계획이라는 걸 인정해야겠군요."

"누구의 계획인가요?"

"저는 처음에는 딸랑세 후작을 생각했어요. 하지만 아니에요. 그가 아니에요. 그 사람일 수는 없어요."

"그 사람에게 무슨 일이 생긴 거죠?"

"분명 감금되어 있겠죠. 우리를 포위하고 있는 저 사람들이 정확하게 파놓은 함정에 걸려들었을 거예요."

"우리를 포위하고 있는 사람들이라는 건 누구를 말하는 거죠?"

"위험한 두 적들, 어떤 동정심도 기대할 수 없는 사람들, 조도와 기욤 앙시벨이죠."

오렐리가 그들을 위협하고 있는 진짜 위험에 대해 생각하지 않게 하기 위해서 라울은 솔직하게 말했다. 조도와 기욤의 이름, 소총 사격, 그 모든 것은 그에게는 서서히 차오르고 있는 물 앞에서는 전혀 중요하지 않았다. 강도들이 무시무시한 동맹군을 얻은 셈이었다.

"하지만 왜 그런 함정을 파는 거죠?"

그녀는 물었다.

"보물 때문이죠."

라울은 단정했다. 그는 오렐리보다 오히려 스스로에게 가장 그럴듯한 이유를 설명하고 있었다.

"저는 마레스칼의 날개를 꺾어버렸어요. 하지만 언젠가는 조도와 기욤과 결판을 내야 한다는 것을 잘 알고 있었죠. 그런데 그들이 선수를 친 거예요. 내 계획이 진행되는 동안, 그들은 어떤 방법인지는 모르지만 딸랑세 후작을 공격해서 그를 감금하고, 그에게서 그가 당신에게 건네주려던 문서와 기록을 훔쳤어요. 그리고 오늘 아침부터 그들은 준비를 하고 있었던 겁니다.

그들이 우리가 협로를 건널 때 총으로 쏘지 않은 이유는 목동들이 고원에서 돌아다니고 있었기 때문입니다. 게다가 서두를 필요가 뭐가 있겠습니까? 우리가 후작의 명함과 두 공범 가운데 한 명이 긁적거려 놓은 메모를 믿고서 딸랑세 후작을 기다릴 것이 확실한데 말입니다. 그리고 여기서 우리를 함정에 빠뜨린 겁니다. 우리가 협로를 건너자마자 무거운 수문들이 닫혀버렸고, 두 개의 폭포로 물이 불어난 호수의 수위가 높아지기 시작했습니다. 우리로서는 4, 5시간 전에는 그 사실을 깨닫는 것이 불가능했죠. 그러나 목동들이 마을로 돌아가고 나자 호수는 인적이 없는 최고의 사격장소가 되었던 겁니다. 보트는 물에 잠기고, 총알은 포위당한 사람들을 절대 나올 수 없도록 만들고, 도망친다는 것은 불가능하죠. 자, 결국 라울 드 리메지가 그 야비힌 미레스칼처럼 당하고 만 겁니다."

라울은 마치 자신에 대한 계략이 성공한 것을 기뻐하는 사람처럼, 이 모든 것을 아무렇지도 않게 익살스러운 말투로 말했다. 오렐리는 거의 웃을 뻔했다.

그는 담배에 불을 붙이고는 타고 있는 성냥을 손가락 끝으로 잡고 밖으로 내밀었다. 고원에서 두 번의 총성이 들렸다. 그러고 나서 즉각 세 번째와 네 번째 총성이 들렸다. 그러나 총알이 거기까지 미치지는 못했다.

그러나 침수가 빠른 속도로 계속 진행되고 있었다. 모래사장은 세면대 같은 모습이었다. 물은 맨 아래 기슭을 넘어서 이제는 잔잔한 물결을 일으키며 평지로 밀려들고 있었다. 물이 동굴 입구에 닿았다.

"화로 돌 위에 있으면 더 안전할 거예요."

그들은 급히 그 위로 올라갔다. 라울은 오렐리를 그물침대에 눕게 했다. 그러고 나서, 테이블로 달려가서 점심때 쓰고 남은 냅킨을 재빨리 집어서 선반 위에 놓았다. 총격이 가해졌다.

"너무 늦었구먼."

라울은 말했다.

"우리는 이제 아무것도 겁낼 게 없어요. 조금 인내심을 갖기만 하면 우리는 여기서 빠져나갈 수 있어요. 내 계획이 뭐냐고요? 우선 좀 쉬고 식사를 하는 겁니다. 그러는 동안에 밤이 올 거예요. 그러면 곧바로 내가 당신을 어깨에 메고 절벽 오솔길까지 갈 거예요. 적들을 유리하게 만드는 것은 한낮의 밝은 빛이에요. 그 덕에 그들이 우리를 붙잡아두고 있는 거죠. 우리에게는 어둠이 구세주인 셈이죠."

"그래요. 하지만 그 동안에도 물은 계속 올라와요."

오렐리가 말했다.

"그리고 충분히 어두워지려면 1시간은 있어야 해요."

"그래요? 그럼, 발만 담그는 대신에 허리까지 담그죠."

계획은 아주 간단했다. 하지만 라울 자신도 그 계획의 허점을 잘 알고 있었다. 우선 태양은 산꼭대기 너머로 이제 막 사라지기 시작했다. 그것은 아직도 1시간 반에서 2시간 동안은 여전히 환할 것이라는 의미였다. 게다가 적군은 점점 더 다가오고 있었고, 결국 오솔길까지 밀려들 것이다. 그러면 라울은 어떻게 오렐리와 함께 오솔길에 도착해서 그곳을 통과할 수 있을까?

오렐리는 주저하며 그녀가 무엇을 믿어야 할지 자문해보았다. 자신의 의지에도 불구하고 그녀의 눈은 물의 진전을 알려주는 기준이 되는 물건들에 고정되어 있었다. 그리고 이따금 그녀는 몸을 떨었다. 그러나 라울의 침착함은 너무나 인상적이었다!

"당신이 우리를 구할 거예요."

그녀는 중얼거렸다.

"나는 그럴 거라고 확신해요."

그는 쾌활함을 잃지 않고 말했다.

"알맞은 때에. 당신은 그걸 믿죠."

"네, 나는 믿어요. 언젠가 당신이 내게 말했어요. 기억나세요? 내 손금을 보면서 내가 물을 조심해야 한다고 말했잖아요. 당신의 예언이 실현됐어요. 그렇지만 저는 아무것도 두렵지 않아요. 왜냐하면 당신은 뭐든지 할 수 있으니까요. 당신은 기적을 만드니까……."

"기적이오?"

가능한 한 태연하게 말을 해서 그녀를 안심시키려고 애쓰던 라울은 말했다.

"아니오, 나는 기적을 만들 수는 없어요. 나는 단지 논리적으로 생각하고 상황에 따라서 행동할 뿐입니다. 내가 당신에게 당신의 어린 시절에 대해서 물어본 적도 없으면서 당신을 이곳으로 데려왔기 때문에, 당신은 나를 일종의 마법사처럼 여기고 있습니다. 아니오, 그건 아닙니다. 그 모든 것은 추론하고 깊이 생각해서 가능했던 것입니다. 그리고 사실, 나는 다른 사람들보다 더 정확한 정보를 가지고 있지도 않았습니다. 조도와 그 일당들도 나처럼 유리병에 대해서 알고, 청춘의 물 밑에 써 있는 '공식'을 읽었습니다.

그들은 거기서 어떤 단서를 찾아냈습니까? 아무것도 못 알아냈죠. 하지만 나는 그 내용에 대해서 조사를 한 결과, 거의 모든 공식이 한 줄만 빼고는 오베르뉴의 주요 온천장 가운데 하나인 루와이야의 물 성분을 분석한 것이라는 걸 알았습니다. 나는 오베르뉴의 지도를 살펴보고 거기서 쥐뱅의 마을과 호수를 발견했습니다(쥐뱅은 청춘을 뜻하는 라틴어 쥐벤시아의 줄임말이 확실합니다). 정보를 얻은 것이죠. 쥐뱅에서 1시간 정도 돌아다니고, 사람들과 이야기를 나누고 나서, 이 고장 사람들 중 가장 수상쩍은 딸랑세 후작이라는 사람이 이 모험의 중심에 있는 것이 분명하다는 걸 깨달았습니다. 그리고 나는 당신이 보낸 사람이라고 내 소개를 했죠. 후작이, 당신이 옛날에 성모 승천일인 일요일과 월요일, 8월 14일과 15일에 다녀갔다고 내게 말해주더군요. 그래서 저는 그날과 같은 날 우리의 탐험을 준비했습니다. 정확히 옛날처럼 북풍이 불고 있어요. 그래서 종소리가 계속 우리를 따라다닌 거예요. 자, 이게 바로 그 기적이라는 거예요. 초록 눈의 아가씨."

그러나 이런 말로도 오렐리의 주의를 흐려놓을 수는 없었다. 조금 후, 오렐리가 속삭이듯 말했다.

"물이…… 물이 올라와요. 물이 이 돌 두 개를 덮고 당신 신발을 적시고 있어요."

그는 돌을 하나 들어서 그것을 다른 돌 위에 올려놓았다. 이렇게 서 있는 위치를 높이고서 라울은 팔꿈치를 그물침대의 줄에 기댔다. 그러고는 태연하게 다시 이야기를 시작했다. 사실 그는 침묵이 흐르면 오렐리가 두려워할까봐 걱정이 되었던 것이다. 그러나 라울은 위험이 점점 커지는 것을 확인하고 당황하여, 오렐리에게 안심시키는 말을 하면서도, 머릿속으로는 이 냉혹한 현실을 다른 각도에서 바라보며 고심하고 있었다.

대체 무슨 일이 일어난 것일까? 상황을 어떻게 판단해야 할 것인가? 조도와 기욤이 저지른 술책으로 인해서 수위가 높아지고 있다. 그래, 그러나 조도와 기욤은 분명히 이미 아주 오래전에 만들어진 장치들을 이용할 뿐이다. 그런데 이렇게 수위를 높일 수 있도록 만든 사람들이, 비록 그 목석은 아직도 이해할 수 없지만(그 목적이 물론 사람들을 동굴에 가두어두고 수장시키려는 것은 아닐 테지), 어쨌든 수위를 낮출 수도 있게 만들어놓지 않았을까? 수문이 닫혔을 때 물이 흘러나가고 호수가 비도록 하기 위해서는 기계장치로 작동하는 배수관이 반드시 필요하다. 그러나 어디서 그 배수관을 찾는단 말인가? 어디서 수문을 작동시키는 기계장치를 찾는단 말인가?

라울은 가만히 앉아서 죽음을 기다리는 부류의 사람이 아니었다. 그는 모든 장애를 무릅쓰고 적들 쪽으로 돌진을 하거나 아니면 수문까지 헤엄쳐 가는 방법을 생각해 보았다. 그러나 그가 총에 맞거나, 차가운 물의 온도로 그의 몸이 마비가 되면 오렐리는 어떻게 될까?

라울은 오렐리가 자신이 하는 걱정을 모르게 하려고 아주 조심했지만, 오렐리도 라울의 목소리 변화나 그녀 자신도 느끼고 있는 두려움에 찬 침묵을 눈치채지 못할 리가 없었다. 그녀는 자신을 괴롭히는 극도의 불안감을 더는 참을 수 없는 듯, 갑자기 그에게 말했다.

"제발 부탁이에요. 대답해주세요. 나는 진실을 제대로 알고 싶어요. 더 이상은 희망이 없는 거죠, 안 그래요?"

"말도 안 돼요! 날이 저물고 있잖아요."

"날이 저무는 속도가 너무 느려요. 그리고 밤이 되면 우리는 빠져나가지 못할 거예요."

"왜죠?"

"저도 모르겠어요. 하지만 모든 것이 끝이고, 당신도 그걸 알고 있다는 느낌이 들어요."

그는 단호하게 말했다.

"아닙니다. 아닙니다. 위험은 크지만 아직 코앞에 닥친 건 아니에요. 우리가 침착함을 잃지만 않으면 여기서 빠져나갈 수 있어요. 깊이 생각하고, 이해해야 해요. 내가 모든 것을 이해하게 됐을 때, 분명 그때도 행동할 시간이 남아 있을 거라고 확신해요. 단지…….”

"단지……?"

"당신이 나를 도와줘야 합니다. 내가 이 상황을 완전하게 이해하기 위해서는 당신의 기억이, 당신의 모든 기억이 필요합니다."

라울의 목소리는 절박하게 들렸고 곧 말을 이었다.

"네, 압니다. 당신은 당신 어머니에게 당신이 사랑하는 남자에게만 그 비밀을 털어놓겠다고 약속했죠. 하지만 죽음도 비밀을 고백해야 할 이유가 됩니다. 아니, 오히려 사랑보다 더 중요한 이유죠. 그리고 만일 당신이 나를 사랑하지 않는다 해도, 당신 어머니가 바란 그대로 내가 당신을 사랑하고 있습니다. 내가 당신에게 했던 맹세에도 불구하고 이렇게 당신에게 말하는 걸 용서하십시오. 하지만 더 이상 입을 다물 수 없을 때가 있는 법이죠. 당신을 사랑합니다. 나는 당신을 사랑해요. 그리고 나는 당신을 구하고 싶어요. 사랑합니다. 당신이 말을 하지 않으면 그건 스스로에 대한 범죄가 될 겁니다. 나는 그걸 받아들일 수 없어요. 대답해 주십시오. 아마도 몇 마디 말이면 상황을 명확하게 이해하게 될 겁니다."

그녀는 중얼거렸다.

"물어보세요."

그는 즉시 물었다.

"전에 당신이 어머니와 함께 여기에 도착한 후에 무슨 일이 일어났죠? 어떤 풍경을 봤죠? 당신의 할아버지와 후작이 당신을 어디로 데려갔나요?"

"아무데도 안 갔어요."

그녀는 단호하게 말했다.

"나는 여기서 잔 게 확실해요. 그래요, 오늘처럼 그물침대에서 잤어요. 사람들이 내 주위에서 이야기를 하고 있었어요. 두 남자가 담배를 피우고 있었죠. 잃어버렸던 기억들인데, 이제 다시 생각나고 있어요. 나는 담배냄새와 병마개를 따는 소리를 기억해요. 그리고…… 그리고 잠에서 깼어요. 그리고 내게 밥을 먹였어요. 밖에서, 태양이 있었어요."

"태양이오?"

"네, 그 다음 날이었을 거예요."

"그 다음 날이오? 확실합니까? 모든 것이 거기에 달려 있어요, 그 상세한 부분에."

"네, 확실해요. 나는 여기서 그 다음 날 잠에서 깨었어요. 그리고 밖에 태양이 있었어요. 단지, 모든 것이 바뀌었어요. 나는 아직도 여기에 있는데, 그곳은 다른 곳이었어요. 나는 바위들을 알아볼 수 있었지만 그때는 같은 자리에 있지 않았어요."

"뭐라고요? 바위들이 같은 자리에 있지 않았다고요?"

"네, 바위들이 물에 잠겨 있지 않았어요."

"바위들이 물에 잠겨 있지 않았고, 당신은 이 동굴에서 나갔나요?"

"네, 동굴에서 나갔어요. 그래요, 할아버지가 우리 앞에서 걸어갔어요. 우리 어머니는 내 손을 잡았죠. 바닥이 미끄러웠어요. 우리 주위에, 여러 종류의 집들이 있었어요. 폐허 같은…… 그리고 또 종들이 있고…… 내가 항상 듣는 같은 종……."

"그거예요. 바로 그거예요."

라울이 중얼거리며 말했다.

"모든 것이 내가 예상했던 것과 일치해요. 꾸물거릴 수 없어요."

그들에게 무거운 침묵이 흘렀다. 물이 음산한 소리를 내며 철렁거렸다. 테이블과 작업대, 책, 의자들이 물에 떠다녔다.

라울은 그물침대 끝에 앉아야 했고, 화강암 천장 밑에서 허리를 구부리고 있어야 했다.

밖에서 어둠이 저물어 가는 빛과 뒤섞이고 있었다. 그러나 어둠이 아무리 짙게 드리워진들 그게 무슨 소용일까? 어떻게 움직여야 할까?

그는 필사적으로 자신의 생각을 붙들고 해결책을 찾기 위해 노력했다. 오렐리는 반은 일어서 있었고, 다정하고 부드러운 눈빛이었다. 그녀는 라울의 손을 잡더니 몸을 굽히고 그 손에 입을 맞췄다.

"아니! 이런!"

그가 어쩔 줄 몰라하며 말했다.

"뭘 하는 겁니까?"

그녀는 중얼거렸다.

"당신을 사랑해요."

초록 눈은 여명에 빛나고 있었다. 그는 여인의 심장이 뛰는 소리가 들렸다. 그는 이런 기쁨을 한 번도 느껴본 적이 없었다.

그녀는 팔로 그의 목을 감으며 다정하게 말했다.

"나는 당신을 사랑해요. 아시겠어요, 라울, 이게 바로 내 단 하나뿐인 중요한 비밀이에요. 나는 다른 비밀에는 관심이 없어요. 하지만 이 비밀은 내 모든 인생이에요! 그리고 내 모든 영혼이에요! 저는 당신을 알지도 못하면서, 당신을 보기도 전에 당신을 사랑해버렸어요. 저는 어둠 속에서 당신을 사랑했어요. 그리고 그 이유 때문에 저는 당신을 미워했어요. 네, 저는 창피했어요. 거기, 보꾸르의 도로에서 나를 사로잡은 것은 당신의 입술이었어요. 저는 내가 모르는 어떤 것, 나를 겁나게 하는 어떤 것을 느꼈죠. 그 끔찍한 날 저녁에, 그리고 내가 모르는 남자로 인해서 그런 커다란 기쁨과 커다란 행복을 느끼다니! 존재의 저 깊은 곳까지, 제가 당신의 것이라는 달콤하면서도 불쾌한 인상을 받았어요. 그리고 당신은 나를 당신의 노예로 만들기만을 바랄 거라는 인상을 받았어요. 그때 내가 당신을 피한 건 바로 그 이유 때문이었어요. 라울, 내가 당신을 증오해서가 아니라 당신을 너무나 사랑하고 당신이 두려웠기 때문이었어요. 나는 그런 내 흔들림으로 머리가 어지러웠어요. 나는 어떤 대가를 치르더라도 다시는 당신을 보고 싶지 않았어요. 하지만 사실 나는 당신을 다시 만날 생각밖에 하지 않았어요. 내가 그 밤의 공포와 그에 뒤따른 모든 끔찍스러운 고통을 견뎌낼 수 있었던 것은 당신 때문이었어요. 내가 도망쳤지만 끊임없이 위험한 순간에는 내게 와 주는 당신 때문이었어요. 나는 내 온힘을 다해서 당신을 원망했어요. 그리고 매 순간 나는 더욱더 당신을 느꼈어요. 라울, 라울, 나를 안아주세요. 라울, 사랑해요."

그는 비통한 열정으로 그녀를 껴안았다. 마음속으로 그는 이 사랑을 한 번도 의심한 적이 없었다. 첫번째 입맞춤이 그에게 일깨워준 이 사랑을, 그들이 만날 때마다 당황하는 모습으로 드러나는 이 사랑을 의심한 적이 한 번도 없었다. 당황하는 근본적인 이유를 짐작하고 있었다. 그러나 그는 그가 느끼는 행복 그 자체에도 두려움을 느끼고 있었다. 여인의 부드러운 말들, 그녀의 싱그러운 숨결이 그를 마비시켰다. 꺾을 수 없는 강한 투지가 그 안에서 모두 말라버렸다. 그녀는 그의 내면의 무기력을 직감했다. 그리고 그녀는 그를 더욱 가까이 끌어당겼다.

"우리 체념하도록 해요, 라울. 피할 수 없는 것은 받아들여요. 저는 당신과 죽는 게 두렵지 않아요. 하지만 나는 당신의 품안에서 죽음을 맞이하고 싶어요. 내 입술을 당신 입술 위에 대고서, 라울. 살아 있다고 해도 이보다 더한 행복은 가질 수 없을 거예요."

그녀의 두 팔이 결코 떼어낼 수 없는 목걸이처럼 그를 안았다. 점점 그녀의 머리가 그의 쪽으로 다가왔다.

그래도 그는 저항했다. 그에게 허락된 이 입에 입을 맞추는 것은 패배를 인정하는 것이고, 그녀가 말한 것처럼 불가피한 일에 대해서 체념을 하는 것이었다. 그는 그것을 원하지 않았다.

그의 모든 본성이 이러한 나약함에 저항하고 있었다. 그러나 오렐리가 애원하며 그를 누그러뜨리고 그를 약하게 만드는 말을 중얼거렸다.

"당신을 사랑해요. 반드시 이렇게 되게 되어 있는 거예요, 거부하지 마세요. 당신을 사랑해요. 사랑해요."

그들의 입술이 합쳐졌다. 그는 생의 모든 정열과 죽음의 두려운 쾌감이 있는 입맞춤의 흥분을 맛보았다. 그들이 입맞춤의 달콤한 마비상태에 빠져든 이후, 밤이 더 빨리 그들을 감싸는 것 같았다. 물이 차오르고 있었다.

라울은 일시적인 무기력에서 갑자기 빠져나왔다. 이 매혹적인 여인이, 그렇게도 여러 번 자신이 구해낸 그 여인이, 물에 잠겨 숨이 막히는 끔찍스러운 고통을 겪게 될 것이라는 생각이 그를 공포로 뒤흔들었다.

"아니에요, 아니에요."

그는 소리쳤다.

"그렇게 되지 않을 거예요. 당신에게 죽음이? 아니오. 나는 그런 치욕을 막을 수 있습니다."

그녀는 그를 붙잡고 싶었다. 그는 그녀의 손목을 잡았고 그녀는 애처로운 목소리로 애원했다.

"제발 부탁이에요, 제발……. 대체 뭘 하려는 거예요?"

"당신을 구하려는 겁니다. 그리고 내 자신도 구하고……."

"이제는 너무 늦었어요!"

"너무 늦어요? 하지만 밤이 됐어요! 아, 당신의 아름다운 눈이 이제 보이지 않는군요. 당신의 입술도 보이지 않아요. 그런데도 어떻게 내가 아무 행동도 하지 않을 수 있겠어요!"

"하지만 무슨 방법을 쓰려고요?"

"나도 모르겠습니다. 중요한 것은 행동을 한다는 것입니다. 그리고 어쨌든 확실한 점들이 있어요. 분명, 알맞은 시간이 되면, 수문을 닫아서 생기는 현상들을 제어하기 위해서 준비된 방법이 있을 거예요. 물이 빨리 흐르도록 해주는 개폐문이 분명 있을 거예요. 그걸 찾아야 해요."

오렐리는 그의 말을 듣지 않고 있었다. 그녀는 흐느꼈다.

"제발 부탁이에요. 당신은 나를 이런 무서운 밤에 혼자 둘 건가요? 저는 겁이 나요, 라울."

"아니오. 당신은 죽는 것이 두렵지 않으니까, 사는 것도 두렵지 않아요. 더도 말고 딱 2시간만 기다릴 수 있겠죠. 2시간 안에는 물이 당신이 있는 곳까지 미치지 못할 겁니다. 그리고 그때는 내가 돌아올 겁니다. 무슨 일이 있어도 그때는 돌아오겠다고 맹세해요. 돌아와서 당신은 이제 살았다고 얘기할게요. 아니면 당신과 함께 죽으러 돌아오겠어요."

점차 그는 냉정하게 필사적인 포옹에서 벗어났다. 그는 여인 쪽으로 몸을 숙이고 그녀에게 열정적으로 말했다.

"믿음을 가져요, 내 사랑 오렐리. 당신은 내가 일을 할 때 절대 실패하지 않는다는 것을 알잖아요. 성공하는 대로 신호를 보내서 알려줄게요. 휘파람을 두 번 불거나…… 아니면 총성이 두 번 들릴 거예요. 물이 몸을 얼려버릴 정도로 차가워도 무조건

나를 믿어요."

그녀는 힘없이 주저앉았다.

"가세요. 당신이 그러길 원하니까."

"두렵지 않겠어요?"

"아니오. 당신이 그걸 원치 않으니까요."

그는 윗도리를 벗고 조끼와 신발을 벗었다. 그리고 자신의 손목시계의 야광 눈금을 힐끗 보고는 목에 묶었다. 그리고 물에 뛰어들었다.

밖은 어둠이 깔려 있었다. 그는 아무런 무기도, 아무런 지표도 없었다.

시각은 8시였다.

어둠 속에서

　라울의 첫번째 느낌은 두렵다는 것이었다. 별도 없는 무겁고 냉혹한 밤, 짙은 안개가 드리운 밤, 움직이지 않는 밤이, 보이지 않는 호수와 분간할 수 없는 절벽들 위에 드리워져 있었다. 그의 눈은 장님의 눈처럼 그에게 별 도움이 되지 못했다. 그의 귀에 들려오는 것은 침묵뿐이었다. 폭포소리가 더 이상 메아리치지 않았다. 호수가 그 소리를 흡수해버린 것이다. 그리고 이 깊이를 헤아릴 수 없는 심연에서 그는 보고, 듣고, 방향을 잡고, 전진하고, 그리고 목적지에 닿아야 했다.
　개폐문? 한순간도 그는 실제로 개폐문에 대해서 생각하지 않았다. 그것을 찾는 것은 죽음의 경기를 하는 미친 짓이었을 것이다. 아니다. 그의 목적은 두 강도가 있는 곳에 다다르는 것이었다. 그런데 그들은 숨어 있었다. 분명 그와 같은 적을 직접 공격하는 것이 두려워, 어둠 속에서 신중하게 소총으로 무장을 하고 모든 감각을 동원해서 망을 보고 있을 것이다. 그들을 어디서 찾는단 말인가?

모래사장의 상부 가장자리에 선 라울은, 얼음장 같은 물이 가슴까지 올라왔고 너무나 고통스러웠기 때문에 수문까지 헤엄쳐서 간다는 것이 불가능하다고 생각했다. 게다가 기계장치가 어디에 있는지도 모르는 상태에서 그 수문을 어떻게 작동시킨단 말인가? 그는 더듬거리면서 절벽을 따라갔다. 그리고 물에 잠겨 있는 계단에 다다랐다. 그리고 암벽에 붙어 있는 오솔길에 도착했다. 그 길을 올라가는 것은 극도로 힘이 들었다. 그는 갑자기 멈춰 섰다. 멀리서 안개를 뚫고 희미한 빛이 반짝이고 있었다.

어디일까? 정확히 알 수는 없었다. 호수 위일까? 절벽 위일까? 어쨌든 그 불빛은 정면에서, 다시 말하면 협로 부근에서, 즉 강도들이 총을 쏘았고 지금 그들이 머무르고 있는 것으로 추정되는 바로 그곳에서 비치고 있었다. 그리고 그 불빛은 동굴에서는 보이지 않았다. 그것은 그들의 신중함을 보여주는 것이고, 그들이 거기에 있다는 증거였다.

라울은 머뭇거렸다. 그는 육로를 따라서 뾰족한 산봉우리와 기복이 심한 지형을 우회하여 바위 위로 올라가서 그 소중한 불빛을 시야에서 놓치게 될 움푹 패인 지대로 내려갈 것인가? 화강암으로 된 끔찍한 무덤 깊숙한 곳에 갇힌 오렐리를 생각하고서 라울은 결정을 내렸다. 그는 민첩하게 올라온 오솔길을 다시 뛰어내려갔다. 그리고 힘차게 호수로 뛰어들어 헤엄을 치기 시작했다.

그는 질식할 것 같았다. 추위의 고통이 참을 수 없을 정도였다. 헤엄치는 길이가 200~250미터를 넘지 않았지만, 그는 거의 포기하기 직전이었다. 그만큼 그것은 인간의 능력 밖의 일인 듯 싶었다. 그러나 오렐리에 대한 생각이 그의 머릿속을 떠나지 않았다. 도망칠 곳 없는 둥근 천장 밑에 있는 오렐리의 모습이 눈에 선했다. 물은 잔인한 작업을 계속하고 있었다. 그 어느 것도 멈추게 하거나 약화시킬 수 없었다. 오렐리는 물의 악마 같은 속삭임을 알아채고 물의 얼음 같은 숨결을 느끼고 있었다. 이 얼마나 치욕인가?

그는 두 배로 힘을 냈다. 불빛이 마치 자비로운 별처럼 그를 인도했다. 그리고 마치 모든 어둠의 힘이 가하는 엄청난 공격으로 불빛이 갑자기 사그라질까봐 걱정하는 듯, 그의 눈은 그 불빛을 열심히 주시하고 있었다. 그러나 혹시 그 불빛이 기욤과 조도가 길목을 지키고 있다는 의미일까? 그리고 그들이 호수 쪽을 향해서 몸을 낮추고, 공격을 받을 수 있는 길을 감시하고 있다는 의미일까? 목적지에 접근하면서 라울은 근육 활동으로 인한 일종의 만족감을 느꼈다. 그는 조용히 팔을 크게 뻗어서 물을 가르며 앞으로 나아갔다. 거울 같은 호수에 비친 별은 두 배로 커져 있었다.

그는 밝은 곳을 피해 옆으로 돌아갔다. 그가 판단할 수 있는 한도 내에서 보면, 강도들의 위치는 협로 입구 쪽으로 파고 들어간 갑(岬)의 윗부분이었다. 그는 암초에 부딪쳤다. 그러고 나서 작은 조약돌이 쌓여 있는 절벽 경사면에 닿았다.

그의 머리 위, 약간 왼쪽에서 중얼거리는 목소리가 들렸다. 조도와 기욤이 있는 곳과 그와의 거리가 어느 정도 될까? 넘어야 할 장애물은 어떤 것일까? 깎아지른 듯한 성벽일까 아니면 완만한 경사일까? 거기서는 도저히 알 수 없었다. 일단 무작정 올라가봐야 했다.

라울은 물기가 없는 작은 조약돌을 두 손 가득 들고서 힘차게 다리와 상체를 문질렀다. 그리고 그는 젖은 옷을 짜서 다시 입고는, 기운차게 위험을 무릅쓰고 전진했다.

그것은 가파른 성벽도 완만한 경사도 아니었다. 마치 돌을 쌓아 만든 거대한 건축물의 토대처럼 층층이 포개진 바위층이었다. 따라서 기어오르는 데 대담함뿐만 아니라 엄청난 힘이 필요했다. 라울이 기어올라가는 동안, 손가락에 단단히 힘을 주고 짐승의 발톱처럼 움켜잡은 조약돌들이 쌓여 있던 자리에서 미끄러져 내리고 풀들이 뿌리가 뽑혔다. 위로 갈수록 목소리가 점점 더 명확히 들렸다.

한낮이라면 라울은 이런 터무니없는 시도는 절대 하지 않았을 것이다. 그러나 끊임없이 째각거리는 시계소리가 저항할 수 없는 힘처럼 그를 떠밀었다. 그의 귀 가까이에서 째각거리며 흐르는 1초, 1초가 점점 사그라져 가는 오렐리의 목숨과도 같았다. 그러므로 그는 반드시 성공해야 했다. 그리고 그는 성공했다. 갑자기 눈앞에 아무런 장애물도 없었다. 잔디밭이 건물을 둘러싸고 있었다. 희미한 불빛이 어둠 속에서 마치 하얀 구름처럼 떠다니고 있었다.

그의 앞에는 땅이 함몰하여 분지의 형태를 이루고 있었고 그 가운데에 반쯤 부서진 오두막이 무너져가고 있었다. 나무 기둥에 희미한 불빛의 등잔이 달려 있었다.

반대편 가장자리에는 두 남자가, 그에게 등을 돌리고 배를 땅에 깔고 엎드려서 호수 쪽으로 몸을 숙이고 있었고, 소총과 권총이 손에 닿을 만한 거리에 놓여 있었다. 그들 가까이에 전기 램프에서 나오는 두 번째 빛이 있었다. 이 빛이 라울을 인도한 것이었다.

그는 시계를 보고는 몸을 떨었다. 여기까지 오는 데 50분이 걸렸다. 그가 생각했던 것보다 시간이 훨씬 오래 걸렸다.

'물이 차는 걸 멈추게 할 시간이 최대한 30분 정도 남았어.' 그는 생각했다. '만일, 30분 후에 조도에게서 수문의 비밀을 알아내지 못하면 약속한 대로 오렐리 곁으로 돌아가서 그녀와 함께 죽는 수밖에 없다.'

라울은 키가 큰 풀들 뒤에 몸을 숨기며 오두막 쪽으로 기어갔다. 12미터 정도 떨어진 곳에서 조도와 기욤이 완전히 마음을 놓고서 태평스럽게 이야기를 나누고 있었다. 그들은 다소 큰 목소리로 이야기하고 있어서 라울은 그들의 목소리는 식별할 수 있었다. 하지만 무슨 말을 하는지는 전혀 알아들을 수 없었다. 어떻게 해야 할까?

라울은 분명한 계획도 없이, 상황에 따라서 행동할 생각으로 이곳에 온 것이다. 일단 아무런 무기도 없기 때문에 싸움을 벌이는 것은 위험하다고 판단했다. 결국 그에게 불리하게 돌아갈 수 있기 때문이었다. 다른 한편으로는, 그가 승리했을 경우, 강요와 협박으로 조도와 같은 적이 입을 열도록 할 수 있을지, 다시 말하면, 패배를 인정하고 그가 그렇게도 힘들게 얻은 비밀들을 자신에게 털어놓게 만들 수 있을지 의문이었다.

그래서 그는 뜻밖의 말 한마디가 정보를 줄 수 있을지도 모른다는 희망을 가지고서 조심하면서 계속 기어갔다. 그는 2미터를 전진하고, 또다시 3미터를 전진했다. 라울 자신도 땅 위에서 몸이 움직이며 바스락거리는 소리를 듣지 못했다. 그는 두 사람의 대화가 좀더 명확하게 들리는 지점에 도달했다.

조도는 말했다.

"이봐! 걱정 좀 하지 마, 젠장! 우리가 수문에 내려갔을 때, 수위가 5단계에 다다랐어. 그건 동굴 천장에 해당하는 높이야. 그들이 나오지 못했으니까 그들 '일'은 이미 해결된 거야. 2 더하기 2가 4인 것처럼 100퍼센트 확실해."

기욤이 대답했다.

"그래도 당신이 동굴에 더 가까이 자리를 잡고 거기서 그들을 감시했어야 했어요."

"네가 아니고 왜 나야?"

"내가요? 이 뻣뻣한 팔로! 난 기껏해야 총을 쏠 수 있는 게 전부예요."

"그리고 너는 그놈이 겁이 나지."

"당신도 마찬가지죠, 조도."

"아니라고는 말 안 하겠어. 나는 총을 쏘는 쪽이 더 좋았어. 그리고 침수 건은, 늙은 딸랑세의 노트들을 가지고 있었으니까……."

"오! 조도, 그 이름은 입 밖에 내지 마세요."

기욤의 목소리가 작아졌다. 조도는 비웃었다.

"이런 겁쟁이 같으니!"

"생각해 보세요, 조도. 내가 병원으로 돌아갔을 때, 당신이 찾아왔죠. 그때, 어머니가 당신에게 대답했어요. '좋아요. 당신은 그 악마 같은, 재수 없는 리메지가 어디에 오렐리를 숨겼는지 알아요. 그리고 당신은 그를 감시하면 보물이 있는 곳까지 갈 거라고 주장하고 있어요. 좋아요. 내 아들이 당신을 도와줄 거예요. 하지만 범죄는 저지르지 않겠죠, 안 그래요? 피를 보면 안 돼요.'"

"피는 한 방울도 안 흘렸어."

조도는 농담조로 말했다.

"그래요, 그래요. 하지만 당신은 내 말의 의미를 이해하잖아요. 죽은 사람이 있으면 범죄가 있는 거예요. 그건 리메지와 오렐리에게의 경우도 마찬가지예요. 범죄가 없을 거라고 말할 수 있어요?"

"그러면, 뭐야, 이 모든 걸 다 포기해야 한단 말이야? 너는 리메지 같은 놈이 너에게 쉽게 양보했을 거라고 생각해? 네 아름다운 눈을 위해서? 너는 그를 잘 알잖아. 그 저주받을 인물을. 그는 네 팔을 부러뜨렸어. 결국 네 얼굴을 갈겼을 거야. 어차피 그 아니면 우리, 둘 중 하나를 선택해야 했어."

"하지만 오렐리는?"

"그들 둘은 한편이야. 한쪽을 건드리지 않고 다른 쪽을 건드릴 수는 없어."

"가여운……."

"그래서? 너는 보물을 원하는 거야, 아니야? 담배나 뻐끔뻐끔 피운다고 이런 권총이 거저 생기는 건 아니야."

"그래도……."

"후작의 유언을 못 봤어? 오렐리가 쥐뱅의 모든 영지의 상속자야. 그러면 너는 어떻게 했겠어? 아마도, 그녀와의 결혼을 생각했겠지? 결혼은 둘이 하는 거야, 이 친구야. 그리고 내 생각은 자네가……."

"그래서요?"

"그래서, 앞으로 일어날 일은 이런 거야. 내일, 쥐뱅의 호수가 전처럼 높지도 낮지도 않은 상태로 돌아올 거야. 내일 모레면 목동들이 도착할 거야. 그 전에는 아니야. 후작이 그 전에는 오지 못하게 했으니까. 협로의 협곡에서 떨어져 죽은 후작을 발견하겠지. 어느 누구도 누군가 그를 살짝 밀어서 그가 균형을 잃었다고는 생각하지 못할 거야. 그리고 상속 절차가 시작되는 거지. 유언장은 없어. 그건 내가 가지고 있으니까……. 그는 가족이 없으니까 상속인도 없어. 결론적으로 국가가 법적으로 영지의 주인이 되는 거야. 그리고 6개월 후에 다시 매각할 거야. 그럼 우리가 사는 거야."

"무슨 돈으로요?"

"그런 돈을 마련하는 데는 6개월이면 충분해."

조도는 불길한 어조로 말했다.

"게다가 아무것도 모르는 사람에게 이 영지가 무슨 값어치가 있겠어?"

"만약 추적을 하면?"

"누구를?"

"우리를."

"무슨 이유로?"

"리메지와 오렐리 건으로."

"리메지, 오렐리? 익사해서 행방불명이 돼 못 찾을 거야."

"못 찾는다고! 동굴 안에서 찾을 거예요."

"아니, 우리가 내일 아침에 동굴에 가서 두 사람의 다리를 묶어서 호수 깊은 곳으로 빠뜨릴 테니까. 아무도 보지 못하고 아무도 알지 못하게······."

"리메지의 차는?"

"오후에 우리가 가지고 갈 거야. 그러면 이쪽에 사람들이 와도 아무도 모를 거야. 사람들은 오렐리의 애인이 와서 휴양소에서 그녀를 몰래 데려갔다고 생각할 거야. 그리고 아무도 모르는 곳으로 여행을 갔다고 생각하겠지. 이게 바로 내 계획이야. 어떻게 생각해?"

"아주 훌륭해, 이 악당아."

갑자기 가까이에서 한 목소리가 말했다.

"단지, 허점이 하나 있군."

그들은 두려움에 깜짝 놀라며 돌아보았다. 바닥에 웅크리고 있는 한 남자가 있었다. 그 남자는 다시 말했다.

"커다란 허점이 하나 있어. 왜냐하면, 결국, 그 훌륭한 계획은 완료된 상황에 근거를 둔다는 것이지. 한데, 만일 동굴의 남자와 여자가 도망쳤다면 그 계획은 어떻게 되는 거지?"

그들의 손은 더듬더듬 소총과 자동권총을 찾았다. 그런데 아무것도 없었다.

"무기? 뭘 하게?"

남자는 빈정대는 목소리로 말했다.

"내가 무기를 가지고 있나? 바지도 젖고, 셔츠도 젖고, 그게 다야. 무기라니……. 우리같이 선량한 사람들 사이에서 무슨!"

조도와 기욤은 당황하여 움직이지 않고 있었다. 조도에게, 다시 나타난 이 남자는 니스에서 본 남자였다. 기욤에게는 뚤루즈에서 본 남자였다. 그리고 그들이 이미 제거했다고 생각하고 시체를 어떻게 처리할지를 얘기하던 바로 그 두려운 적이었던 것이다.

"물론, 그렇고 말고."

남자는 웃으며 태연스럽게 말했다.

"물론, 맞아, 살아 있었어. 수위 5단계는 동굴의 천장에 해당하는 높이가 아니야. 게다가 그런 종류의 간계로 나를 이길 수 있을 거라고 생각했다니! 난 살아 있다고, 조도! 그리고 오렐리도 마찬가지야. 그녀는 동굴에서 멀리 떨어진 안전한 곳에 있지. 몸에 물 한 방울 안 묻히고 말이야. 그러니 우리 서로 대화를 해도 되겠군. 하지만 간단하게 하지. 5분만이야, 단 1초도 넘지 않고 단 5분. 어때?"

조도는 바보처럼 얼이 빠져서 입을 다물고 있었다. 라울은 시계를 보았다. 그는 심장이 말로 다할 수 없는 극도의 불안으로 가슴속에서 터져버릴 것 같았지만 겉으로는 전혀 내색을 하지 않고 태평스럽게 말했다.

"자, 자네 계획은 이제 더 이상 실효성이 없어. 오렐리가 죽지 않았으니, 그녀는 상속을 받고 결국 영지 매각은 없어. 만일 자네가 그녀를 죽이고, 영지를 매각한다 해도 내가 여기 있어. 그리고 내가 그 영지를 살 거야. 그럼 나도 죽여야 할 텐데. 그건 불가능하지. 나는 끄떡없거든. 그러니 자네는 코너에 몰렸어. 빠져나올 방법은 하나뿐이야."

그는 잠시 말을 멈추었다. 조도는 몸을 숙였다.

"그럼 방법이 있단 말이군?"

"그래, 방법이 하나 있지."

라울은 말했다.

"딱 하나 있지. 나와 뜻을 맞추는 거지. 그러겠나?"

조도는 아무 대답도 하지 않았다. 그는 라울에게서 두 걸음 정도 떨어진 곳에서 웅크리고 있었다. 그리고 흥분으로 빛나는 눈을 그에게 고정시키고 있었다.

초록 눈의 아가씨 307

"대답이 없군. 하지만 자네 동공이 움직이고 있어. 마치 야생 동물의 동공처럼 빛나고 있는 게 보여. 내가 자네에게 무엇인가를 제안하는 것은 자네가 필요하기 때문이다? 천만에. 나는 절대 그 누구도 필요하지 않아. 단지, 자네는 15년 혹은 18년 전부터 거의 다 달성된 목표를 쫓고 있었어. 그렇기 때문에 자네도 보물에 대한 권리가 있어. 자네가 어떤 방법을 쓰더라도 심지어 살인까지도 포함해서 반드시 지키려고 결심한 그 권리 말이야.

그 권리를 내가 자네에게서 사지. 왜냐하면 나는 좀 조용히 살고 싶고, 오렐리도 마찬가지니까. 아니면 언젠가는 자네가 우리에게 나쁜 짓을 할 방법을 찾아낼 게 아닌가. 나는 그걸 원하지 않아. 얼마를 원하나?"

조도는 긴장이 풀린 듯했다. 그는 중얼거렸다.

"가격을 제시해 보시오."

"자네가 알다시피, 이건 각자가 자기 몫을 가질 수 있는 그런 보물이 아니야. 이건 다시 일으켜 세우고 개척하는 일이야. 그 이익은……"

"엄청날 거요."

조도가 말했다.

"동감이야. 내 제안도 그와 비례해. 매달 5,000프랑 어때?"

조도는 그런 큰 액수에 놀라서 펄쩍 뛰었다.

"두 사람 다?"

"자네는 5,000프랑…… 기욤은 2,000프랑."

기욤은 대답하지 않을 수 없었다.

"나는 찬성입니다."

"그리고 자네는, 조도?"

"어쩌면. 하지만 보증금, 선불금이 있어야겠어."

"3개월치면 괜찮겠나? 내일 3시에 끌레르몽페랑 조드 광장에서 만나도록 하지. 그때 수표를 건네주겠어."

"좋아, 좋아."

조도는 경계하며 말했다.

"허나 내일 드 리메지 남작이 나를 체포하게 만들지 않는다는 보장이 없잖소."

"그럴 리가 없지. 왜냐하면 나도 동시에 체포될 테니까."

"당신이?"

"아무렴! 나를 체포하는 건 자네가 생각하는 것보다 더 큰일일 거야."

"당신은 누구요?"

"아르센 뤼팽."

그 이름이 조도에게 어마어마한 효과를 가져왔다. 그 이름이 자신의 모든 계획이 실패로 돌아간 이유와 자신을 압도한 이 남자의 지배력을 모두 설명해주는 것이다.

라울은 다시 말했다.

"아르센 뤼팽, 전 세계 경찰이 찾고 있는 인물이지. 500건 이상의 가중절도죄, 100건 이상의 유죄판결. 알겠지, 우리는 뜻을 맞출 수밖에 없어. 나는 자네와 거래를 원해. 그리고 자네도 그걸 원하면 합의는 이루어지는 거야. 나는 확신해. 방금 전에 나는 자네의 머리통을 부술 수도 있었어. 하지만, 아니. 나는 거래를 좋아해. 그리고 나는 자네를 필요에 따라서 이용할 거야. 자네는 단점이 있어. 하지만 만만치 않은 장점도 있지. 자네가 끌레르몽페랑까지 나를 쫓아온 방법, 그건 일류급이야. 왜냐하면 나는 아직도 그 방법을 알 수가 없거든. 그러니 자네에게 약속하지, 뤼팽의 약속이야. 그건 천금과 같지. 됐나?"

조도는 낮은 목소리로 기옴과 얘기를 나누고는 대답했다.

"좋소. 우리는 동의합니다. 당신이 원하는 것은 뭐요?"

"나? 나는 원하는 것이 아무것도 없지."

라울은 여전히 태연하게 말했다.

"나는 평화를 추구하는 사람이고 그것을 얻기 위해서 대가를 지불하는 거지. 우리는 이제 동업자들이 되었어. 그게 정확한 말이겠군. 자네가 이 제휴에 어떤 기여를 하고 싶다면 좋을 대로 하게. 자네가 노트를 가지고 있나?"

"엄청난 양을 가지고 있지. 후작의 지시들, 호수에 관한 보고서."

"그럴 테지, 자네가 수문을 닫을 수 있었으니까. 내용이 상세하게 나와 있나?"

"그렇소. 작은 글씨로 쓴 공책이 다섯 권이나 돼요."

"그것들을 다 자네가 가지고 있나?"

"그렇소. 그리고 나는 그 유언장도 가지고 있소. 오렐리에게 유리한……."

"주게."

"내일, 수표를 받으면 주지."

조도는 단호하게 말했다.

"좋아, 내일, 수표와 교환하지. 우리 서로 악수를 하자고. 그게 협정의 서명이야. 그러고 나서 헤어지도록 하지."

그들은 서로 악수를 했다.

"잘 가게."

라울은 말했다.

대면은 끝이 났지만 진짜 싸움은 이제 시작이었다. 몇 마디 말이면 판결이 날 것이다. 이제까지 했던 말들, 약속들은 모두 조도의 주의를 딴 데로 돌리기 위한 것이었다. 중요한 것은 수문이 있는 장소를 알아내는 것이었다. 과연 조도가 말을 할까? 조도가 실제 상황과 라울의 속셈을 눈치채게 될까?

라울은 이렇게까지 불안을 느껴본 적이 한 번도 없었다. 그는 지나가는 듯이 말했다.

"나는 가기 전에 '물건'을 봤으면 하네. 내 앞에서 배수 개폐문을 열어볼 수 없을까?"

조도는 반대했다.

"후작의 노트에 따르면 개폐문이 끝까지 작동하기 위해서는 7~8시간이 걸립니다."

"그러면, 지금 개폐식 문을 열어. 내일 아침에 자네는 이쪽에서, 오렐리와 나는 저쪽에서 그 '물건', 다시 말하면, 그 보물을 보도록 하자고. 배수 개폐문이 있는 곳이 여기서 아주 가깝지? 우리 위에 있나? 수문과 가까이 있나?"

"그렇소."

"직접 통하는 길이 있나?"

"있소."

"자네는 작동법을 아나?"

"쉽지. 노트에 다 써져 있소."

"그럼, 같이 내려가지. 내가 자네를 도와주지."

조도는 일어나서 전기 램프를 들었다. 그는 함정을 눈치채지 못했다. 기욤이 그의 뒤를 따랐다. 지나가면서 그들은 라울이 가까이 잡아당겨서 더 멀리 밀어버렸던 총들을 보았다. 조도는 총 한 자루를 어깨에 비스듬히 둘러멨다. 기욤도 마찬가지였다. 램프를 든 라울은 두 사람의 바로 뒤를 따라갔다.

그는 생각했다.

'이번에는 성공이다. 어쩌면 몇 번의 위기는 더 있을 거야. 하지만 큰 싸움은 이겼다.'

라울은 속으로는 환호하면서도 겉으로는 전혀 내색을 하지 않았다.

그들은 길을 내려갔다. 호수 가장자리에서 조도는 모래와 화강암으로 된 둑 위로 향했다. 둑은 절벽의 밑부분을 따라 이어져 있었다. 조도는 보트가 매여 있는 상당히 깊은 굴곡을 가리고 있는 바위를 돌았다. 그리고 무릎을 꿇고는 커다란 조약돌을 몇 개 옮기고서 일렬로 늘어서 있는 쇠로 된 4개의 손잡이를 찾아냈다. 각 손잡이에 달린 쇠사슬이 토기 파이프 안으로 연결되어 있었다. 4개의 쇠사슬이 끝에 달려 있었다.

조도가 말했다.

"여기가 수문 크랭크 바로 옆이오. 여기 이 사슬들이 밑바닥에 있는 주철판을 움직이게 합니다."

그는 손잡이 하나를 잡아당겼다. 라울도 다른 손잡이를 잡아당겼다. 그리고 그는 즉시 움직임이 사슬 다른 끝 쪽으로 전달되어 판이 앞으로 나가는 것을 느낄 수 있었다. 두 개의 다른 작동도 성공적으로 끝났다. 호수에는 얼마 정도의 간격을 두고 군데군데에서 작은 소용돌이들이 일었다.

라울의 시계가 9시 25분을 가리키고 있었다. 이제 오렐리는 구출된 것이다.

"자네 총을 좀 빌려주게."

라울이 말했다.

"아니, 그럴 게 아니라, 자네가 직접 쏘게. 두 번 쏘게."

"왜?"

"신호야."

"신호?"

"그래. 나는 오렐리를 동굴 속에 두고 왔어. 동굴은 거의 물로 가득 찼지. 그러니 그녀가 얼마나 공포에 질려 있을지 상상이 가겠지? 그래서 그녀를 떠나면서, 나는, 그녀가 더 이상 겁을 낼 일이 없게 되는 즉시 어떤 방법으로든 신호를 보내주겠다고 약속했어."

조도는 기겁을 했다. 라울의 대담성, 오렐리가 여전히 위험한 상황에 있다고 고백하는 그의 대담성이 그를 혼란스럽게 했다.

그리고 동시에 조도의 눈에는 방금 전까지 적이었던 그가 더욱 대단해 보였다. 단 한순간도 그는 이 상황을 이용하려는 생각을 하지 않았다. 두 번의 총성이 바위와 절벽들 사이에 메아리쳤다. 그리고 곧바로 조도는 말했다.

"자, 당신이 대장이오. 이제 주저 없이 당신에게 복종하는 일만 남았소. 여기 노트와 후작의 유언이 있소."

"점수를 땄군."

라울이 소리를 질렀다. 그는 그 서류들을 주머니에 넣었다.

"내가 자네를 쓸 만한 사람으로 만들어주지. 자네는 정직한 사람은 아니야, 절대 아니지. 하지만 참아줄 만한 악당이야. 자네는 이 보트가 필요 없겠지?"

"물론 필요 없죠."

"내가 오렐리에게 돌아가는 데 이 보트가 아주 편리할 거야. 아! 한 가지 충고 더. 이 지역에서 더 이상 모습을 보이지 말게. 만일 내가 자네라면 오늘 밤 끌레르몽페랑으로 바로 돌아갈 거야. 그럼, 내일 보세, 친구."

그는 보트에 올라서 그들에게 다시 몇 가지 충고를 더 했다. 그러고 나서 조도는 닻줄을 풀었다. 라울은 떠났다.

"정말 선량한 사람들이군!"

힘차게 노를 저으며 그는 혼자 중얼거렸다.

"그들의 진심과 타고난 너그러움에 호소하면 결국은 다 되는군. 물론이지, 친구들. 자네들은 그 두 장의 수표를 받게 될 거야. 아직도 드 리메지란 이름으로 된 내 통장에 잔고가 있다고는 보장 못해. 하지만 어쨌든 자네들은 내가 약속한 대로 합법적으로 서명이 된 수표를 받게 될 거야."

이렇게 결과가 풍성한 탐험을 끝낸 라울에게, 열심히 노를 저어 250미터를 가는 것은 아무것도 아니었다. 그는 몇 분 만에 동굴에 도착했다. 램프를 단 뱃머리를 앞으로 하고 곧장 안으로 들어갔다.

"승리예요!"

그는 환호했다.

"내 신호를 들었어요, 오렐리? 승리예요!"

기쁨의 빛이 그들이 죽음을 맞이할 뻔했던 비좁은 공간을 가득 채웠다. 그물침대가 모서리 양쪽 벽에 쳐져 있었다. 오렐리는 거기서 평화롭게 자고 있었다. 자기 친구의 약속을 믿으며, 그에게는 절대로 불가능이란 없다고 확신한 그녀는, 그렇게도 원했던 고통과 위험에 대한 불안에서 벗어나자, 피곤함에 쓰러졌던 것이다. 아마도 그녀는 두 번의 총성을 어렴풋이 들었을 것이다. 어쨌든, 어떤 소리도 그녀를 깨우지는 못했다.

다음 날 눈을 떴을 때, 그녀는 동굴 안에서 놀라운 것들을 보았다. 동굴 안에는 아침 햇살이 램프의 불빛과 뒤섞여 있었고 물은 다 빠져나가고 없었다. 암벽에 기대놓은 보트 안에는 라울이, 작업대에서 늙은 후작의 옷들 중에서 고른 듯한 양치기들이 입는 소매 없는 망토와 천으로 된 바지를 입고 그녀만큼 깊이 잠들어 있었다.

오렐리는 호기심을 억누르는 다정한 눈빛으로 오랫동안 그를 바라보았다. 운명의 결정에 맞서는 의지를 지니고, 언제나 의미 있고 기적 같은 놀라운 일을 해내는 이 사람은 누굴까? 그녀는 마레스칼의 비난과 마레스칼이 말한 아르센 뤼팽이라는 이름을 들었을 때 아무런 동요도 느끼지 않았다. 사실, 당시에는 그게 무슨 상관이었겠는가? 그녀는 라울이 다름 아닌 아르센 뤼팽이라고 믿고 있었을까?

'당신은 누구죠? 내 생명보다 더 사랑하는 당신은? 자신의 유일한 임무인 듯 끊임없이 나를 구해주는 당신은 누구죠? 당신은 누구예요?'

"파랑새."

라울이 깨어났다. 그리고 오렐리의 무언의 질문이 너무도 분명해서 그는 아무런 주저 없이 그 질문에 답했다.

"착하고 믿음이 강한 여자아이들에게 행복을 가져다주고, 그들을 괴물과 나쁜 마녀로부터 지켜주고, 그들의 왕국으로 인도해주는 파랑새랍니다."

"그럼 내게 왕국이 있나요, 사랑하는 라울?"

"네. 당신은 여섯 살 때 그곳을 거닐었어요. 딸랑세 후작의 뜻에 따라 지금은 그곳이 당신 소유예요."

"아! 어서 가요, 라울, 어서, 보고 싶어요. 아니 다시 보고 싶어요."

"우선 뭘 좀 먹읍시다. 나는 배가 고파 죽겠어요. 게다가 구경은 그리 오래 걸리지 않을 거예요. 그리고 오래 걸려서도 안 돼요. 수세기 동안 감춰져 있던 것은 당신이 당신 왕국의 완전한 주인이 되었을 때에 비로소 나타나야 해요."

그녀는 지금껏 라울이 한 행동의 방법에 대한 질문은 피해왔다. 조도와 기욤은 어떻게 되었을까? 딸랑세 후작의 소식은 알고 있나? 그녀는 아무것도 모른 채 그가 이끄는 대로 따라가기를 원했다.

얼마 후 그들은 같이 밖으로 나왔다. 그리고 오렐리는 다시 한 번 감격하여 라울의 어깨에 머리를 기대고 중얼거렸다.

"오! 라울, 바로 이거예요. 내가 전에 봤던 것이 바로 이거예요. 둘째 날…… 어머니와 함께 본 바로 그……."

청춘의 샘

희한한 광경이 벌어졌다! 그들 밑으로 물이 빠져나간 깊은 원형 공간 위에 폐허가 된 기념 건조물들과 사원들이 바위에 둘러싸여 있었다. 윗부분이 잘려나간 기둥, 여기저기 흩어진 계단의 디딤돌과 회랑, 지붕도 없고 박공도 코니스도 없는 사원의 잔해가 남아 있을 뿐이었다. 번개를 맞아 피폐해진 숲의 고목들에서 뜨거운 생명의 아름다움과 고귀함을 느낄 수 있었다. 거기서 뻗어나가는 고대 로마의 도로, 개선로 가장자리에는 부서진 동상들이 있었고, 좌우대칭적인 사원들로 둘러싸여 있었다. 그 도로들은 부서진 아치의 기둥들 사이를 지나서 호수 가장자리와 동굴까지 이어져 있었다. 그 동굴에서 제물을 바치는 의식이 치러지는 것이었다.

이 모든 것은 축축하게 젖어서 반짝거리고, 여기저기 진흙이나 화석, 종유석 등으로 덮여 있었으며, 태양 빛에 빛나는 대리석이나 금 조각들이 여기저기 널려 있었다. 수로를 통해 들어온 물이 만들어내는 폭포는 은으로 된 긴 천처럼 구불구불하게 오른쪽, 왼쪽에 드리워져 있었다.

"고대 로마의 중앙 광장이에요."

라울은 말했다. 그의 얼굴은 점점 창백해졌고 목소리는 애써 흥분을 감추고 있었다.

"중앙 광장…… 거의 같은 규모에 같은 배치예요. 늙은 후작의 문서에 지도와 설명이 있었어요. 내가 어제 저녁에 그것들을 살펴봤죠. 쥐뱅은 이 커다란 호수 밑에 있었어요. 호수 밑에는 공동 목욕탕과 건강의 신과 힘의 신에게 바쳐진 사원들이 있고, 모두 젊음의 신의 사원을 중심으로 그 주변에 흩어져 있죠. 당신이 보고 있는 것이 바로 그 원형 열주들이에요."

그는 오렐리의 허리를 잡았다. 그들은 신성한 길을 내려갔다. 그들이 걷고 있는 커다란 포석은 군데군데에 이끼가 끼어 있어서 미끄러웠다. 라울은 길 위에 떨어져 있는 동전들 중 콘스탄티누스 황제의 초상화가 새겨진 동전 두 개를 주워들었다.

그들은 젊음의 신에게 바쳐진 작은 건조물에 도착했다. 거기에 남아 있는 잔해만으로도 원래의 건물 모습을 충분히 멋지게 상상해볼 수 있었다. 높이 솟은 조화로운 원형 건물에는 계단과 분수가 있고, 분수의 수반은 작달막하고 볼이 통통한 네 명의 아이들이 떠받치고 있으며, 젊음의 신의 동상이 이를 내려다보고 있었을 것이다. 네 명의 아이들이 물을 내뿜었던 분수 수반에 밑부분이 담겨져 있던 우아하고 아름다운 형태의 장식물은 이제 두 개밖에 남아 있지 않았다.

전에는 드러나지 않았지만 샘이 숨겨져 있는 절벽 어딘가에서 나온 것 같은 커다란 납 파이프들이 분수에서 보였다. 파이프 중 하나는 최근에 수도꼭지를 용접한 듯했다. 라울이 그것을 돌리자 물이 솟아나왔다. 물은 미지근했다.

"청춘의 물입니다. 당신 할아버지의 침대 머리맡에서 가져온 병에 들어 있던 물입니다. 그 병의 라벨에 이 공식이 적혀 있었죠."

그들은 2시간 동안 이 전설적인 도시를 돌아다녔다. 오렐리는 갑자기 오랫동안 잊고 있던 예전의 감각이 되살아나는 것을 느꼈다. 그녀는 여러 개의 유골단지를 보았다. 그리고 사지가 없는 여신의 조각상과 불규칙하게 포장된 도로, 뒤얽혀 있는 풀들이 바스락거리는 회랑을 보았다. 이 모든 것이 그녀를 쓸쓸한 기쁨에 전율하게 했다. 그녀는 말했다.

"내 사랑 라울, 이 모든 행복은 당신 덕분이에요. 당신이 없었으면 나는 괴로움만을 느꼈을 거예요. 하지만 당신 곁에서는 모든 것이 아름답고 달콤해요. 당신을 사랑해요."

10시에 끌레르몽페랑의 종이 미사의 시작을 알렸다. 오렐리와 라울은 협로의 입구에 도착해 있었다. 두 개의 폭포가 그곳을 뚫고 개선로의 오른쪽과 왼쪽을 지나, 활짝 열린 네 개의 개폐문 안으로 빠져들어가고 있었다.

감탄할 만한 유적 방문이 끝났다. 라울이 말했듯, 수세기 동안 감춰져 있던 이곳은 오렐리가 정식으로 이곳의 주인으로 인정받기 전까지는 아무에게도 알려져서는 안 된다.

그래서 라울은 배수 개폐문을 닫고 수문 크랭크를 돌려서 천천히 문을 열었다. 물은 금세 좁은 공간 안으로 들어찼고, 커다란 호수가 서서히 밀려들며 두 개의 폭포가 빠른 속도로 차올랐다. 그리고 나서 두 사람은 라울이 그 전날 저녁에 두 강도들과 같이 갔던 길로 돌아왔다. 그리고 중간에 멈춰 서서, 빠른 물결이 작은 호수를 거슬러 올라와 사원들의 기반을 에워싸고는 빠른 속도로 신전에 있는 마술 같은 분수로 향하는 것을 보았다.

"그래요, 마술이에요."

라울이 말했다.

"후작이 사용했던 단어가 바로 그거예요. 후작의 말에 따르면 저 분수는 루와이야 물의 성분 외에도 정말로 젊음의 분수로 만들어주는 에너지와 힘의 근원인 방사능을 함유하고 있어요. 이 성분의 측정단위는 '밀리퀴리'입니다. 정말 놀라운 일이지요. 3, 4세기의 부유했던 로마인들이 이 샘에 와서 목욕을 하곤 했습니다. 테오도시우스 황제가 사망하고 로마제국이 멸망하사, 갈리아 지방의 마지막 총독이 쥐뱅의 신비한 유적을 야만적인 침략자들의 눈에 띄지 않게 감추고 약탈의 위험으로부터 보호하고자 했어요. 무엇보다도 비밀 비문이 이 사실을 입증해요. '총독 파비우스 아랄라스의 명령과 스키티아 인들과 보리스 사람

들의 예언에 따라서 호수의 물은 내가 숭배하는 신과 사원을 뒤덮었다.'

그 후로 15세기가 흐른 겁니다. 그 15세기 동안 돌과 대리석으로 만들어진 걸작들이 훼손됐습니다. 만일 당신 할아버지가 자기 친구인 딸랑세 후작과 함께 버려진 영지를 산책하다가 우연히 수문의 기계장치를 발견하지 않았더라면, 그 15세기에 더해서 몇 백 년이 더 흘렀을지도 모릅니다. 그랬다면 결국 영광스러운 과거 속으로 사라졌겠죠. 당신 할아버지와 후작은 즉시 여기저기 조사하고, 관찰하고, 궁리한 끝에 거대한 낡은 수문을 고쳤어요. 이 문은 전에는 작은 호수의 수위를 조절하고 건축물 꼭대기를 물에 잠기도록 했죠.

이게 이야기의 전부입니다, 오렐리. 그리고 이것이 당신이 여섯 살 때 경험했던 것들이에요. 당신 할아버지가 돌아가시자 후작은 쥐뱅의 영지를 떠나지 않고, 보이지 않는 도시의 부활에 몸과 마음을 다 쏟아 부은 거예요. 그는 두 명의 목동의 도움으로 땅을 파고 뒤지고 청소하고 토대를 튼튼히 하면서 유적을 복구하기 위해 노력했어요. 그것이 그가 당신에게 주는 선물이에요. 그 샘을 개발하면 루와이야와 비쉬의 어떤 샘보다도 더 값진 것이 될 겁니다. 결국 이 멋진 선물은 당신에게 계산할 수 없을 만큼 엄청난 부를 가져다줄 뿐만 아니라 그 무엇보다도 소중한 걸작품을 당신에게 선사하는 겁니다."

라울은 흥분했다. 물에 잠긴 아름다운 도시 탐험 후 그는 벌써 1시간 동안 그에 대한 찬사를 늘어놓고 있었다. 그들은 손을 맞잡고, 점점 수위가 높아지면서 기둥과 조각상들이 잠기는 것을 보고 있었다.

그러나 오렐리는 침묵을 지키고 있었다. 라울은 그녀가 다른 생각에 잠겨 있는 것을 알아차리고 깜짝 놀라 그 이유를 물었다. 그녀는 아무런 대답도 하지 않았다. 그리고 얼마 후 그녀는 중얼거렸다.

"당신은 딸랑세 후작이 어떻게 되었는지 아직 모르세요?"

"네, 모릅니다."

오렐리를 우울하게 만들고 싶지 않아서 라울은 이렇게 대답했다.

"하지만 그가 약속을 잊은 게 아니라면 몸이 아파서 마을에 있는 자기 집으로 돌아갔겠죠."

훌륭한 변명은 아니었다. 오렐리는 그 대답에 만족하는 것 같지 않았다. 라울은, 이제까지 느꼈던 많은 감정과 그 많은 고통이 사라진 지금, 그녀가 아직 해결되지 않은 미스터리에 대해 생각하고 있으며 해결책을 찾지 못했다는 사실을 걱정하고 있다는 것을 느꼈다.

"이제 가요."

그녀가 말했다.

그들은 무너진 오두막까지 올라갔다. 그곳에는 두 명의 강도들이 저녁에 캠프를 했던 흔적이 남아 있었다. 거기서 라울은 높은 성벽과 목동들이 영지에서 나온 출구 쪽으로 가려고 했다.

그러나 그들이 옆에 있는 바위를 돌아가고 있을 때, 오렐리가 라울에게 꽤 커다란 상자와 천으로 된 가방이 절벽 가장자리에 놓여 있는 것을 알려주었다.

"저게 꼭 움직이는 것 같네."

그녀는 말했다.

라울은 그것을 한 번 쳐다보더니, 오렐리에게 기다리라고 하고는 뛰어갔다. 갑작스럽게 떠오른 생각이 있었다. 절벽 가장자리에 다다라서 라울은 가방을 잡고는 그 안으로 손을 넣었다. 몇 초 후에 그는 아이의 머리, 그리고 몸을 끄집어냈다. 그는 그 아이가 조도의 공범인 것을 즉시 알아보았다. 바로 조도가 데리고 다니며, 족제비처럼 창살과 울타리를 통과해서 포도주 저장고에서 물건을 찾게 했던 그 아이였다.

아이는 거의 반쯤 자고 있었다. 라울은 화가 났다. 그렇게도 그의 마음에 걸렸던 수수께끼가 갑자기 풀린 것이다. 그는 흥분했다.

"이 꼬마 놈! 꾸르셀 거리에서부터 우리를 따라온 게 바로 너지? 그래! 너야? 조도가 내 자동차 뒤 트렁크에 너를 숨겨서 끌레르몽페랑까지 따라오게 한 거야. 그리고 거기서 너는 우체국에 가서 조도에게 엽서를 보냈지? 바른 대로 말해⋯⋯ 그렇지 않으면 따끔하게 혼내줄 테다."

아이는 자신에게 무슨 일이 일어났는지 잘 알지 못했다. 그리고 파랗게 질린 죄 지은 아이의 얼굴은 겁에 질린 듯 보였다. 아이는 중얼거리며 말했다.

"네, 맞아요. 삼촌이 그러라고 해서⋯⋯."

"삼촌?"

"네, 조도 삼촌이오."

"그럼, 네 삼촌은 지금 어디에 있지?"

"밤에 우리 셋 모두 떠났다가 다시 돌아왔어요."

"그리고?"

"그리고 오늘 아침에, 그들은 저쪽으로 내려갔어요, 그 아래에, 물이 나갔을 때. 그리고 그들은 여기저기를 뒤져서 물건들을 모았어요."

"나보다 먼저?"

"네, 아저씨와 저 아가씨보다 먼저요. 당신이 동굴에서 나왔을 때, 그들은 저기 있는 담 뒤로 숨었어요. 저기 물이 나간 안쪽. 하지만 저는 여기서 그 모든 걸 봤어요. 삼촌이 여기서 기다리라고 했거든요."

"그럼 지금 그 두 사람은 어디에 있지?"

"저도 모르겠어요. 날씨는 덥고 저는 잠이 들었어요. 제가 순간 깨어났을 때, 그 두 사람들이 싸우고 있었어요."

"싸워?"

"네. 그들이 찾은 어떤 것 때문이에요. 금처럼 빛나는 것이었어요. 저는 그들이 떨어지는 것을 봤어요. 삼촌은 칼로 싱대를 찔렀어요. 그러고 나서는 저도 몰라요. 아마 제가 자고 있었나 봐요. 저는 벽이 무너져서 그 두 사람을 짓누르는 것 같은 장면을 봤이요."

"뭐야? 뭐라고? 너 지금 무슨 말을 하는 거야?"

라울은 공포에 사로잡혀서 말을 더듬었다.
"……대답해봐. 그 일이…… 그 일이 어디서 일어났어? 언제?"
"종이 울릴 때요. 저 끝…… 저 끝에서…… 저기, 저기예요."
아이는 절벽 밖으로 몸을 숙이더니 갑자기 깜짝 놀랐다.
"어! 물이 다시 들어왔네!"
아이는 심각하게 생각을 하다가 울기 시작했다. 그러고는 흐느끼면서 소리쳤다.
"그래서, 그래서…… 물이 다시 들어와서…… 그들은 도망칠 수가 없었어요. 그리고 그들은 저기에 있어요, 이 밑바닥에…… 그래서, 삼촌……."
라울은 그의 입을 막았다.
"조용히 해."
오렐리가 그들 앞에 와 있었다. 그녀의 얼굴은 굳어 있었다. 그녀는 그들의 대화를 들은 것이다. 조도와 기욤은 부상당하고 기절해서 움직일 수도 도움을 청할 수도 없었다. 물결이 그들을 덮어버려 그들은 질식하여 물에 잠겨버린 것이다. 그들 위에 있는 무너진 담의 돌들이 그들의 시체를 붙들고 있었던 것이다.
"너무 끔찍해요."
오렐리는 중얼거렸다.
"그 두 사람에게는 정말 가혹한 형벌이군요!"
아이의 울음은 더 커졌다. 라울은 그 아이에게 은화와 카드를 한 장 주었다.

"자, 여기 100프랑이다. 너는 기차를 타고 파리에 가서 이 주소로 가거라. 거기서 너를 돌봐줄 거야."

돌아오는 길은 조용했다. 그리고 휴양소 부근에서 오렐리가 들어갈 때 나눈 작별인사는 무거웠다. 운명이 두 연인을 상심하게 했다.

오렐리가 말했다.

"며칠 동안 떨어져 있기로 해요. 제가 편지를 쓸게요."

라울은 반대했다.

"떨어져 있는다고요? 서로 사랑하는 사람들은 떨어져 있지 않는 거예요."

"사랑하는 사람들은 떨어져 있다고 해도 아무것도 걱정할 필요가 없어요. 삶이 그들을 항상 다시 만나게 하니까요."

라울은 양보했다. 그래도 슬픈 마음은 어쩔 수가 없었다. 그녀가 어찌할 바를 모르고 있는 것을 느꼈기 때문이다. 정말로, 일주일 후, 그는 짧은 편지를 받았다.

친애하는 친구에게.

나는 너무나 혼란스러워요. 우연히 의붓아버지 브레작의 죽음을 알게 됐어요. 자살이 맞죠? 그리고 딸랑세 후삭이 협곡에서 발견됐다는 것도 알았어요. 그는 사고로 거기서 떨어졌다더군요. 범죄가 맞겠죠? 살해된 건가요? 그리고 조도와 기욤의 끔찍한 죽음. 그렇게나 많은 사람이 죽다니! 베이크필드 양, 두 형제들…… 그리고 전에 다스또의 할아버지…….

나는 떠나요, 라울. 내가 어디로 가는지 알려고 하지 마세요. 내 자신도 아직 잘 모르겠어요. 나는 생각을 정리하고, 내 인생에 대해서 고민해보고 결정을 내려야 해요.

당신을 사랑해요. 저를 기다려 주세요. 그리고 저를 용서해 주세요.

라울은 기다리지 않았다. 이 편지에 드러난 그녀의 방황, 그가 짐작할 수 있는 오렐리의 고통과 슬픔, 그 자신의 고통과 걱정, 이 모든 것이 그를 움직이게 했고 그녀를 찾아나서도록 만들었다.

그러나 아무런 성과도 없었다. 그는 그녀가 생뜨마리로 피했을 거라고 생각했다. 하지만 그곳에서도 그녀를 찾을 수 없었다. 그는 모든 곳을 뒤졌다. 그는 모든 친구를 동원했다. 그러나 모든 노력이 허사였다. 절망한 라울은 새로운 적이 그녀를 괴롭히는 것은 아닌지 하는 걱정으로 두 달을 고통 속에서 보냈다. 그리고 어느 날, 그는 전보 한 통을 받았다. 오렐리가 그에게 그 다음 날 브뤼셀로 와달라는 것이었다. 그리고 그에게 깡브르에서 만나자고 했다.

약속장소에 웃으며 도착한 그녀를 봤을 때, 라울의 기쁨은 말로 표현할 수 없었다. 한없이 부드러운 표정을 짓고 있는 그녀는 모든 나쁜 기억에서 벗어난 듯 보였고, 이제 완전히 결심이 선 듯했다.

그녀는 그에게 손을 내밀었다.

"저를 용서해 주는 거예요, 라울?"

그들은 한 번도 떨어져 본 적이 없던 사람들처럼 가까이 붙어서 잠시 동안 걸었다. 그녀는 말했다.

"당신이 내게 말했죠, 라울. 내 안에는 두 개의 상반되는 운명이 있다고. 그 두 운명이 서로 부딪치고 내게 고통을 준다고. 하나는 행복과 즐거움의 운명이고, 그게 내 본래 운명이라고 했어요. 두 번째 운명은 폭력과 죽음, 비탄, 비극의 운명이라고 했죠. 내게 적대적인 모든 것이 어린 시절부터 나를 괴롭히고 나를 깊은 수렁으로 빠뜨리려고 했어요. 만일 당신이 내가 위험할 때마다 나를 구해주지 않았다면, 나는 깊은 수렁에 빠져서 헤어나지 못했을 거예요.

그런데 쥐뱅에서의 이틀 후에, 당신의 사랑에도 불구하고, 너무나 지쳐 있던 나는 삶이 끔찍했어요. 당신이 멋지고 동화 같다고 생각하는 그 모든 이야기가 저에게는 어둠과 지옥처럼 보였어요. 그리고 그게 당연하지 않나요, 라울? 제가 겪어온 모든 것을 생각해 보세요. 그리고 제가 본 모든 것을 생각해 보세요. '여기 당신의 왕국이 있습니다.' 당신은 말했죠. 저는 그 왕국을 원치 않아요, 라울. 저는 과거와 저 사이에, 그 어떤 관계도 남아 있는 것을 원치 않아요. 내가 몇 주일 동안 피해 있었던 이유는 내가 마지막 생존자가 되어버린 모험의 그림자에서 벗어나야 한다고 막연히 느꼈기 때문이에요. 몇 세기가 지난 후에, 그 모험은 나를 찾아왔고, 베일에 싸여 있는 비밀을 명백히 밝히고 숨겨져 있는 멋지고 놀라운 유산을 누리는 것이 내 몫이 되었어요. 하지만 나는 거절하겠어요. 내가 부와 화려한 것들의 상속인이라면 한편으로는 내가 이겨내지 못할 무게의 죄악과 범죄의 상속인이기도 해요."

"후작의 유언은……?"

라울은 말했다. 그는 주머니에서 종이 한 장을 꺼내서 그녀에게 내밀었다. 오렐리는 그 종이를 받아서 조각조각 찢어 바람에 날려버렸다.

"다시 얘기할게요, 라울. 모든 것은 다 끝났어요. 내가 모험을 다시 들춰내는 일은 없을 거예요. 나는 그 모험이 또 다시 다른 범죄나 다른 큰 죄를 야기할까봐 너무나 겁이 나요. 나는 모험의 주인공이 아니에요."

"그럼 당신은 어떤 사람이죠?"

"사랑에 빠진 여자죠, 라울…… 자신의 인생을 바꿔버린 여자…… 그리고 사랑을 위해서, 오직 사랑을 위해서 자신의 인생을 바꿔버린 여자예요."

"오! 초록 눈의 아가씨, 그런 맹세를 하는 것은 아주 중대한 일이에요!"

"나에게는 중대하지만 당신에게는 그렇지 않겠죠. 만일 내가 당신에게 내 인생을 바친다고 해도, 내가 당신에게서 원하는 것은 당신이 내게 줄 수 있는 만큼뿐이에요. 당신은 계속 미스터리에 대한 열정을 품고 살겠죠. 나 때문에 그 열정을 포기하는 일은 없을 거예요. 나는 있는 그대로의 당신을 받아들이겠어요. 그리고 당신은 내가 만난 사람 가운데 가장 고상하고 매혹적인 사람이에요. 내가 당신에게 원하는 것은 한 가지뿐이에요. 그것은 당신이 가능한 한 오랫동안 나를 사랑해주는 거예요."

"평생 사랑하겠소, 오렐리."

"아니오, 라울. 당신은 평생 사랑할 사람이 아니에요. 심지어 오랫동안 사랑할 수 있는 사람도 아니죠, 유감스럽게도! 그 사랑이 오래가지 못한다고 해도 나는 커다란 행복을 느낄 거예요. 그리고 불평을 할 수도 없을 거고 불평하지도 않을 거예요. 오늘 저녁에 봐요. 루와이알 극장으로 오세요. 거기 1층 관람석에 자리가 있을 거예요."

그들은 헤어졌다.

그날 저녁, 라울은 루와이알 극장으로 향했다. 거기서는 뤼시 고띠에라는 젊은 신인 여배우를 주인공인 〈보헤미안의 생활〉을 공연하고 있었다.

뤼시 고띠에, 그녀가 바로 오렐리였다.

라울은 이해했다. 예술가는 자유로운 삶을 살기 때문에 관습에는 얽매이지 않는다. 오렐리는 자유로웠다.

공연이 끝났다. 얼마나 열렬한 박수갈채가 터져 나왔는지……. 라울은 공연을 성공적으로 마친 여주인공의 분장실로 안내되었다. 금발의 아름다운 얼굴이 그에게 고개를 끄덕여 인사했다. 그들의 입술이 포개졌다.

15년 동안 그 많은 범죄와 절망의 원인이었던 쥐뱅의 기이하고 무시무시한 모험은 이렇게 끝이 났다. 라울은 조도의 어린 공범의 나쁜 버릇을 없애려고 노력했다. 라울은 앙시벨 부인에게 아들의 죽음을 알리고 꼬마를 맡겼다. 그러나 기욤의 어머니

초록 눈의 아가씨 331

인 앙시벨 부인은 술을 마시기 시작했다. 너무 일찍 나쁜 길로 빠져든 아이는 쉽게 변하지 않았다. 결국 그 아이를 보호소에 보냈지만, 아이는 도망쳐 나와 앙시벨 부인을 다시 찾아가서 함께 미국으로 건너갔다.

조금은 현명해졌지만 여전히 여색을 밝히는 마레스칼은 승진을 했다. 어느 날 그는 르노르망 치안국장에게 면담을 요청했다. 대화가 끝나자 르노르망은 담배를 물고 마레스칼에게 다가가서 말했다.

"불 좀 빌려주시오."

그 말투는 마레스칼을 소스라치게 만들었다. 마레스칼은 그가 뤼팽임을 바로 알아보았다.

마레스칼은 다른 여러 모습을 한 뤼팽과 계속 마주쳤다. 뤼팽은 다양한 모습으로 마레스칼 앞에 계속 나타났다. 그때마다 뤼팽은 항상 빈정거리는 말투에 눈을 깜박이며 마지막에는 마레스칼에게 끔찍하고, 소름끼치고, 무자비한 예상치 못한 짧은 한마디를 던졌다.

"불 좀 빌려주시오."

이 말을 들은 마레스칼의 반응은 너무나 우스꽝스러웠다.

라울은 쥐뱅의 영지를 샀다. 그러나 초록 눈의 아가씨의 뜻을 존중하여 그곳에 얽힌 놀랄 만한 비밀은 밝히지 않았다. 쥐뱅의 호수와 청춘의 샘은 아르센 뤼팽이 프랑스에 남긴 화려한 보물들과 수많은 경이로운 유산 중 하나로 남게 되었다.